天堂里的牛栏

鲁迅文学奖获得者

夏立君 著

山东文艺出版社

图书在版编目（CIP）数据

天堂里的牛栏 / 夏立君著 . —济南：山东文艺出版社，2023.1
ISBN 978-7-5329-6767-4

Ⅰ . ①天… Ⅱ . ①夏… Ⅲ . ①短篇小说—小说集—中国—当代 Ⅳ . ① I247.7

中国版本图书馆 CIP 数据核字（2022）第 201057 号

天堂里的牛栏
TIANTANG LIDE NIULAN

夏立君　著

主管单位	山东出版传媒股份有限公司	
出版发行	山东文艺出版社	
社　　址	山东省济南市英雄山路 189 号	
邮　　编	250002	
网　　址	www.sdwypress.com	

读者服务　0531-82098776（总编室）
　　　　　　0531-82098775（市场营销部）
电子邮箱　sdwy@sdpress.com.cn

印　　刷	山东临沂新华印刷物流集团有限责任公司	
开　　本	880 毫米 × 1240 毫米　1/32	
印　　张	7.75	
字　　数	160 千	
版　　次	2023 年 1 月第 1 版	
印　　次	2023 年 1 月第 1 次印刷	
书　　号	ISBN 978-7-5329-6767-4	
定　　价	45.00 元	

虚构作为人类异禀，

是宿命式的永恒诱惑。

在它的隐喻或象征里，

一定蕴藏着可能的真实之境。

你无法虚构自我，

你无法虚构真诚，

你无法虚构风与落叶，

你无法虚构一丝呼吸与呻吟。

——题记

目　录

草民康熙

1

农历六七月份，正是康熙最凄惶的光景。

康熙骑着摩托下一道坡，坡是有名的官庄坡，很长，有好几里长，为了省油，康熙干脆熄火，让车自由下滑。路是新铺的柏油路，刮净刮净，利利索索，摩托溜溜前行，煞是痛快。

到了坡底，车速慢下来。康熙见不远处有一个老汉和三只羊。康熙控住车，偏腿下车，解放开身体，在路沿撒了泡长尿。尿意从一出县城就有了，一直憋着，憋了三十里地。憋尿带来了排泄的快感，康熙不禁啊啊叫了几声。

羊与老汉正朝康熙这个方向行动，搅动起一团尘雾。羊在前，老汉在后，羊往前走一走，老汉就往前跟一跟。这羊像是和康熙有缘分似的，转眼之间就到了康熙跟前，抬头望一望，低头嗅一嗅。

放羊老汉也跟过来了。

在康熙眼里，这老汉已基本修成正果，老成了个怪好看的老汉，看上去挺舒服。眉清目秀，身板硬朗，不像个平常放羊老汉，倒像个退休干部。

康熙估摸了一下老汉年纪，朝人家猛然开了腔："大叔，羊放您啊！"

老汉抬手放到额头，打起眼罩望向康熙："啊，啊，你说啥？"

康熙笑道："俺是说，您老人家指挥着这羊，让这羊陪着您玩呀。"

老汉笑道："你这青年，话里有话的，心眼子不少。你干啥的？去城里卖东西了吧？"

康熙说："是呀，大叔。养了几只土鸡，去城里卖了。哎呀，土鸡真值钱，十三块一斤啊，这么贵的鸡可不是普通鸡了，哪还舍得吃，都卖了。一只就能卖五六十块呀，快顶上头猪崽了。"

老汉说："可不咋地，俺邻居有个孤老嬷嬷，拢共养了六只鸡，就盼着换两个人民币花花，前几天夜里让一个毛贼一锅端了，疼得老嬷嬷擦眼抹泪的。"

康熙说："小毛贼怪可恶，六只鸡值好几百块呀。"

老汉说："正月里打雷，遍地是贼。今年正月十八那天的雷，你听见没？"

康熙说："我家离这里还不近呢。五十里听雷，八十里看闪，好像俺那里没听到，要是听到了，就该讲咕开了。正月里打雷可不是好兆头。"

老汉说："就是，今年贼就是多，什么都偷，鸡羊猪牛和粮食，没有不偷的。正月十八那天，我看天阴得怪沉怪沉，闷得很，心里咂摸着这老天爷莫非要打雷不成？你说巧不巧，我这一想的工夫，天上就咔嚓一声来了个炸雷，好像那雷是俺想来的似的。谁敢想这个呀？现今这世道，人人都能得跟孙猴子似的，对正月里打雷也不怎么害怕了。这贼，那胆大得就更不用说了。镇驻地大官庄村的状元坟，坟前不是有对洪武年间的石翁仲吗，也被人偷去了。说是文物，听说能值好几万啊。那石翁仲，一个少说也有三千斤，没有十个二十个人，能偷走？你说，人家不声不响就偷走了。你看，这贼胆有多大？"

康熙说："是啊，贼胆大着呢，没胆咋做得了贼？大叔，现在贼这么多，你就不怕贼惦记你这羊？俗话说不怕贼偷，就怕贼惦记。你这羊不大不小的，正适合贼偷。"

老汉说："不怕，偷去一个，我放两个，偷去两个，我放一个，全偷去了，我再买。你看我是穷得靠几只鸡几只羊过日子的人吗？"

康熙笑道："俺一见您老人家，就觉得您像个退休老干部，不是普通老百姓，全沂蒙山区放羊的，上哪儿找您这等气派的呀。您是个退休干部，回家闲居，放几只羊玩玩，散散心，锻炼锻炼身体。表面上看是您放羊，实质上呢是羊放您啊。大叔，是不是这样啊？"

老汉大笑道："还真让你说对了一半，咱就是个普通老百姓啊，可多多少少也有点不普通之处，不少人都说我像个退休干部。我不是退休干部，我是个'退休爹'，两男三女，全都成功了，出息了，有在北京的，有在济南的，有在青岛的，最赖的也在临沂城，高低都混了个级别，各人争着给我钱。全庄没有第二份呀。我一个老头子能花多少？我怕闲坏了身子，就弄几只羊放着玩。你说的怪准，看着是我放羊，实质是羊放我。让这羊把我这把老骨头放一放，松一松，好多活两年。没别的出息了，就想多活两年，多过霎好日子。这样的好日子，老社会里的地主富农也捞不着过呀。"

老汉说着，又哈哈笑起来。

老汉不知，他的话，他得意优越的样子，已经伤到康熙的自尊了。康熙点上一支烟，使劲吸几口，瞭了瞭周边环境，一个大胆主意悄悄确定——你不是富吗，你不是显摆吗，你不是儿女都当官吗，今天我就偷你……想到这里，康熙一跺脚，一瞪眼。在接触老汉这段时间里，这个怪异动作他已不知不觉重复了三次。这既是康熙的习惯动作，更是一个由来已久的病。老汉陶醉在自己的幸福生活里，没有留意到面前这人的异常之处。

康熙说："大叔，您老人家福气不浅不浅的。"

康熙早已看见老汉耳朵上夹着一支烟，好像相当高级。康熙喷出一口烟，又摸出自己的烟盒，在手掌上磕出一支，凑上去往老汉手里递。

老汉急忙掏裤兜，说自己有。老汉掏出的那盒烟，似乎把这山野空气都照亮了。人家那牌子比康熙的贵多了，一盒能顶他十盒。康熙想，肯定是人家送的，就算不缺钱，这老汉也不会自己买这牌子，走遍全沂东县，绝对找不出第二个抽这牌子香烟的放羊老汉，全县的村支部书记估计也不会有

　　　　　　　　　　　天堂里 的 牛栏

人买这牌子抽。

老汉说："抽这个吧，都是人家送的，要不，咱当庄户人的咋会抽这烟。"

老汉把烟塞到康熙手里，自己也点上一支。康熙嗅一嗅那支烟，效法老汉，把烟夹耳朵上。

康熙说："大叔，您这羊真干净顺溜，您是不是经常给它们梳理呀？"

老汉说："一点都不差，我拿它们当狗当猫养着，就像城里人养那个什么宠物。"

康熙说："大叔，这羊可享大福了，同样是当个羊，给您当羊和给个穷老汉当羊，那日子可是一个天上一个地下呀。我要是个羊，我就不远万里亲自跑来让您亲自放着俺。"

老汉笑岔了气，说："你这青年怪有趣。"老汉端详一阵康熙的脸，又说，"怎么觉着你有点面熟呢，你是哪乡的？"

康熙愣了愣神，确认从未见过这老汉，就说："不近，猴子岭乡的。"康熙没说实话，说了个比他家所在乡更远一点的乡。

老汉说："可不近，上趟县城也不易。"

老汉把康熙叫作青年，其实康熙已四十出头。康熙以为，人到中年的自己，人生正面临严峻挑战，他要使出浑身力气去冲刺爬坡。

康熙说："大爷，您可得把羊看紧了，俺那埝儿有个放羊老汉，眼瞅着就让人把羊给偷走了呢。"

老汉说："那是个什么贼呀，能得上天了，眼瞅着咋能偷走呢？叫那毛贼来，偷我的羊看看，我一石头砸死那贼鳖羔子。"

这时，三只羊都在康熙身边转悠，一只羊抬头好奇地端详康熙。羊眼一对上康熙的眼，康熙那颗心就动了一下。康熙熟悉乡间各种动物，特别是牲畜的眼，这其中羊眼是最能打动康熙的，羊眼里总像是随时要掉下眼泪来似的。康熙感到，羊看他一眼，就好像他娘看了他一眼。羊脸羊眼透露出的表情，就活像他老娘活着时，永远挂在脸上的善良又可怜巴巴的表情。这只羊走到摩托跟前嗅一嗅，咻咻地喘气，大约是受了汽油味的刺激，使劲喷了个响鼻，扭搭扭搭走到一边去了。康熙喜欢羊，看来，这羊也是喜欢康熙的。

瞬间，康熙就把心狠了下来，向自己下达了立即行动的命令。

康熙说："大叔，您感到怪稀奇，其实一点都不稀奇。"

这时，扭搭到一边的那只羊竟又回来了，在康熙脚边嗅来嗅去。康熙说："大叔您看，就这样。"康熙弯腰抱起这只羊，放进车后的筐里。筐是特制的，很深，像个井筒子，放进两三只羊、三五十只鸡没问题。羊一放进去，就像被捆住了一样，只能咩咩叫，动弹不得。活羊的市场价格是六块左右一斤，这只羊约有六十斤，康熙把羊放进筐里，就等于把三四百块钱揣进了兜里。

康熙一跺脚，一瞪眼，一偏腿上了车。

康熙说："大叔可别说眼瞅着偷不走，眼瞅着就是能偷走，你看，那羊就是这样被人家偷走的。"

摩托哼的一声蹿了出去。

待老汉回过神来，只看见车后牌照位置上贴着一张大红"福"字。

人生中的这一奇遇，让这个生活幸福的老汉回味了很久很久。有时，他禁不住就笑起来了，嘴里念叨着："嗨，这个贼呀，这个贼呀。"羊被这样子偷走，差不多可说是这个老汉幸福生活中的一个有趣插曲。很快，他的左邻右舍、他的儿女和亲戚朋友，全都知道了人世间竟然有这样厉害、这样大胆、这样有趣的贼。

2

康熙感到，他的生活也是基本幸福的。

沂东县王庄乡康家庄村民，与其他村庄的村民有同样爱好，喜欢给一些有特色的村民起个诨名。不知是哪个村民也不知从何时开始，给康熙起了个诨名康瞪眼，很快就叫开了。康家庄人都说康瞪眼是个能人。谁也不知，康熙还是个"地下工作者"，种地打工赶集上店之外，兼职做毛贼。康熙做贼，是有讲究有规矩的，以康家庄为中心方圆十里之内的村庄不偷，有亲戚朋友的村庄，不论远近都不偷。对那些在家门口就手把不干净的人，康熙很瞧不上，把自己脸面丢了不说，连子女的脸、祖宗八辈的脸都丢了。兔子不吃窝边草。在本村本疃偷偷摸摸，连个兔子都不如。康熙总是远处偷了远处卖。一到离家远的地方，一到没人认得他的地方，康熙的胆子就大了起来，性子就豪了起来。只要发现合适的值得一偷的对象，夜里敢偷，大白天也敢偷。康熙种地是把好手，做贼也干净利索，从未导致不良后果。

康熙做贼的欲望自小就有，真正做贼却是最近六七年的事。小学的时候，康熙就偷过同学的铅笔、橡皮等小东西，他知道不对，但就是管不住自己。年龄在增长，自律意识也在强化，但见人东西就眼热的毛病，却像那沂河滩上的茅草根似的，怎么挖也挖不净。每当偷的欲望如火燃烧时，他就一跺脚，一瞪眼，心里喊一声"康熙呀康熙，你绝不能做贼"，然后坚决调头而去。久而久之，康熙就形成了有事没事就跺脚瞪眼的毛病。熟悉的人见他这样，就问："康熙，你跺什么脚哇，瞪什么眼啊？"康熙说："我就爱跺我就爱瞪，关你屁事。"如果有人问："你跺脚瞪眼时，心里在想啥呀？"康熙说："爱想啥就想啥，碍你吃还是碍你屙？"如果问者不怀好意，康熙可能会骂人，骂得很难听："想你娘。"

康熙十三岁升入初中，那年他哥哥康顺考入全县最好的高中沂东一中。在这关键时刻，康熙刚过四十岁的爹暴病而亡。新寡的娘把两个儿子叫到面前，从手指缝里露出两个火柴头。娘说："听着，娘手里这两根洋火，一根是整的，一根是断的，抽着整的就继续上学，抽着断的就下学种地。儿是一样的儿，抽着什么就是什么命，谁也不兴埋怨，一辈子都不兴埋怨——抽吧。"

弟兄两个你看看我，我看看你。

康顺说："娘，不用抽了，我是当哥的，理应下学，供弟弟上。”

康熙说：“娘，不用抽了，俺哥已经上到了高中，离考大学不远了，而我离考大学还早，爹娘已经为哥付出了很多心血，哥要是现在不上了，就对不住死去的爹。人家都说，考入沂东一中，就等于半个身子进大学门了。再说，我虽然年龄小些，但身体好，哥哥身体差，下庄户哥哥不会比我强。”

为了表达决心，康熙把刚发下的初中课本三下两下撕碎，扑通一声，趴在满地碎屑上呜呜哭起来。康顺和娘扑过来抱住康熙，一家人哭成一团。

康熙和娘在地里苦作了三年，康顺在沂东一中奋斗了三年，可是第一年参加高考，康顺却以八分之差落榜了。康顺痛哭了一场，他感到对弟弟和娘的愧疚比山高比海深。他不想复习了，他想结束黑暗的学生时代。

康顺说：“弟弟这辈子对得起我了，我对不住弟弟。我种地，让弟弟复学，弟弟今年才十六岁，从初一开始再上六年，考大学也不算晚。弟弟比我聪明，一定能考上。”

康熙说：“哥，你今年差点就考上了，再复习一年，下年肯定能考上。你看人家康苗，不是接连复习了五年，最终考上了吗。你连个女的也赶不上？”

康顺说：“弟弟，你不知道，我连吃奶的劲都使上了哇。我笨啊。”

康熙和娘都坚持让康顺再复习一年。

康熙咬牙切齿地说：“哥，你就是不复习，我也绝不复学。”

康顺只好同意复习。第二年高考，康顺离分数线竟一下子差了三十多分。这下子全家人彻底泄气了。

康顺又坚持让弟弟复学。

康熙说："哥，我要是再上六年学，不把你熬煞，也把咱娘给熬煞了。你看咱娘，才四十四，就像六十四了。哥，咱认命吧，咱弟兄俩就是没上大学的命啊。指望下辈子吧。"

人生没有下一辈子，只有下一代。康熙的意思，下辈子就是指下一代。在十多岁的康熙眼里，下一代虽然是很渺茫的事情，但他也只好把希望托付给下一代了。

光阴就像让狗撵着，以为相当遥远的事情，转眼就到了跟前。兄弟俩在地里苦作苦受，把没有父亲的日子硬撑下去，先后娶妻生子，孩子很快就长大了。

康熙骑在了四十岁门槛上。这一年，儿子康浩考上了高中，女儿康杰升入了初中。康熙到了父亲暴死这个年龄段，当年父亲面临的人生境况又呈现了。一双儿女像一副绳索，在康熙的身上越勒越紧。康熙像个觅食的老母鸡，这里那里使劲刨，但就是刨不足一双儿女的上学费用。刚刚堵住这个窟窿，另一个窟窿又张开了大口。随着儿女年级的升高，费用越来越多。在家庭财政这个大窟窿面前，几亩地的油水太有限了。儿女优秀的学习成绩，给了康熙无限的鼓舞，他发誓就是把自己榨干，也要让他们上学上到底。

康熙第一次正式行窃，发生在康浩交高一第二学期学费之时。

第一学期结束了，年底康浩拿回家令人鼓舞的学习成绩单，同时也拿回家一张下学期学费单，一共一千二百多元。第一学期形成的窟窿还没堵上，一个更大的窟窿又张开了血盆大口。春节过了，马上要开学了，学费还短着一大截。康熙急得像热锅上的蚂蚁。这一天，康熙在县城农贸市场蹲了一天，卖了一筐一百多斤的土豆，才卖了二十多块，剩下几斤歪七扭八的土豆，他想贱价快卖了，却无人问津。一个中年人悠悠荡荡地过来瞅了瞅，似有要的意思，又说太赖了太赖了。康熙急着回家，说大哥你拿着吧，不要钱了。本来还有些犹豫的那人一听这话，又挺胸鼓肚地说："不要，不要，白送也不要。"康熙一气之下，咕哝一句"妈的不要了"，随即把垫在土豆底下的塑料布往上一提，土豆就像生了腿的王八嘀里咕噜滚了满地。那人听见了康熙的骂声，蔫儿吧唧的他突然来了精神，对着康熙大喝一声："你骂谁？"康熙吓了一跳。乡下人进了城，本来就怯，哪敢乱骂人。康熙急忙说："大哥我哪能骂人呢，我说妈的不要了，我这顶多算骂这几个烂土豆吧？我怎么敢骂大哥，大哥你想想，我怎么能骂你呢？"那人瞪了康熙一眼，说嘴巴子要注意卫生。

受了城里人的气，康熙有点窝火。康熙想，那人看样子十有八九是个下岗职工，城里这些鳖孙，就算下了岗，也觉得比庄户人强八倍。康熙顶着夕阳的余晖往家赶。出城三十多里后，在一个小山岗停车解手。这里是大官庄镇地盘，马上就要上那个有名的官庄坡了。他在这个地方停车，应当说不光是因为憋着尿了，吸引他的还有近处的一间简陋草棚。这条路他走过无数遍，这间草棚他见了无数回。这草棚不是用来住人的，而是用来遮风挡雨的。草棚周围是树枝编成的栅栏，栅栏围成一个小院，留着几处鸡能自由进去的缺口，院正中是一丛绿竹，竹丛下放着个大鸡笼，是鸡笼，不是鸡舍，鸡舍是建在地上的，鸡笼是能提起来就走的。那是个竹编鸡笼，又大又精致，把手上还套着塑料管。康熙天生对别人的东西有研究的兴趣。那些鸡已接近成年鸡，每只约三斤重。他朝栅栏撒完了尿，就朝小院里张望又张望——鸡都进笼了，鸡总是在日落时分自觉进笼。鸡笼门敞着，鸡不会自己关门，主人来搬鸡时才给关。鸡们在里面唧唧咕咕，似乎是在讨论今天的生活。康熙望了望天空和大地，现在，在这方小天地里，只有鸡，只有可爱的鸡，不见人影。

康熙走到栅栏门前，见门从里面挂着铁钩，无锁，那间草棚的破篱笆门也虚掩着。康熙把手中的塑料瓶举了举，喊道："有人吗，有人吗？"没有人应。他这是做出讨水喝的样子。瓶中一点水也没有了，要是这里有人，他会真要点水，然后离开。可是，分明是无人。康熙的心狂跳了起来。他一跺脚，一瞪眼，在心里命令自己："别馋人家的东西，走，快走。"这回，他的脚不听他指挥了，就是没能挪开。一股强烈冲动折磨着他。他四处撒目了一番，近处路上有人，慢腾腾地从旁边走过去了。那人是与康熙与这鸡都无关的路人。视野之内，再看不见人。这当然只能是暂时现象。康熙明白，人说不定啥时就会出现。康熙的心灵已被鸡占领。又迟疑了几秒或几十秒，康熙不得不向潜伏在心中的贼投降。

康熙小心拿开栅栏上的铁钩，铁钩却当啷一声响，他急忙用手按它一下。康熙扑向鸡笼，关上鸡笼那扇小门，插好挂在一旁的铁丝插销，双手把鸡笼抱起来，大步走向摩托。

鸡筐散发出热烘烘、臭烘烘的气息，康熙感到，这是十分亲切的人间气息。一般在天黑前后，鸡的主人一定会来搬运他们财产的。主人大约不会想到，光天化日之下毛贼就偷鸡了。鸡筐立马固定好，摩托悄悄驶离，并迅速提速。说不定，主人就在极近的地方；说不定，路上就会遇上主人。十多分钟后，康熙就驶离大官庄镇地界，到达张庄乡地盘。狂跳的心平静了下来。这些鸡大约平生第一次体验这种速度，鸡们在呼啸的风声中、在康熙的身后，不安地发出叽叽咕咕声。康熙自言自语："鸡呀，为我培养人才的伟大理想做点贡献吧。"又拐了几个弯，到了张庄乡驻地，康熙把鸡卖给了远近闻名的"张氏烧鸡店"。鸡共二十六只，那一年，土鸡五元多一斤，总共卖了三百多元。啊，真好，正好能把学费缺口堵上。

康熙揣好钱，发动了摩托。"哎，哎，鸡筐，多好的一个鸡筐啊，不要啦？"康熙背后响起一声大喊，是烧鸡店老板老张在喊。这一声喊把康熙吓得不轻——鸡筐可不能忘在这里，这是个不小的疏忽。康熙强作镇静，哈哈笑着，把鸡筐重新固定到车上。到达王庄乡地盘，离康家庄不远了。康熙偏了一下方向，来到沂河岸边一僻静之处。暮色已如雾如水，河岸下流水声变得格外清脆悦耳。康熙握紧鸡筐把手，用力悠一下再悠一下，那鸡筐便以康熙手臂为轴，在暮色中画了一圈又一圈，当康熙感到离心力达到最大时，鸡筐就轻盈地飞向沂河。康熙听到了鸡筐落水的独特声音，康熙想，落水的鸡筐就成了一个水中竹篮啊。竹篮打水一场空，鸡的主人不但丢了鸡，连鸡筐也丢了。一只鸡筐，最后结局竟是

"浴乎沂"。康熙不知"浴乎沂"是个与圣人有关、非常古老有趣的故事，他只知要把这件事做得够绝，不绝可不行，鸡筐有可能成为罪证啊。望着鸡筐在暮色中浮浮沉沉顺流而下，康熙不禁浮想联翩：这鸡筐漂洋过海，说不定能漂到太平洋呢，若漂到了太平洋，就算你能得跟美帝国总统小布什似的，大约也闻不出鸡筐的半点臭味了。

康熙按一按装钱的衣兜，硬硬的感觉真好。三百多块钱团结在一起，就具有了一种不容忽视的力量。康熙站在高高的河岸上，点上支烟，在水声虫声的伴奏下，恶狠狠地抽完这支烟。正想上路，跺脚瞪眼的老毛病不自觉又犯了一次。这时，康熙主动自觉地狠命跺一脚，再跺一脚，跺得河岸都颤抖不已，吓得不少正在尽情欢歌的虫子不敢吱声了。

咳——咳，咳——咳，忽传来老头咳嗽似的声音。有刺猬呀！康熙对这种声音很熟悉，循声一瞅，暗影中一只个头不小的刺猬正向他脚边蠕蠕而动呢。这东西，仗着一身极具特色的武装，胆子大，性子慢，活得很有耐心。康熙伸脚到刺猬身上，它立即停住，缩了缩身子，加大分贝咳咳了几声。康熙那脚在刺猬身上试探着按按揉揉，好像什么也没想，就把它往岸下一推，刺猬就只好顺着斜坡滚了下去。康熙瞪大眼盯着那滚动的暗影，心想你可千万别淹死了啊。在离水面不远的缓坡处，刺猬终于停下滚动，判断了一下形势后，又调整方向，朝岸上爬来。康熙对那团影子说："不错不错，你还能知道岸在哪里，回头是岸，回头是岸啊。"

一次成功的行动，一次真正的行窃。康熙明白，今日康熙已非昨日康熙。要是被抓住，至少要到看守所里蹲个十天半月

　　　　　　　　天堂里的牛栏

的，还要处以数额吓人的罚款。康熙对自己说："康熙，你现在正式是个贼了。已成贼子，谁知回头在何时，岸在何处？"康熙努力让贼的成分在人生中占较小分量，他挣扎着做一个好人、好父亲、好丈夫、好儿子。

做贼这事，能瞒过所有人，但瞒不过妻。那一夜，他把钱交到妻手里时说："凡花，我做贼了。"妻叫孟凡花，娘家是同乡康家庄西边孟家庄的。两口子喳咕了一夜，中心议题是怎么把一子一女培养出去。子女的学习成绩证明他们都是人才，他们都有能力成为人上人。康熙想，谁不知做贼下贱又有罪，可是这么好的子女，如果因为没有经济保障而失学，他这当爹的同样有罪，即使活到七老八十，面对子女，他永远都会有负罪感，除非像他爹一样暴死。妻对丈夫做贼顾虑重重，心惊胆战，但还是基本同意康熙阐明的做贼原则。两口子掏心掏肺地说啊说啊，既面对现实，又展望未来，两人的心贴得越来越近。康熙爬到妻身上，妻也满怀激情地去逢迎他。做着，做着，康熙把头埋在老婆胸脯上呜呜哭起来，哭得鼻涕眼泪一齐流。做这事时抱着老婆哭，这不是第一回，但这一回最让凡花感动。凡花伸出她粗糙的双手，上上下下地抚摸拍打着她亲爱的忍辱负重的丈夫，像安慰一个误入歧途的孩子。

康熙说："我和心中的贼斗了半辈子，最后还是做了贼。一旦把孩子培养成功，如做不到立即洗手不干，天打五雷轰。"

康熙做了贼，做了个自觉的贼。一旦来到离家远一点的地方，他那颗好人心就换成了贼心，那双好人眼就换成了贼眼，用贼心思考一切，用贼眼观察一切，物色到合适猎物，再选择合适时机去捕获猎物。最初，康熙感到每月能增加二三百元额外进项，家庭财政就能正常运转。孩子的学费、自己的生活、奉养老母等人生重任，就都有了着落，他就成了好父亲、好丈夫、好儿子。他每月只做一两次，最多三次。事不过三，老祖宗的古训他不敢不遵守。经济较宽裕时候，他会数月不做。他和孟凡花商定的目标就是做小毛贼，尽量只偷放在野外的东西，必要时也可以进宅子，但只进院子，绝不进室内，只偷能换成钱的物，绝不偷钱。这样，即使万一被抓了，一般也不会判刑。要是做大案被抓，不用判多了，判他坐一年两年牢，儿女就完了。他偷鸡、羊、狗、兔，也偷粮食，有时甚至偷长在地里比较值钱的青菜。每次得手换来的钱大都在一百元至三百元之间，有时会达到四百，但没有一次超过五百的。他是个真正的毛贼，绝无做江洋大盗的理想，绝不和任何其他大贼小贼打交道。

那一年，儿子康浩考取了省城名牌大学，女儿康杰考取了沂东县高中，家庭开支陡增，他不得不加大了做贼力度，每月大都做两三次，但绝不做第四次。他的贼眼越来越锐利，贼心越来越狠。

儿子进入大四的时候，争气的女儿一举考取了北京一所名牌大学，在当地相当轰动，连乡长都登门祝贺，并代表乡政府赠送了五百元钱。望着亭亭玉立的女儿，康熙那颗为父的心，像喝了蜜一样甜。可是，北京的学杂费比省城的学杂费更高，康熙又有了泰山压顶的感觉。这时，儿子康浩向父亲宣布他自己靠打工解决大四的学费。懂事的儿子，在大三时就减少了向父亲讨要学费的数量。康熙不禁感慨自己三生有幸，感激上苍赐给他好儿好女。

3

随着儿女的出息，康熙的心越来越大，也越来越软。他想象着五年十年之后，混阔了的儿子带着媳妇和孙子来到门前，想象着神采飞扬的女儿大学毕业后在北京找了大官或大款的儿子做女婿。康熙对老母格外孝顺，对媳妇格外疼爱，对左邻右舍格外和气。村民已经用看人上人的眼光看康熙了。即使不当着他的面，人们提到他，一般也不使用康瞪眼这个诨名了。一家子出一个大学生就了不起，人家出了两个，还都是名牌。许多人家供一个学生，就累得提不上裤子，人家康熙就是能，供两个学生，还看不出多累。

康熙主意已定：等儿子大学毕业，找到工作，让儿子帮他妹妹，俺康熙立即结束做贼生涯。贼，和康熙的身份与人生理想太不相称了。自从成了贼，康熙感觉自己的日子就分成了两半，一半在地上，一半在地下。他期待着清除地下这一半日子的时刻快快到来。

康熙再一次走在长长的官庄坡上。这个坡已成为触动他敏感神经的地方。广阔天地之间，放羊老汉又出现了。老汉与他的羊在马路对过的浅沟里走——他现在只有两只羊了。康熙减慢车速，悄悄观察那老汉。他绝不敢再偷人家一回，就是想观察观察这个被他偷过的人。偷与被偷，说到底也是一种缘分。被人惦记与不被人惦记，是不一样的。老汉大约是感觉到了异常，抬头望向康熙。老汉弓起腰看，又猛然挺直身子看，眯缝着眼看，瞪大眼看，抬手放额头打起眼罩看。应该是看清楚了，老汉十分激动地大喊："好汉，好汉唉，来，来，来，我再送给你一只……"康熙一看大事不好，赶紧跑。可是，老汉已掏出了手机，在手里按号了——一定是按110。一看这阵势，康熙没有其他选择，只有冲上前去。老汉刚把手机举到嘴边，就被康熙一把夺下。摩托一轰油门，扬长而去。康熙出了一身冷汗。他想不到，被羊放着的这个老汉与时俱进，已配备了手机。别说用手机，康熙家连固定电话都没舍得安装。康家庄安装固定电话的已不少，还没听说谁用手机呢。差点坏了大事。要是老汉拨通了110，说不定今天康熙就被抓了，离这儿最近的派出所只有四五里地呀。要是作为贼被抓了，康熙这半生的奋斗可能就彻底完了。

康熙明白，这条路以后不能再走了，去县城得绕道了。

4

女儿去北京读大学了，沂蒙山的秋天到了。季节的车轮轧轧碾过，碾出一幕又一幕人生故事。

康熙和媳妇孟凡花一块去给岳父过生日。岳父叫孟庆春。这个生日，是孟庆春最高兴的生日。康家庄的男外甥康浩不到一年就从省城大学毕业，女外甥康杰又考取了全国最有名大学，这才叫祖坟上冒烟了。孟庆春认为，不光是康家祖坟冒烟了，孟家祖坟也冒烟了。孟庆春向来喜欢沉稳的康熙，现在就更喜欢了。康杰上北京前，孟庆春调动孟家全部力量，送去了三千块钱。

在岳父生日宴上，康熙受到一大家子亲戚一致的恭维，他初步品尝到了一个成功父亲的喜悦。康熙知道，他的喜悦是不完整的喜悦，是有缺陷的喜悦，他心里有一根刺，一根随时随地就会刺他一下的刺，哪一天拔出了这根刺，他才会有完全的喜悦。在一片祝寿劝酒声中，孟庆春的喜悦却是完整的喜悦，他晕晕乎乎，眉飞色舞，熏熏然如驾祥云瑞气。

孟庆春对康熙说："康浩离大学毕业不远了，他的工作问题你想过没？"

康浩的工作？这真不在康熙的考虑范围。康熙觉得，儿子考上了不错的大学，自然就能找到工作，找工作是儿子自己的事，他康熙只考虑后勤保障。

康熙说："毕业后，他自己找哇。"

孟庆春说："这你就不懂了。现在的形势是，考大学容易了——当然，像女外甥这样的大学，不论过去还是现在，那都是相当难考的。我是说，大学生越来越多了，找工作却难了，越体面的工作越难找。你看，这村的孔凡林上了个财校专科，毕业后竟然进了市财政局，不就是人家有个在市里做官的大爷吗？要是穷百姓的孩子，别说进市财政局，他进咱王庄乡财政所都难。背靠大树好乘凉，城里有人好做官。有人与没人，那可是天壤之别呀。康熙，你放心吧，你顾不上考虑的事，我考虑了，康浩的工作问题我已有谱啦。你们晚辈人都不知道，咱家有一门高亲啊。大官庄镇小官庄村俺姑奶奶的大儿子，也就是我表叔，人家那几个子女可出息了。我表叔的大儿子，也就是我大表弟，现今是省城的厅长啊。姑奶奶死了四十多年了，这层亲戚也有几十年不走动了，是我主动把这层亲戚又拾起来的。前年刚过完年，我就去小官庄看表叔了，咱得主动啊。怎么叫个走亲戚走亲戚呢，亲戚就是走出来的，不走，再重要的亲戚也就没有了。我这表叔可仁义了，对姥娘门上的老亲戚可亲热了。不等我开口，人家就说：'表侄，什么亲戚最亲？姥娘门上的亲戚最亲。表侄，你的孙子啊外甥啊要是需要安排工作什么的，尽管开口，找你表弟表妹给办。'表叔大儿子这种级别，咱全沂东县不一定有第二个吧？县里当书记、县长的，还有其他不少体面人物，过年过节都去小官庄看望表叔，铮亮的鳖盖车一停一溜。那个亲热劲，不比看亲爹亲娘差呀。那是看表叔这老汉吗，那是看老汉他儿啊。什么叫光宗耀祖，这就叫光宗耀祖啊。表叔他那厅长儿子省城的家门，当县太爷的也不一定好进吧？去年刚过年，我又去看表叔，正巧碰上大表弟两口子回来了。我可是开了眼界了，大表弟坐了不大工夫，县里乡里的头面人物就呼呼啦啦来了好几帮。大表弟刚进村时，还专门安排司机把车停在僻静地方，尽可能不让人看见。那些人消息真是灵通啊。大表弟那级别咱觉着怪吓人的，可他对咱没一点官架，表叔一介绍，他就表哥表哥地叫，一点也不淡薄人。可是，本县的官一照面，大表弟立马就有了点官腔官架。这些官，平时哪个不是官模官样的，一见了厅长，立马就小了，小得一点官影子也没了。你说，就跟戏里演的似的。看来呀，官就是官，官架有用处，就看你什么时候用，用得恰当不恰当。我这大表弟素质高，他那媳妇也了不起，大医院大夫，菩萨似的，面善得很，半点官太太味也没有。他两口子在家待了不到两个小时，就急着走了。官身不自由哇。"

孟庆春越说越兴奋，不待人敬人劝，伸手端起眼前杯就喝了一大口。孟庆春又不亦乐乎地讲了他本村一个与官有关的故事，是姓孟的一家，有个儿子干上了乡镇长级别的官，也有一些人来村里看他爹娘。有一回，不知为啥这官儿子跟他庄户爹打起来了，儿子一蹦老高，朝他爹喊道："你别老糊涂不识数，不是因为我，那些非亲非故的人谁来看你？"把他爹气得一面大骂不止，一面从屋里往外扔平时收下的礼物，乱七八糟喊里咔嚓扔了满院子。

孟庆春总结道："他这是要求他爹把他当官待呀。做人做官都得看素质。这人虽混了个级别，但素质一般，从小就一般。他家家风也不行，比我表叔家差远了。"

康熙以前就听岳父提到有这么个亲戚——岳父姑奶奶的儿子。他想了想，才明白这层亲戚的远近。到康熙这里，应当差不多属于八竿子打不着的亲戚了，他没往心里去。当时岳父没说今天这么多话，只赞叹人家子女有出息。岳父的姑奶奶死了近半个世纪了，岳父却又顽强地把这层已经断了的亲戚关系接通了，修复了。现在，岳父要动用这层亲戚关系了。

岳父越说越清楚，岳父的表叔叫上官仁义，大官庄镇小官庄村的。那个地方姓上官的不少。岳父说，那地方自古出大官。康熙这才知道，四十多里外的大官庄镇一带也有亲戚。

孟庆春哈哈笑了起来，说这个表叔太有趣了，七十好几快八十了，身板硬朗，天天乐乐呵呵的，儿女们都争着让他上城里享福，可他谁家也待不住，天天跟个领导似的，率领着几只羊漫山遍野跑。表叔说，城里不是咱待的地方，一个生活小区就是一座监狱，一家就是一个看守所。表叔还说："在济南老大家，我问对门住着什么人？你猜怎么着？俺儿媳妇竟然说不出个道道来。你说，这城里人咋这样？咱乡下，鸡窝要是挨着狗窝，那鸡狗还会有感情呢，还能在一个盆里吃食呢。这城里人，一年到头门挨门住着，却不知对门住着什么人。你说，这不是监狱是个啥？"

接着，孟庆春更猛烈地笑了起来。孟庆春原原本本叙述了表叔被当面偷羊的情节，全家族的人都笑得前仰后合，都感慨这个毛贼厉害。康熙默默地听着岳父讲述着他听来的人生奇遇，却不知那奇遇的主人公就是自己的女婿。孟凡花本来就爱笑，这回差点笑岔了气。她当然不知这等离奇情节是她男人的杰作。康熙对老婆不隐瞒他是个贼，却绝不会对老婆叙述一点做贼细节，孟凡花有时忍不住担心地问偷东西的情景，一问康熙就怒不可遏，她就不敢再问了。面对严峻人生、残酷现实，我康熙哪有玩味做贼情节的心情？

康熙讨厌孟凡花那样笑，就瞪了她一眼。孟凡花望了望康熙的脸，立即想到他男人是个贼，笑影一下子从脸上飞走了。在人眼里，康熙向来坐有坐相，站有站相，不苟言笑，大家对他这种严肃表现，没感觉有啥不对头。

备受尊重的康熙，不能不努力显出气定神闲的表情。小官庄村就是他作案两次的地方，就是他表演偷羊情节的地方，就是他前些日子把上官仁义手机抢走的地方。康熙在岳父生日宴会上勉强笑着，可他的心在流血。一根刺，一根韧性的刺深藏在康熙心中：我是贼。当他面对合适的猎物，当他的贼心贼胆发动起来，他会完全忘了这根刺，就像一位在阵地上面对敌人毫不畏惧的战士。但当他闲下来，当他深夜醒来，当看到他人无忧无虑的欢乐，那根刺就会尖叫一声，猛烈刺他一下。

这次生日大聚会时，上官仁义的手机被同一个毛贼抢去的情节已经发生，但孟庆春还不知道。待孟庆春知道这情节时，随即就发生了第三个更加有趣、令当事人在纳闷的基础上更加纳闷的情节。

5

第三个情节很简单。

给岳父过完生日后不久，康熙趁上县城的机会，打听清楚小官庄村上官仁义家位置，大白天就把层层包裹好的手机和卖羊所得钱扔进了院子。上官老汉家锁着门，肯定又让羊放他去了。正好有个妇女从这胡同走，盯着康熙问："你往人家家里撒的啥呀？你是哪里人啊？不像个吃公家饭的呀？"

康熙望了眼妇女，说："这个老上官天天闲得个腚疼，不跟着个破羊满山遍野跑一通就浑身难受，俺已跟他约好了，这是我们的秘密，不能告诉外人。"

那妇女又笑道："你使这法子给人家送礼呀？真是什么法子都使出来了。给这老汉送礼的人可不少，一个个人模狗样的，也不知家里有没有亲爹可孝敬，待这老汉可是比亲爹还亲啊！人家那些来送礼的，基本都是坐鳖盖车来，像你这样哼哼地开着个破摩托送礼的实在稀罕。哎，攀个高枝不容易啊。"

康熙道："你这人真是没话说三声，可别胡说了，老上官可是个好人。"

那妇女继续笑道："俺哪说人家不好呀，别把屎盆子往俺头上扣。你看你这人，青天白日的，搞得自己活像个地下党，还嫌俺多话呢。你撒的是金子，还是银子？不会是定时炸弹吧？"

那妇女这时自己笑得弯下腰去。康熙一跺脚一瞪眼，说："让你说对了，俺就是地下党，新时代的地——下——党……"康熙一脚踩下油门，哼哼地蹿了出去。

康熙在那包里用铅笔附了一个字条：羊，重 59 斤，卖钱 345 元，手机完好无损。老先生，对不住，让您受惊了，受屈了。祝您身体健康，心情愉快！

庄户人有句话，天底下的人都是亲戚。做贼的这一经历，让康熙更加认可了这一点。

面对钱与手机，老上官被这个毛贼彻底征服，念叨思考这个贼成了他日常生活的一项重要内容。不但上官仁义惦记着这个毛贼，孟庆春也惦记这毛贼了。这毛贼是个什么人啊，他有个什么样的家啊，他为何这么做啊。孟庆春和表叔品着茶，喝着酒，说了一遍又一遍，前两个情节还能理解，这第三个情节太难理解了。莫非这个贼是从《聊斋》里跑出来的？是狐仙是小鬼变的？专门捉弄人，跟人闹着玩？蒲松龄的蒲家庄离这里倒不太远。

老上官找出那个小心保存着的字条，给孟庆春看："庆春表侄，你看他这字，蚂蚁爪子划的似的，一年级小学生写得也比这好。有人让我报案，说既然有字条，让公安查笔迹，一查一个准。我绝不报案，我不把他当个普通毛贼看。这人有本事当大盗大侠，但他不当，就当当小毛贼玩玩，跟我这老汉开开玩笑。表侄，你说有没有这种可能性？"

孟庆春一面仔细看字条，一面笑道："表叔，是不好理解，大千世界，无奇不有哇。表叔，是不是也有这种可能：这贼偷羊抢手机之后，又知道了被他偷抢的是个什么人，是个什么家庭，心里就对您又敬又怕，就有了最后这个令人奇怪的行动。估计这人不会再找表叔的麻烦了，给他个胆也不敢了。"说到这里，孟庆春抖着手中字条，一拍脑袋说："表叔，这字有秘密有秘密呀，十有八九是故意用左手写的，这贼有防备有防备。咱不懂破案的事，可能想破案也真是有难度。不过，有俺大表弟这个级别在上边压着，您要是报案，县里会相当重视的。"

老上官纳闷了一会儿，说："难道是这样？他是怕我、怕我这个家了？就算有这可能，我寻思着也不太合情理。怕，躲着不就行了，何必再冒险还给我。我跟你大表弟也说了，他说案可以报，但不过就是给当地公安提供个情况，不能要求人家给破案，压着头皮的大案要案都查不完，不会下深水查这种小毛贼的，就算有那字条，查起来也像大海捞针一样难，公安部门的宝贵警力可不能随便浪费。表侄，我根本就不打谱报案，就算公安主动给查出来，我也得去央求公安宽待他。我要好好跟他拉拉，说不定能跟他交个朋友呢。"

孟庆春说："大表弟级别高，觉悟高，见识也高。表叔，您老人家大慈大悲，俺表弟表妹都出息大了，根源于您一辈一辈修得好哇。"

老上官端详着孟庆春的脸，说："我非常想念这个人，我非常想再见到他。这些日子，我不断回忆头一回见到他的情景，一见面，就觉得有些面熟，就觉得怪亲切，就好像哪辈子见过他似的。他把羊抱上摩托踩油门后，我还以为他转一下就回来呢，是表演给我看看呢，没想到直接就窜得不见影了。就跟演电影似的，演电影也没演得这么真的。过后，我又觉得像做了个梦似的。这人一定不是个普通毛贼，他有个什么样的家，是不是遇到了不一般的经济困难？他本质上应当是个豪杰豪侠，只是没能走上正道，要是从小走上正道，这人可能会成为了不起的人物，甚至能成为国家栋梁之材。表侄，我非常想念这个贼呀，白天晚上都想，我很想和他交朋友。不知这辈子还能不能再见着这人。实在不行，我还是去报案吧，不是为了法办他，是为了与他交朋友。庆春表侄，你说行不行？"

孟庆春望着陷入迷魂阵似的老上官，说："表叔，我看，今后再见着这人的可能性是有的，他既打听着找上您家门了，去了一回就有可能去第二回。前边我说了，他不会再找您麻烦，那为何有可能再找您呢？他可能是想攀个高枝，与您交个朋友。有这可能吧？老话不是说，不打不成交吗。"

老上官虽然还是一脸迷茫，却露出了笑模样："那咱就耐心等等。我坚决相信，这人实质上是个好人、能人、不一般的人……"

6

日子像有鞭子撵着似的，转眼过了春节。孟庆春专程到康家庄女儿家，与康熙商讨外甥康浩找工作之事。孟庆春的意见是，虽然他跟上官仁义已经说了，上官仁义也已跟儿子上官厅长说了，但康熙必须最近就去省城上官厅长家跑一趟，哪有求人办事却不照面的理？找工作可是大事啊。

省城？在康熙的想象里，那是个很遥远的地方。虽然儿子在那里待好几年了，康熙却一次也没去过。

康熙经常去的城市是县城，县城与他的生计密切相关。

康熙去的最大城市是临沂，临沂曾是他的伤心之地。十年前，他去临沂打工，在一个建筑工地出了三个月苦力，麦收时节到了，他要回家割麦子，就找包工头要工钱。包工头说，你回去忙忙地里的活，再回来接着干，哪有才干三个月就讨工钱的，干了八个月的还没给呢。康熙心里恨恨地骂道："您娘个鳖孙，干到八个月，年都过了，儿女的学费、种地的肥料钱哪里来？"康熙没办法，只好在家忙一阵又老老实实回到工地。坚持着又干了两个月，家里缺钱缺得冒火，康熙又要工钱，包工头还是不给，说必须到年底才发。康熙一再强调困难，差点都掉泪了，人家就是铁石心肠。康熙咬咬牙说，我干了五个月了，只要四个月的工钱，行不行？还是不行。康熙真想抽起身边钢筋，把包工头一下子闷倒。但一想到可爱的一儿一女，康熙就得把什么都忍下了。康熙说他实在坚持不到年底，先少给自己一点回家救救急吧。包工头好歹给了他三百元。到了年底，邻村几个也在那工地打工的人回家了，康熙去打听情况，得知他们只领回一半的工钱。包工头许诺，只要他们第二年再去干，就发给他们全额工钱。春节过了，康熙约另几个人去临沂打工，并讨要工钱，却见不着包工头的面了。这段打工生活，使他对城里人产生了普遍的憎恶。工地上的艰苦劳作把他熬得像个鬼，在城市里，他感到只要走出工地，不论到哪里，面对的都是嫌恶的目光。

康熙憎恶城里人，但当他想到他的儿女总有一天也要成为城里人时，这种憎恶之情会有所缓解。并且他之所以努力奋斗，就是为了让儿女摆脱土里刨食的命，成为城里人。现在，他要去大城市求一个大人物为他儿子谋前程，他对城市对城里人已经有点爱恨交加了。

去省城，康熙并不怎么犯愁，省城无非就是更远些、更大些。康熙是个对于出门很习惯的人。

依照岳父孟庆春的安排，康熙选择周末去省城。

坐了大半天汽车，从沂蒙山区到了省城。一出汽车站，康熙才知自己低估了到省城找人的难度。面对人山人海，滚滚车流，康熙有些犯晕。省城就是省城，不是县城景象，也不是临沂景象。他的贼眼贼心贼胆，到这儿不够用了。一个又一个的士司机招呼他，他不敢上，他从没打过的，他怕人家拉着他围着省城转圈，然后向他要很多钱。只有在沂东县在以康家庄为中心的乡下，他的心眼才是活泛的，周围的人和物才是他能琢磨透的。到了省城，他担心的是被人琢磨。只有那装了很多人的公交车，他才敢上。照着上官仁义提供给孟庆春的地址，康熙倒了好几班车，终于来到了"春天花园"小区，找到了上官厅长所在的那座楼。

楼很高，县城和临沂都没这么高的住宅楼。上官仁义提供的地址图很仔细，该标的都标上了。要进入上官厅长家，第一道程序是先按对讲门铃1802。康熙只坐过工地上那种升降机，没坐过住宅楼电梯，他对着号码牌瞅了瞅，小心地按下1802。里面传来一个姑娘的声音，他知道肯定是厅长女儿。"找谁？"声音相当冲。康熙说："我来自沂东县王庄乡康家庄，名叫康熙，上官厅长是我表叔。"对方一下没声了。康熙见过当官的打电话，不想让对方听到时就捂住话筒。过了一会儿，又隐约传来了姑娘的声音："同志们请注意，沂东县康家庄的伟大亲戚康熙驾到，开不开门？"从声音判断，厅长女儿没把话筒捂严实。这是人家的玩笑话，却令康熙胆战心惊。屋内好像有一阵乱，随即铁门咔嗒一声响，可是门仍然严丝合缝的。康熙伸掌拍门，大铁门嘭嘭响，就是不开，他往里推，推不动，就拉，一拉，拉开了。进了这层防盗门，康熙面对着人行楼梯和电梯间。他对电梯有些畏惧，就抬脚踏上了人行楼梯，上了几级，不得不停下。临行前，经与岳父反复研究，康熙带了一纸箱土鸡蛋，十多斤红薯，十多斤芋头，还有二十多斤绿豆、红豆、黑豆等杂粮，全都是精心挑选的。在城里人眼里，大约都算得上是绿色食品。省城的大官缺什么？庄户人很难提供省城大官稀罕的东西，就是表达个心情。这些东西总重量可不轻，一路弄到这个小区，已经令康熙很狼狈了。要是再背上十八楼，那不得狼狈煞？康熙想，必须坐电梯。电梯口却不见号码牌，只有上下箭头，就伸手摁往上的，电梯门开了，几乎没声。他急忙弯腰往背上拾东西，门却又关上了。他背好东西又摁，门一开就急忙往里钻。进去后，电梯门关上后，又不动了。他撒目了一圈，这才看到有个数字盘，心想还得再通话呀，就摁下1802准备通话，电梯却呼呼地往上蹿开了，呼呼地就把他托到了天上。电梯门一开，往窗外一望，眼前全是黑压压的楼顶，地面上那些气势汹汹的大车小车，似乎全都成了小孩的玩具。

一个老汉站在1802室门口。

康熙正在找1802呢，这老汉冲过来一把抓住他："康熙？你就是康熙？"

放羊老汉上官仁义做梦都没想到，他接到的客人竟然是他向往已久的贼。

上官仁义和康熙为了一个共同目标，走到一起来了。

几个月前，大年初二，孟庆春就到小官庄看望表叔上官仁义，并恳求表叔帮助外甥在省城找个体面工作。上官仁义不光痛快答应了，还在心里决定要亲自去趟省城，把这个事砸巴得结结实实。上官仁义母亲去世这么久了，姥娘门上与母亲同辈的人早就没有了，比母亲晚一辈的很多直系亲属也都过世了，再加上两个庄相距甚远，双方已有几十年不走动了。上官仁义是个重情重义的人，这种对情义的感受越老越厉害，他常常忆起孩芽时代在姥娘家的时光，忆起姥娘姥爷的音容笑貌，好几回做梦，梦见自己又回到了儿时，一大群光腚猴伙伴在姥娘门前小河里捞鱼摸蟹。他还专门问过孟庆春那条小河还有水吗，他常常涌起到姥娘门上去看看的冲动。但姥娘门上不来人，他不能以长辈身份去看望大都不认识的晚辈。前几年，母亲的侄孙他的表侄孟庆春突然上门，可把他高兴坏了。算起来，孟庆春就是姥娘门上最要紧的亲戚了。能在有生之年为姥娘门上有出息的晚辈出点力，在他不但感到义不容辞，简直感到是莫大的幸福和安慰。让姥娘门上的晚辈们知道，老辈子嫁到小官庄的闺女，其后人出息了，发达了，对上官仁义来说，也是无比自豪的事。前天他就到儿子上官文章家了，把已经在电话中说过的孟庆春外甥的事，又跟儿子丁是丁卯是卯结结实实地交代了一番。昨天儿子就启程去澳大利亚考察去了，一星期后才能回来。上官仁义本来准备今天就回老家。昨天他儿媳接到孟庆春电话，孟庆春说想让女婿康熙去一趟，儿媳当即回答，不要来，一定不要来，孩子的事他们会重视的。

上官仁义儿媳上官厅长夫人是省人民医院神经科大夫，大医院名医，人家既称她方大夫也称她方主任。官大亲戚多。随着丈夫位置的升迁，冒出越来越多的亲戚。天然的重要的亲戚，从她一嫁给丈夫就确定了，就知道了。后来冒出来的亲戚，实际上是亲戚的亲戚，或亲戚的亲戚的亲戚，甚至更远。对付这些八竿子拨拉不着的亲戚，方大夫早就有一套成熟经验。虽然公公一再强调孟庆春是他姥娘门上的要紧亲戚，但她清楚这亲戚的远近。不论事情给办与不办，家门是不能让他们进的。

上官仁义从前听孟庆春说过，想让女婿康熙来省城认认表叔大儿子家门，没想到这么巧，他在儿子家时，正遇上孟庆春打电话说要让康熙来。他一听儿媳在电话里说不让来，一下子急了，张口结舌地就喊开了。儿媳赶紧捂住话筒。老上官说："别，别，千万千万别不让人家来，让他来，让他来，我很想见见孟庆春的这个女婿，他把一双儿女教育得那么好，听他拉拉，说不定对你们教育娜娜有好处，千万千万千千万，让他来，让他来，我和他一块回去，也好有个伴。"看着公公这样子，她只好破例答应人家来。她最后在电话里强调："不要带东西，什么东西都不要带。"孟庆春听了这话，知道这是人家高姿态，东西还是要带的，世上哪有空手求人办事的理？几十年的从医生涯，使方大夫对草根人群的生存状态有深入理解，强调不许带东西，就是体恤民情了。要不是上官仁义在这里，康熙是不可能进厅长家门的，就是他来到楼下，也会被拒之门外的。被方大夫拒之门外的各色人物太多了，只要她在家中，她要做的重要事，就是拒绝再拒绝，委婉地拒绝，恰当地拒绝，坚决地拒绝。她经常对厅长说，做这破官太太需要远远超出官的智慧。一半是玩笑，一半是实话。

康熙已知上官仁义是他的表爷爷，而上官仁义却完全不知他心目中的"大盗大侠"竟是孟庆春的女婿，自己的表孙。自被康熙偷了羊，他就经常咂摸这个贼，感到这个贼太有味道了。待到这个贼抢了他的手机，又还羊钱还手机，他对这个贼简直入迷了。

上官仁义面对康熙的惊讶程度，显然超出了康熙面对上官仁义的惊讶程度。康熙想不到上官仁义会在儿子家，面对上官仁义，康熙惊讶之余，迅速调整自己进入角色，他弯腰垂头，喊道："表爷爷，我是康熙，对不住您老人家。"上官仁义一把抓住康熙的胳膊，好像怕他跑掉似的："是你，是你呀？俺那老天爷呀，是你呀，是你呀！你就是孟庆春女婿康熙呀！"老上官紧紧抓住康熙，把他往屋里拽。

　　儿媳听见了公公老天爷老天爷的喊声，待他们一进门就问："你们原来认识吗？"老汉兴高采烈，手舞足蹈，竟然来了段即兴创作："认的，认的，早就认的了，有一回我的羊掉到大口井里去了，我怎么也弄不上来，他骑摩托从那儿路过，二话不说，跳下去就把羊给抱上来了，连名字都没来得及问人家，人家骑上车就跑了。哎呀，真是不是一家人，不进一家门啊，原来是我的表孙。哈哈，这真是老天爷有眼啊，老天爷的巧心安排呀。"

　　面对人生中这种奇遇，康熙心里酸甜苦辣，五味杂陈，激动、兴奋、尴尬、羞愧、恐惧，全都有了。他向方大夫恭敬喊道："表婶子。"康熙在宽大的真皮沙发里坐下，他那贼眼完全不管用了，表婶子在他眼里就如云里雾里的仙人。厅长的房子有多么大，不是他能判断的，客厅像个小广场，各种东西，从家具到小摆设，没有一种东西的模样是他熟悉的。上官仁义对着里面喊："娜娜，来见见你康熙表哥。"娜娜最不稀罕的就是客人。只要来人不是跟她有关系的，不是她熟悉的，她从来是能不见就不见。爷爷喊过了，娜娜并没动静。康熙这里又莫名紧张起来。过了一会儿，康熙听见好几道门响过之后，娜娜出来了，看上去与自己的女儿差不多大。上官仁义说："娜娜，这是你表哥。"娜娜并没叫表哥，只对康熙笑了笑，忽然又抬手捂了下嘴。她是想到她那句玩笑话了。康熙觉得应该站起来，身子刚一欠，娜娜就转身走了。娜娜已给了康熙不小的面子，要不是爷爷喊，她才不出来呢。

方大夫坐在康熙对过，厅大，沙发大，康熙感到，就像在遥望对方。方大夫对来访者是能拒则拒之，不能拒者，进了家门，就是客人，就热情相待。她为康熙沏茶倒水，问这问那，很是亲切。方大夫年轻端庄，面相慈祥，满身高贵高雅气。康熙知道，上官厅长已年过五十，方大夫看上去却是三四十岁样子。这样高级的女人是康熙从没见过的，康熙觉得，人家坐在那里就像是尊菩萨。这样想着，自己老娘那张憔悴的脸就在大脑里闪了一下。方大夫马上就注意到了康熙瞪眼跺脚的毛病。在这样的环境氛围中，康熙这一毛病呈现的频率提高了不少。

对讲门铃柔和地响起来，响了几声就停了。方大夫起身说："走，咱们到外边吃饭。"一到这大城市，康熙就丧失了对天地日月的感受，他不知太阳跑哪儿去了。原来，天早就黑了。康熙就跟着他们一家三口往外走。到门口，康熙瞅了瞅一侧，发现他放在门边的东西不见了。康熙进这个家门前，历尽艰难背来的土特产，方大夫没让往屋内拿，而是放在了门口。对康熙来说，这无异于一个下马威，但因猛然面对上官仁义是一件更刺激的事，当时对这个下马威他来不及体会了。方大夫阻止他往室内背东西时，语气是客气的："哎呀，这么远背这么重的东西来，多累呀，快点先放门口吧。"

天堂里的牛栏

康熙想，东西弄到哪儿去了？康熙并没见家里人出去。厅长这种家庭是康熙不可想象的，厅长家人对人对事的方式态度也是他完全陌生的。人家为什么会这样那样，康熙会不由自主地去想，有的能想明白，有的想不明白。在厅长家这段时间里，电话响了一次又一次，方大夫到电话机前瞅一瞅，有的接，有的不接，不接的时候比接的时候多。音乐一般的悦耳铃声，在这座豪华房子里一阵一阵弥漫开来。那些不接的电话，顽强地响一阵，就绝望地停了。康熙想，打电话的都是些什么人啊。方大夫到另一个房间打过几次手机，康熙想可能是方大夫叫人把门口的东西拿走了。拿到哪里去了呢？这对康熙只能是个谜了。这一段时间里来过三次客人，两次是一个人，一次是两个人。门铃响，通了话，就进来了。方大夫也不将来客对他们介绍，就领到另一房间去了。一会儿，客人就走了。

　　楼梯口停着一辆豪华轿车，沂蒙百姓常把这种车叫鳖盖车。恭候在一边的司机，见他们下来，急忙打开了车门。

　　四个人来到了离春天花园不远的王朝饭店。许多人都认识方大夫，对她十分恭敬。落座后，服务员说："方主任，什么标准？"方大夫说一百。康熙想四个人吃一百块钱的菜，可够贵的呀。康熙不知道，方大夫说的一百，不是指一桌一百而一人份一百。在这个饭店，这已经是较低标准了。

　　菜上来了，除了他见都没见过的山珍海味，还有芋头、地瓜、青萝卜条等，康熙想，岳父让他带那些东西看来还是对的。那些东西去了哪里呢？看来不会扔掉，可能是放到地下室去了。

在饭桌上，娜娜恭敬地叫了康熙表哥，并起身敬他酒。方大夫光听娜娜的爷爷说康熙的女儿考上了北京的大学，但不知道是哪所大学，康熙一说那所大学名，想到在山东省要考出一个不可思议的高分才能进那所大学，娜娜心里肃然起敬。娜娜虽也在北京读书，但那是一所普通院校，还是她厅长爸爸动用关系破格进去的。

方大夫也对康熙多了几分敬意，她对康熙说道："你把儿女培养得那么好，你这父亲做得很成功。你儿子找工作的事，你放心，娜娜的爷爷那么重视这件事，我们不会不重视。"

康熙心里想，他从来没有培养孩子，他只提供后勤保障，是儿女们自己苦学苦出来的。他们不需要他教育，他也教育不了。只要给他们提供了吃的、穿的，不拖欠学费，他们就会像煤矿坑道里的挖煤工一样，拼命往前掘进。他们如果不拼命，只能落得悲惨的结局。康熙的人生是严峻的，儿女的人生也不可能是温馨的。一个穷人家的孩子，读到高中，就差不多可以用历尽沧桑来形容了。

饭毕，方大夫说："康熙，你就在王朝饭店住下，房间定好了。"

上官仁义一听，忙说："别，别，别让表孙住宾馆，宾馆好是好，哪跟上家里热乎，回家回家，俺老爷俩要好好拉呱拉呱。"

按沂蒙山人的看法，奔你家来了，你家又那么宽敞，却不让客人在家里住，那明摆着是拿人当外人待。除了最重要亲属，厅长家是不可能留人住宿的。但面对倔强的老汉，方大夫只好答应。

7

既然不得不留康熙在家过夜，方大夫就给单独指定了一个房间。老上官说："不用，不用，俺老爷俩睡一床，好好拉呱拉呱。"

这大大出乎方大夫意料，两个大男人怎么能躺在一张床上呢？

他们要"通腿儿"过夜了。这是沂蒙山人的古老睡觉方式：一人一头，你把脚伸过来，我把脚伸过去。在沂蒙山严寒的冬天里，人们就用这种方式互相暖对方冰冷的脚。沂蒙山人过去对找媳妇有个通俗说法，叫找个暖脚的。昔日的贼和被偷者躺在了一张床上。

一躺下，上官仁义竟就伸手抚摸康熙的脚，叹息道："康熙表孙呀，你不容易。"

静静仰躺着的康熙已悄悄流下了眼泪。

临睡前，康熙、方大夫、上官仁义在客厅里又说了一会儿话。方大夫已判明，康熙每隔约十分钟就跺脚瞪眼一次。这是一种强迫性神经症，常与儿童少年时代的某种精神刺激有关。康熙在地里干活的时候，在自己家的时候，这一毛病出现的频率就会减少，躺在床上睡觉时，一般就不出现了，面对他人、面对他人的某种东西时，频率会大大提高。方大夫直接说："你这个毛病能治好。"她让康熙到另一个房间，跟他交谈。方大夫温和的表情和话语，令康熙感到母爱般的温暖。他讲了父亲早逝、自己失学等遭遇。方大夫望着他的眼睛说，想一想，还有没有其他方面的。康熙迟疑了一会儿，终于摇了摇头，说想不起别的来了。方大夫宽厚地笑了一下，说："我给你准备点药，你明天带回去吃，能治好。"

康熙这毛病，也曾有人劝他去治，虽然不疼不痒痒，但总是不雅观，陌生人初见，还会感到有些瘆人甚至恐惧。康熙的人生过得太不精致，太艰难，顾不了那么多。重要的一点是，他疼钱。他的日子里又疼又痒痒的地方太多了，花钱治这不疼不痒痒的病，那太奢侈了。

方大夫一问康熙儿童少年时代所受的刺激，他首先想到的其实不是爹早死，不是失学，而是见人东西就眼热的毛病。但他没勇气说出来。他感到，方大夫似乎已看透了他的内心。

对方大夫不能说的，对上官仁义全说了。儿童少年时代的遭遇，供养儿女的艰难，第一次做贼的情节，最近这一次做贼的情况，他全说了。说完之后，他感到少有的轻松。康熙还说，每次偷东西后，他都有记录，何时、何地、偷何东西、卖了多少钱，他全都记了流水账。康熙说，六年多了，他一共做下一百五十三次，卖钱共三万一千多，算总账，罪不小了。康熙又说，表爷爷，如有可能，将来他得还人家。

上官仁义说："表孙，你不是贼，你是好人，是个能人，你是在为国家培养人才。"

第一次躺在这豪华宽大的席梦思床上。康熙暗下决心：从今日起，立即停止偷窃，借债供儿女读书。儿女这么有出息，他向人家开口借钱，不是太难的事了。在省城这一天的经历令他感慨无限。上官仁义、方大夫，他们是多么好的人啊。这么远的亲戚关系，不用说一方在城里做高官，一方在乡下土里刨食，就是在同一个村里住着，也是无所谓的了。处得好，还算个亲戚；处不好，连个普通邻居也赶不上。到厅长家之前，康熙也算是见多识广的人，但比比城里人，他向来有"我是草民"这一意识。在厅长家的见闻，使他这一意识更强烈了。草民，草民，草根一样的人就是草民啊。他没能见上厅长，光这个官衔就吓他一跳。想到自己的一双儿女，康熙心里又有了几分豪气。他想，有朝一日，他或许也会像表爷爷一样，不是因为穷而去放羊，而是因为富让羊放自己。或许，等他老了，他不会像表爷爷一样不习惯城里生活，要是儿女欢迎，他会在城里长时间住下去，看着孙子或外甥长大。

上官仁义说："康熙表孙啊，你后半生会有福气的。"

上官仁义那双干燥温暖的大脚就挨在康熙的肩头，他很想去抚摸一下。康熙的爷爷在康熙没出生时就去世了，他对爷爷没有概念。康熙禁不住对自己心生怜悯：要是有上官仁义这样一位亲爷爷，我也许就不会做贼了，也许就不会受这么多委屈了。

8

第二天，方大夫安排轿车把上官仁义和康熙送回了老家。

这两天，康熙经历了人生中多少个第一次呀，第一次坐轿车，第一次登这么高的楼，第一次进那么高档的饭店，第一次睡席梦思床，第一次感受到来自城里人的温暖……

康熙按方大夫的嘱咐，按时服药。果然像方大夫说的，半个月就见轻，一个月症状完全消失。方大夫嘱咐，症状消失后，一定不要停药，至少再巩固三个月，一般就不会犯病了。方大夫为他提供了足够用半年的药。三个月过去了，康熙感到自己发生了脱胎换骨的变化，身心似乎得到了彻底的解放，似乎连身体都变轻了。他舒畅地想，康熙、康熙家族已经完全与贼无关了。

全康家庄的人都知道，康熙在省城的高亲治好了康熙跺脚瞪眼的老毛病，许多近段时间没见到康熙的人，还专门找到康熙验证一下。大家都承认，康熙几十年的顽疾确实是好了。

临离开省城那天早晨，一名护士把给康熙治病的药送到方大夫家。方大夫一样一样跟康熙交代用法和注意事项。康熙看着那一大包药，心里不安地想，这些药肯定得花不少钱。康熙对钱总是敏感的。他兜里共有四百元钱，来时买车票花了六十，他把剩下的全掏了出来，往方大夫手里塞。康熙说："表婶子，给我治病，不能让您花钱。"方大夫把钱推回去，说："不用，不用，这药都不贵。"康熙又让。上官仁义说："表孙，不要推让了，就听你表婶子的。"

康熙抱着药坐进豪华鳖盖车里。车稳稳地走了起来，康熙感到就像坐在船里，船游在开阔的水里。康熙望着渐渐隐去的方大夫，望着城市的楼群，心里涌起一种说不清道不明又苍茫又激动的情感，不知不觉间眼泪在眼眶里打开了转。康熙不由自主地长叹了一口气。上官仁义听到了康熙的这声叹息，说："表孙，你不要难为情，那点药钱对你表叔那样的家庭来说，不算个啥。"这个时候，康熙的心里已经产生了一些上官仁义不明白不能理解的东西。康熙对上官仁义说："表婶子这人太好了。"康熙说的是实话，更多的感慨他没说出来，他说不出来。在这无边无际的高楼大厦中，不光有他厌恶和厌恶他的城里人，还有方大夫这样的好人。康熙想，他跟方大夫这辈子大约也就见这一回面，人家完全可以不对自己这么好。当然，他明白上官仁义在其中的作用。在他生活的环境中，是找不到方大夫这种人的。人和人的距离是多么远啊。

草民康熙的心，的确变得格外柔软，面对一只无家可归的小狗小猫，他也禁不住心生怜悯。草民康熙的心灵里可不全都是草。儿子、女儿放在家里的书，只要他能看懂的，他全都看了。到县城里时，只要有时间，他就站在阅报栏前把那报纸看个遍。对新提的政策口号，他也要琢磨一番。对自己人生中的重大问题，他从来都努力保持清醒的头脑。对自己的做贼生涯，康熙甚至上升到人生哲理的高度来分析认识。康熙想，一个贼，偷来偷去，其实都是偷他自己，偷他自己的心，把自己心里的好东西偷光了，就成了死心塌地的贼。草民康熙对自己的最低要求是：从此做个良民。草民康熙在自己心里顽强保留了不少好东西，他对未来充满了憧憬。

康熙忽然想到，儿子康浩已经一个半月没来电话了。康熙家无电话，邻居家有。康浩一般一个月来一次电话，每回都是晚上来。这个时候，邻居家和康熙家都有人。康浩一来电话，邻居就隔墙喊康熙家接电话。

康熙想，怎么这么长时间不来电话呢？康浩再有一个多月就毕业了，可能是因为太忙了。

一个清清亮亮的早晨，天空高高的、蓝蓝的，无风无尘，就像康熙那颗越来越素净纯洁的心。几只花喜鹊落在院中的榆树上，在晨光中呱呱大叫。喜鹊是一种性格憨厚的鸟，活得不怎么精致，叫声也不精致，总给人空洞随便的感觉，就像山东大汉的哈哈大笑。康熙抬头望向榆树，心里说，喜鹊可真多呀，喜鹊可真能叫。他数了数，是七只。那喜鹊在树上不老实，老是跳来跳去的。康熙想，可能数错了，就抬起手来指点着再数，指头朝空中一点一点的，头也朝空中一点一点的。这回数清楚了，不是七只，是八只。康熙心里又多了一份高兴。八是个很好的数字。全中国人都这么认为，康熙当然也这么认为。在这么美好的早晨，八只喜鹊齐集康熙家，康熙没有理由不高兴。

康熙的心情格外好。吃早饭时，他就盘算着地里的活，盘算着一天要面对的所有事情：西岭上那二分地要锄草了，南坡里的菜要浇水了，门口那一堆土肥要送到地里去……每天每天，康熙真实具体的草民生涯都是这样展开的。

隔壁传来了电话铃声。康熙想，这电话铃真是刺耳。从前却没觉得。他想到上官厅长家的电话铃声，人家那铃声，就像在你耳朵上轻轻按摩似的。邻居家电话机子是二十八块钱买的，上官厅长家的电话恐怕二百八十块也不止呀。康熙想，将来我要是安装电话，就安个铃声好听点的，起码比邻居家这个要好听点。铃声停了，接着传来邻居高声喊康熙家去人接电话。

康熙拔腿就往邻居家跑。

花喜鹊整天在天底下飞来飞去，见到的奇奇怪怪的人多了。但看见康熙在自家的院子里忽然跑起来，还是被吓了一跳。它们异口同声地大叫一声，噼里啪啦地飞走了。

电话不是康浩打来的，是康浩学校党委办公室秘书打来的。

康熙得到了这样一个消息：

康浩因偷窃已被学校开除，并移送司法机构。康熙还得知，康浩一案案值近二万元，估计要判刑。

秘书通知康熙到学校一趟，处理有关事宜。

康熙一跺脚，一瞪眼；康熙一瞪眼，一跺脚。

草民康熙刚刚治好的顽疾，轰隆一下子就复辟了。

（2007 年 8 月）

一个都不少

我是罗——佃——邦！

我是罗——家——岭——的罗佃邦！

呀呀呀呀呀……

这个春天格外像春天。万物重生的喜悦再次淹没了山野的荒凉。

忽然，一种惊人的呼叫声破空而来，打破了清晨时分的无边寂静。

——那边山坡上好像发生了什么新情况，惊险一幕正在上演：一个骑自行车飞速冲下山坡的人，以挣命般骇人呼叫自报家门。

这人这是干啥呀？

自行车是稀罕玩意儿，当社员的极少有人骑过，见过的倒不少。一位懂点门道的社员望着飞驰而下的人与车，惊恐地拍着大腿喊道："毁了，毁了，这车刹车失灵了，刹不住啦，这人危险！"

这是个很有名的坡，叫天塘岭坡，坡很长。高瘦的罗佃邦先是推着自行车爬南坡。自行车是好东西，平地上跑路跟刮风一样，就是爬坡怪累人。小坡还行，鼓鼓劲就冲上去了，可是像天塘岭坡这样又长又陡的坡，不用说骑车爬，推着车爬也累得慌。老罗出了一身又一身汗，终于爬到坡顶。春风吹过山口，立马把老罗一身汗吹没了。站在坡顶上南望来路，坡尽头连着一片山间盆地，天塘岭公社驻地及好几个村庄尽收眼底，天塘岭小学那两排瓦屋也隐约可见。老罗在坡顶歇了歇，转身望向与南坡一样长的北坡，一偏腿骑上车，开始享受下坡的轻松愉悦。自行车溜溜地往下滑，越滑越快，快到一定程度，老罗就需踩一踩车刹，控一控车速。速度太快就有栽跟头的危险。

　　一冲过那棵歪脖子槐树，北坡就过了一半，坡度也缓了不少。老罗放松精神，降低踩刹频率，车速比在陡坡上更快了一些。这是老罗最享受的时刻。老罗不禁撮嘴吹起口哨，高亢的哨音，在沂蒙山脉腹地深谷旷野间扩张激荡。每回下坡，老罗都要这样放肆一回。啸声一起，立马就有人间遥远之感。老罗不把口哨叫口哨，他叫啸。他说啸是晋朝知识分子的叫法。

　　伴随着老罗之啸，山河大地亦呼啸着向老罗身后跑去。在坡两边山地里劳作着的社员，不时如影子一般闪过。

　　车速有点太快了。老罗试探着连踩几次刹。车轴内忽发出咔嚓一声异响，车速不但没减，还猛然加快了。又试踩几下的工夫，车速已快得吓人——毁了，毁了，车刹失灵！骑自行车已三年多，头一回遭遇这种情况。老罗握紧车把，尽量把车控制在路正中。好在路上既无其他任何车辆，也几乎无行人。车速已快得似要飞起来。毁了，毁了，咱老罗生死难料啊！失控自行车上的老罗，朝着虚空山野大声呼叫，自报家门。最坏的情况可能马上就会发生。这时他已无法看清坡两边情况，只顾高声呼叫。

后来，侥幸活下来的老罗想，当时为何喊"我是罗家岭的罗佃邦"，而不喊"我是天塘岭小学的罗佃邦"呢？——对了，生死与自己家人、自己村庄关系最直接，与学校关系不大呀，收尸也只能叫家人叫亲邻来收，不能麻烦学校啊。这就像人到了紧急关头喊"俺娘唉"一样啊。

老罗这是用呼叫来安排可能的后事呢。

失控自行车继续往下猛冲——千万不能钻进山沟！呼叫着的老罗只此一念。

老罗双手铁钳一样紧握车把。坡度越来越缓，两侧山沟也越来越浅，可是车速却仍是越来越快。这个坡连着的第一个村庄名叫赵家疃，赵家疃竟像飞起来一样迅速跑到罗佃邦眼前。村边那个麦穰垛的影子朦胧浮现。对这个垛，老罗从前就有印象。麦穰垛是个好东西。千钧一发之际，老罗与车冲出山坡，飞过坡与田野之间的沟，对准窝在地角的温暖的麦穰垛冲去。麦穰垛像朵硕大草花，在空中刹那开放，一下将老罗与坐骑拥在怀里。老罗从麦穰中坐起来，接着试探着站起来。他伸伸胳膊，动动腿脚，发现自己除了几处皮外伤，浑身零件竟完好无损。他一把拽出自行车，吓了一跳：前轮拧成了麻花，大梁也弯得厉害。老罗拍拍大腿："俺娘唉，咱老罗就是铁打的。"老罗想，这车差点要了咱的命啊。老罗又想，这车救了咱一命啊，要不是车先撞上垛，咱老罗不死也得剥层皮呀。望着被撞开花的麦穰垛，老罗又想，根本上说，还是这麦穰垛救了咱一命。这是谁家的垛呢？

老罗看着自行车，相当心疼。全天塘岭公社共有五辆自行车——公社党委两辆，邮政所两辆，小学一辆。这辆宝贝车一分配到学校，老罗便成为第一个学会骑车的老师。

正忙着春耕春种的不少社员陆续围了过来，见此情景，唏嘘不已，看到老罗忽闪着两个大眼，脸上自带喜悦表情，都为他庆幸。老罗望着麦穰垛说："这垛是谁家的？救了俺一命啊。"老罗弯腰就拾掇麦穰，想把救了他命的垛再给垛起来。好几位社员一齐呼道："赵道仁家的。"一位社员伸手往前一指："那就是赵道仁家。"那房子距这垛只几十步远。沂蒙山区人家都是这样，房子周围不是柴草垛，就是粪堆什么的。老罗心中一喜："赵道仁啊，俺准备找的第一家就是他呀。"老罗撞向垛时，根本顾不上观察附近的房屋等情况。老罗扔下麦穰，不垛垛了，一把抓起自行车，抬脚就往赵道仁家走。赵道仁家的烟筒正冒烟呢——冒烟是件好事，该冒烟时不冒就不好了。若说"那户人家不冒烟了"，就是指最悲惨的情况已经发生了。人烟，人烟，会喘气的活物，就人这活物最喜欢烟啊。

社员们现在知道了，公社小学的罗老师专程来赵家瞳，叫赵道仁的孩子去上学。

赵道仁家院门敞着，院里静静的。

老罗靠墙放下车，往坐东朝西的锅屋瞅了瞅，锅屋里满是烟气水汽，什么也看不清——大概是赵静的娘正在烙煎饼吧。

老罗用力咳嗽一声，又咳嗽一声——这是报告人家有人来到你家了。"谁呀？"老罗心里一震，从锅屋里传出的分明是他的学生赵静的声音。

"赵静！"老罗弯腰探进低矮的锅屋门，喊了一声。

老罗看清了，坐在地上烙煎饼的不是赵静的娘，而是赵静。

"老师！老师！俺——老师！"

赵静浑身发抖，一下子没能从地上站起来。老罗一步迈进去，里面烟尘乱斗，雾气腾腾。与沂蒙山里每家每户一样，锅屋里靠墙并排安着一口大锅和一口小锅，再就是这盘直接放地上用三块石头支着腿的圆鏊子。赵静坐在地上烙煎饼。丝丝缕缕的水汽，从鏊子上那张正烙着的煎饼里往外飘，煎饼熟了、干了，火候到了，就可用手中的那截竹片给揭下来了。鏊子底下的火烧得正旺。赵静坐在地上，嘴一张又一张，一句囫囵话也没能说出，就抽咽了起来。赵静两手在满是柴草土灰的地上又摸又抓，一咽一咽地哭，上气不接下气。"老师，老师，俺娘，俺那——娘唉！"

老罗心里一震——赵静已没娘了，赵静的娘应已死于饥荒了。

老罗蹲下。"赵静，你爷（父）你弟弟都好吧？"老罗知道赵静有三个弟弟，还知道赵静下边有个妹妹几岁时就夭折了。"都好，都好——好——呀！老——师！"赵静想止住抽咽，可就是止不住。这时，火从鏊子底下烧到外面了，老罗蹲下抓了一把柴草给往里续了续。那张煎饼已熟得有些过了，发出了焦煳味。赵静打了个激灵，忙伸出竹片揭煎饼。

竹片沿着鏊子沿一戳一划一掀，挑开一点头，赵静伸出满是尘土的双手，小心地提起煎饼，放到那摞已烙好的煎饼上。就在煎饼提起的刹那，鏊子上发出阵阵吱啦吱啦声，一个又一个微型雾团腾空而起，空气里随即散发出一种怪异的味道。老罗这辈子头一回看到、闻到，人类的眼泪落到滚烫的鏊子上，是一种什么情景、什么味道。老罗看到，赵静烙煎饼的技术已不错，烙下的煎饼质量很好。老罗一眼就看出，这煎饼是地瓜粉掺上不少糠菜烙成的。小麦、玉米等纯粮食煎饼能烙得像纸一样薄，这煎饼则要厚得多，还易碎，将这种原料烙成囫囵煎饼难度不小。同样的原料，烙成煎饼与不烙成煎饼，味道有天壤之别。要是用这原料制成窝头或饼子，就难以下咽，烙成酥脆的煎饼，香味就会扑鼻而来。煎饼是鲁南人民的创造，更是沂蒙山人对抗贫穷日子的有力武器。烙煎饼这活，在沂蒙山区都是家庭妇女干，除了家里发生了特殊情况，极少有让孩子烙煎饼的。沂蒙男人常用"烙煎饼的"来谦称自己的老婆。不过，那意味与"拙荆""贱内"之类谦称可大不一样。

老罗的学生赵静成了"烙煎饼的"。

老罗不老，刚二十八岁。老师们都叫他老罗。小学里共九位老师，有两位是从旧社会过来的，都五十多岁了，私塾底子。另七位都很年轻，受的是新式教育，其中老罗最大。老罗是校长，还兼着五年级一个班班主任加两个班语文老师。赵静学习很好，是他任班主任班的学习委员兼语文课代表。赵静是班里唯一女生，年龄全班最大，十七岁了。赵静从八岁就闹着要上学，挨了爷娘好几顿打，可她就是要上。全赵家疃没有第二个敢这样闹着要上学的女孩，遭到不少乡邻笑话。那一年，村里响应政府扫盲号召，农闲时节开设半日识字班，赵静抱着弟弟也去上。上课时，弟弟哭闹起来，老师吼道："这是识字班，还是托儿所？"赵静只好背着弟弟离开。随着二弟三弟陆续来到人间，上学的希望越加渺茫，赵静却还是闹。爷娘终于妥协，娘说："把你三弟看大了，就让你上学。"赵静说："多大算大？"娘思量了一番说："实岁三岁半。"赵静说："说话算话就行。"赵静到十二岁时，终于背上了书包，成为赵家疃历史上第一个女学生。

今年开学比往年正常开学时间延迟了半个月，可是开学已十多天了，虽一直有学生零星返校，但全班四十六名学生中还有二十一名没返校。每次到班里，老罗望着空旷的教室，望着那些空位，脑海里浮现出那一个个至今不能返校学生的形象，心里很不是滋味。坐在位上的学生虽一个个面黄肌瘦，但毕竟上学了。其他班级情况也差不多。开学以来，学校已按要求将学生返校情况向公社汇报多次。学校对未返校学生不能返校的原因，有些已掌握，还有不少则一无所知。在公社与校方安排下，老师们分头行动，计划用五天时间力争动员学生全部返校。老罗则要求自己必须在三天内完成任务，然后再帮其他老师。可是，自行车坏了，老罗心里很是焦急。老罗选择第一天先走从公社驻地到他家罗家岭一线，罗家岭在公社最北边，是规划找学生路线中最长的一线，这天必须至少要找到七名学生，无论早晚当天要赶到家，包上一包他媳妇花惠烙的煎饼，第二天再进行下面行程。只要吃上媳妇烙的煎饼，天大的困难他也不怕了。

　　　　　　　　天堂里 的 牛栏

"罗老师，罗老师！"喊声从院门口传来，接着赵道仁进来了，三个男孩跟在身后。赵道仁回头喊了声："大虎、小虎、三虎，叫老师。"三个男孩就一齐朝老罗喊老师。大虎像大人一样扛着一把镢，小虎、三虎胳膊上各挎着柴草筐。这爷四个是出早坡回家。入了集体，成了公社社员后，仍是从前单干时的出坡习惯，清晨起床就出坡，干活两个钟头左右收工吃早饭。一天出坡三次。赵道仁在村头就得知赵静的老师来家了，并且是自家麦穰垛救了老师一命。

老赵亲热又慌张地望着老罗，他明白罗老师因何而来。

赵静熄掉火，从锅屋里出来。赵静满脸灰尘与泪痕。大虎望了一眼大姐，抄起葫芦水瓢，从缸里舀水倒进粗陶盆，端起盆放到赵静脚边，叫一声姐。赵静无声地蹲下洗脸。

显然，在这个家里，赵静已承担起了她娘撇下的大部分职责。

赵静她娘是年前腊月二十三过小年那天没的，才没了刚两个月。"锅屋里没动静了，闺女过去就见她娘趴在地上没气了。身子本来就怪赖，挨饿挨狠了，得了水肿，日子久了，撑不住了。唉，她这为娘的，宁愿自己饿煞，也没动锅里那口饭啊。"老赵说着，眼圈就红了。老罗这才看清，赵静袖口、裤脚、鞋面上都缝着一点已辨不清颜色的孝布，浓密的头发也用一点孝布束着。

大虎十二岁，老赵说大虎顶半个劳力了，一天能挣六分工。小虎九岁，能干些拾柴捞草的活。三虎七岁，也是个小帮手了。

老赵拿着棵剥好的葱钻进锅屋，一会儿双手捧一张卷着葱的煎饼钻出来，将煎饼送到老罗胸前。老罗推开煎饼，坚决地说："赵大哥，我一大早出门前就吃饱了，离害饿还早着呢。"老赵说："就算您不害饿也吃了它。您尝尝孩子办的饭。也没用当娘的教，自己就学会烙煎饼了。"

老罗心里不是滋味，还是坚决不吃。煎饼真是一种能将粮食及糠菜可能有的精华，全部激发出来的食物。老罗不自觉地抽动鼻子，捕捉着空气里那虚无又实在的美味。开学时老罗从家里捎到学校的煎饼，三天前就吃光了，一大早用俩煮地瓜哄了哄肚子，刚爬到天塘岭坡顶就觉得消化得没影了。老罗打定主意，绝不吃任何一位学生家一口饭。他自信撑得住。

老赵说："老师，您找上门来叫孩子回学屋上学，这是天大地大的恩情。可是，赵静这学是不能上了。前两年就该让大虎上学，形势不好，先顾着别饿煞了，就没让他上。现在形势好些了，俺寻思给他娘上过百日坟后，就让大虎插班上学。小虎、三虎也该上了，拖拖再说吧。赵静是当大姐的，这学怎么说也不能上了。老师您看看就眼下这情况，哪有她再上学的理呀。能读这四年书，识两个蚂蚁爪子，不是睁眼瞎，就了不起、了不起了。"

赵静把煎饼从爷手里接过来，往老罗手里送："老师，吃了这个吧。"

老罗又推开。

老罗陪老赵蹲在地上。老赵一袋接一袋吃烟。老赵忽然想起该让一让老师吃烟，就将烟袋往老罗跟前送："老师，不吃口烟？"老罗本来会抽烟的，娶了漂亮媳妇花惠后，媳妇反对他抽，他听媳妇的，就戒了。沂蒙山人把抽烟叫吃烟。

老罗说："赵大哥，你不知赵静多优秀啊，成绩比全班第二名高出一大截呀。"

老赵说："学习再好也不中啊。学习好不能当饭吃啊。吃饭活命总比认字要紧。"

老罗说："你说得对。不过，你看看，这形势一天比一天好了，饿不煞人了，咱不能在这好形势下让孩子失学吧？"

老赵说："女孩子家，能识三个两个蚂蚁爪子就行了。为了闺女耽误男孩子，邻亲百家笑话不说，也对不住她死去的娘呀。她这当大姐的，心里也不落忍。"

老罗说："新社会提倡男女平等，眼下女孩上学的虽然还很少，将来会越来越多的。赵静若是读到高小毕业，那可是赵家疃历史上第一个呀。"

老赵说："不是不好，是怪好。可是家里就这情况呀，她这当大姐的能办饭，又能出坡挣工分，这个家离了她实在是不中啊，没咒念啊。用新词说，当大姐的就得有点牺牲精神啊。"

眼泪从赵静眼里落珠一般滚出来，落到手里仍握着的那个煎饼上："老师，我不上学了，确实不能上了。我大弟都十二岁了啊。"

老罗望一眼老赵，望一眼赵静，呼哧呼哧喘开了粗气，好像在爬山坡。他伸手给老赵："我吃口烟。"

让他吃他不吃，现在却又抢烟袋锅了。老罗拧着眉头咬住烟嘴，一口接一口猛吸，一会儿就把一锅烟吸得不冒烟了。老赵急忙又给摁上一锅。连吃了两锅烟后的老罗，叹出几口长气的老罗，感觉有点飘飘欲仙了。

老罗说："赵大哥，我是赵静的老师，也是学校的校长。这样，学校可单独为赵静出个特殊政策——让她上半天课。这里离学校才八里地，往返用不了多少时间。让赵静上午上课，下午回家。我马上安排学校，让大虎插班上一年级，不能再耽误了。凭赵静的成绩与刻苦劲，即使上半天课，我相信她仍能保持全班第一。只要读完这学期，赵静就是一个优秀的高小毕业生了，就能成为对国家有用处的人才了。高小毕业的女学生，全天塘岭公社有几个？没几个呀，目前就三个呀。形势越来越好，赵静只要拿到高小结业证，就起码能像我一样，当个国家教师。"

老赵望了眼赵静，不说话。

老罗说："就是赵静得吃更多的苦。"

赵静拧麻花一样搓着两手："老师，吃再多的苦俺也不怕。"

老赵说："那——那就听校长的吧。谢谢老师。"

赵静说："俺明天就去学校吧，老师。"

老罗从赵家疃奔往钱家疃，两村之间隔着六里地，要过一条无名小河，小河是沂河的一条支流。到钱家疃要找的学生名叫钱有，钱有他爷叫钱进家。

老罗离开赵静家时满心欢喜——班里最好的学生能返校了。老赵送老罗送到麦穰垛跟前，老罗坚决不让他送了。老罗望着被他冲散的麦穰垛说："赵大哥，这垛救了我一命，也没给你再垛起来，你自己垛吧，我顾不上了。"老赵事先在怀里揣了一个煎饼，这时掏出来硬塞给老罗。老罗不自觉地犯了个错误，他不是望着老赵说话，而是望着煎饼说话："到钱家疃吃饭正合适，现在不是饭时。"老罗意识到自己看煎饼的时间有点太长了，急忙将眼光移到老赵身上。老赵的眼光则一直在老罗身上。老罗毫无必要地抬头遥望了一下天空与大地，然后迈开长腿，抓紧赶路。他恨不得能一嗓子把学生们一个一个，从高天大地之间叫到眼前来。

走了一会儿，老罗回头见老赵还站在埝边望他，就猛烈扬手让老赵回家。老罗想，我这辈子忘不了老赵。老赵想，我这辈子不能忘了罗老师。老罗已把自行车托付给老赵。天塘岭公社里没有会修车的，要送到县城界湖公社去修。老赵说他马上就找生产队长请假，并借生产队手推车用用，今天就把自行车推到县城的修车铺。老赵说："形势好了，生产队又添置了三辆胶轮车，推起来跟刮风一样，木轮车是没法比了。"这里距县城四十多里。老赵今天去县城，返回家时肯定就是深夜了。老罗嘱咐老赵："一定让修车师傅连夜赶紧给修好，明天一大早我就去取车。"

小河横在眼前，水清澈见底，小鱼小虾形似幻影，倏来倏往，盲目窜动。沂河在沂蒙山区穿行数百里，接纳了无数这样的小河。老罗洗了洗手脸，双手捧水喝了几大口。这时有个老汉来河边挑水。像许多沂蒙山区人一样，这里人也是吃河水。

老罗望着蜿蜒流去的小河，问道："大爷，这小河走多远到沂河呀？"

老汉满脸懵懂："沂河，什么沂河？"

老罗忽然想到，在山区里，不止许多小河无名，沂河也是无名的，人们把小河叫小河，沂河就叫大河。村庄里知道那大河专名叫沂河的人不多。老罗改口道："这小河到大河多远啊？"

老汉回答："噢，不远，不远，也就五六里，转过那个弯就看到了。"

老汉往前方指了指。

老罗想，要不是急着找学生，他就去看看小河汇入大河的情景。他看到过好多处小河大河相融时的情景，一处一种景致。

过了小河，老罗提着鞋走了一会儿，待腿脚干了，用手擦抹了几下脚底上的泥沙，蹬上鞋。

钱家疃到了。在村口问明了钱有家位置。钱有家的烟筒也在冒烟。烟火就是消息，是个好消息，起码不会扑空找不到人。太阳已接近天空正中。沂蒙山人的午饭，一般在下午两点前后吃。这会儿还不到做饭时候，除了钱有家在冒烟，附近人家还没见冒烟的。这十有八九是钱有家正在烙煎饼。沂蒙山人习惯，烙一次煎饼要吃很多天，甚至吃好几个月。所以，妇女一旦安下鏊子烙煎饼，常常一坐就是半天甚至更长时间。

钱有家与其他人家一样，只要家里有人，一般都是敞着院门。老罗进了院，照例咳嗽两声。"谁——谁——呀？"锅屋里传出的不是女人声，而是男人声，而且是学生钱有那独特的声音。钱有口吃，老罗一直设法纠正他这毛病，现在已经轻多了。钱有学习很刻苦，成绩不错，但比较自卑。老罗特别安排他当副班长，以提高他的自信。"钱有！"老罗大喊一声。"老——老师，老——老师！"钱有一听是老师来了，就三把两把将鏊子底下的火摁灭。一个黑乎乎的钱有从锅屋里钻了出来。钱有十五岁，比赵静小，在男生中却年龄最大。他身架矮小，比不少小他好几岁的同学还矮小。老罗往锅屋里探头望了望，里面没有别人。

钱有抬起他那满是灰尘的脸，仰望着高瘦的老师。

老罗已有不好的预感："你娘呢？"

钱有指了指堂屋："俺娘在——在堂屋里。"

老罗十分震惊："在堂屋里？"

钱有说："起——起不来床，快一年了。"

老罗一面说去看看，一面就往堂屋走。钱有跑到前面，轰隆一下推开半掩着的屋门。

堂屋靠西墙有一张床，床北头又搭了个约一拃高的简陋地铺。老罗走到地铺跟前，才发现上面那人脸朝墙躺着。钱有跪到铺上，把那人扳过来。老罗又吃一惊，这明明是个六七十岁的老嬷嬷，怎么会是钱有的娘呢？这妇人满头乱糟糟的白发，骨瘦如柴，一床破被下虚若无物。

钱有说："娘，娘，俺老——老师来了。"

妇人偶尔眨动一下无神的眼，对一切似已无感知反应能力。

老罗说："你娘什么年纪？得的什么病？"

钱有说："四十五。娘在俺姥娘家是老——老大，姥爷姥姥把她熬——熬到三十岁才让出嫁。比俺爷大八岁。从年轻就——就胃不好。自上年春末躺下，几个月后就不——不说话了。请中医给看过，医生说没——没大病，主要是营养不良，饿的。现在，天天就是喂——喂点汤汤水水。"

老罗走出堂屋，心情十分沉重。

赵静成了"烙煎饼的"的，已令老罗很难过。男生钱有竟也成了一个"烙煎饼的"，这更令他格外震惊。男人烙煎饼极罕见，他听说过邻村有男人烙煎饼的，但一个也没见过，这回亲眼见了，还是自己的学生。

老罗一步迈进锅屋，一摞煎饼呈现在他眼前。那煎饼所用原料与赵静家一样，品相却比赵静烙的差远了，疙疙瘩瘩的，又厚又不匀，像个摊大了的面饼子，但毕竟有煎饼的香味。老罗眼前一亮，柴草堆上有两本书，一本是语文课本，一本是小说《李二嫂改嫁》。旁边还有一个草纸本子。两本书都打开着。等鏊子上的煎饼烙熟的这一点时间，是能看几眼书的。在赵静家锅屋里没见有书，可能有，只是老罗没看见。不管怎样，赵静烙煎饼显然比钱有用心。

老罗说："钱有，你何时开始烙煎饼的？"

钱有回答："烙了五个多月了，烙——烙不好。邻家婶子教——教了俺几回，现在烙得好点了。娘躺下后，家里就好几个月不吃煎饼了。家里也没——没点像样的粮食。后来，俺爷就逼着俺学烙——烙煎饼，理由是就——就我上过学，赚便宜了。老师，俺要是没上过学就好——好了，没上学俺就敢拒绝烙煎饼。老师，说实——实话，俺就不想把煎——煎饼烙好。"

老罗心头一沉，拿起小本子翻看。本子是用几分钱一张的整开白纸裁成的，用棉线订起来。里面抄录了一些词语、句子、段落等。有一页写了个题目：娘。下面只写了这样几句：

娘，娘，

地铺上的娘，

眼瞅着屋笆不说话，

头上的虱子往脸上爬……

　　"头上的虱子往脸上爬……"默念着这句，老罗不自觉地伸手摸自己的脸，张嘴出了口长气。与钱有略显猥琐的形象不同，他的钢笔字很劲道。他最好的学科是语文，尤其是作文好，全班最好。口齿不顺溜，把劲用到作文上了。自从四年级有作文课后，老罗经常把钱有的作文当范文念。

　　老罗说："钱有，你这是想写诗，还是想写什么？"

　　钱有说："我也不知写的是什么。"

　　老罗说："你写得非常好，非常感人。"

　　师徒俩走出锅屋。老罗抬头望了眼太阳，已正中略偏西。老罗问："你爷该快收工了吧？"

　　钱有说："有时早点，有时晚点，听——听生产队长的。老师，俺去叫——叫爷回来吧，那块地不远，老师来了，爷早走一会儿，队长会同意的。"

　　老罗说："咱再等等吧。钱有，你还想不想上学？"

　　钱有说："想上，但绝无可——可能了。俺已死了这个心了。老师，俺想学创作，将来当作——作家。《李二嫂改嫁》的作者王——王安友，日照的，他就——就小学没毕业，竟然成了作家。"

　　这小说老罗也读了。"你觉得这小说好在哪里？""怪——怪真实，一面看，一面就一个影一个影地在脑子里过。这庄里也有一个二十多岁寡妇改——改嫁的。书里诨名叫——叫'天不怕'的那种厉害婆婆,这庄里也有。"

一个希望破灭了,另一个希望又生长出来。可是,成为作家,谈何容易。望着瘦小的钱有,老罗考虑着怎么应对他爷。

钱进家与他另三个儿子一齐回来了。老钱手里握着一把刚从地里拔来的小葱,一知来人是老师,立即问钱有:"南京,没让你老师先吃个煎饼?"

钱有兄弟四个,他是老二,他们小名分别叫北京、南京、青岛、界湖。这个村里,用城市给孩子起名,始于文盲钱进家。到给老四命名时,老钱发现全国有名的城市都成了这个村的孩子名字了,连外国的平壤、伦敦等都有叫的了,他只好让老四叫了县城名——界湖。这个村的大人们扯开嗓门叫唤孩子时,全球就都在震动了。老钱无意中在村里发起了一场命名革命,把什么腊月、八月、狗剩等土名比得再也没人愿叫了。

钱有立马拿煎饼包上葱,双手捧给老师。老罗推开:"我在赵家疃吃了。"

老钱从钱有手里接过煎饼,又塞给老罗:"在赵家疃还不到饭时,吃什么吃。"老钱看上去有点生气了。

老罗说:"是不到饭时。人家一定让咱吃,咱就不客气吃了。赵道仁的闺女赵静烙的煎饼喷香喷香的,比钱有烙得好啊。女孩就是心灵手巧。烙煎饼这活,可真不是当爷们的能干好的。"

老钱讪讪地举着煎饼,望了眼老罗那瘪瘪的肚子:"赵道仁我认识,是个好人。老师您身量这么大,再吃个煎饼难为不着您。俺这命不好，没个闺女孩子使唤。总得有个人办饭烙煎饼吧。"

老钱说着说着已近似一种哭腔。他再次把煎饼往老罗手里塞："老师，孩子不会烙，烙不好，您尝尝孩子办的这饭。您这辈子没吃过男人烙的煎饼吧？"

老钱举着煎饼，喉咙里发出哼哧哼哧声，终于憋不住，眼泪忽地流了下来。

老罗慌了神，愣怔着把煎饼接了过来。发誓不吃学生家一口饭的，不能违了自己的誓啊。老罗捧着煎饼，转了一圈，爷五个眼巴巴地瞅着他。老罗又转了一圈。老罗站定，腾出一只手，小心地从煎饼一头撕下一块，塞进嘴里，嗯嗯地大嚼。"真好吃，怪有煎饼味。一样的原料，烙成煎饼吃，与蒸着吃、煮着吃，真是天壤之别。同样一个朱元璋，在地里扛锄头就是庄户孙，拉着根要饭棍就是乞儿，住庙里就是个臭和尚，坐上金銮殿就是洪武皇帝。什么是天壤之别，这就是啊。钱有作为男人，甘于做出牺牲，学会了烙煎饼，真行，真行。有出息，有出息啊。"

这话把这爷五个特别是把钱进家给说愣了。老钱搓揉了一把眼睛，心想，老师这是夸俺，还是笑话俺啊？

老罗把手中煎饼放到院中磨盘上："我知道男人烙的煎饼味了，真香，这辈子忘不了这香味。今后若再来钱家疃，一定空着肚子来，一顿吃个饱饱的。"

老钱把眼光落在那个缺了一块的煎饼上："老师，您就不能吃了它？就一个煎饼。"

老罗说："饱了饱了。这一口饭能顶十口百口一万口。一见钱有成了烙煎饼的，我肚子就饱饱的了。"

老钱见老罗两眼放光，如饥虎饿狼。老钱心里虚虚的。有一个煎饼、没一个煎饼，能让人活、能让人死。熬过大饥荒的人，谁不知这一点。可是，老师的心思明明不在这煎饼上。

老钱说："老师，俺一个蚂蚁爪子也不认的，牺牲这新词咱却也明白。国家有难了需要人去牺牲，这小家有难了也需要有人牺牲啊。不是这个牺牲，就是那个牺牲。要不，日子怎么过。家里总得有个办饭的。北京十七了，基本上能顶个整劳力了，和我一样，非天天出坡挣工分不可。青岛、界湖都还小，干活还不顶事。南京上了四年学了，不是睁眼瞎了，俺祖祖辈辈下来这是第一个啊。老大北京嘴上不说，心里也有怨气——半天学也没捞着上吗。南京算是赚大便宜了。青岛上到二年级了，去年和南京一块下了学，还得让他上吧？界湖前年就够入学年龄，形势不好，没上，现在形势好了，也得抓紧让他上。明摆着，这个家，两个大的得做出牺牲。为大的不牺牲，让谁牺牲？打仗杀鬼子汉奸杀反动派，还得当班长排长的带头冲呢。咱是这样的命，就得认命。穷猴子，得知自己能蹦跶多高。"

这弟兄四个，老大长得较壮实，一看就是个棒劳力。看老三老四那身架，将来肯定也能长得比钱有壮实。钱有则很难成为一个及格的庄稼汉。

老罗感觉先前自己的心思走得有点远，对老钱需要把话说得更扎实明白些。"钱大哥，一排溜四条汉子，你这压力是怪大。可是，能够避免的牺牲，还是要避免。你想过没有，钱有虽只读了四年书，但他的心已很大，可以说这个家盛不下。

062　　　　　　　　　　　　　　　天堂里 的 牛栏

若就此不上学了，那可真把他推进了火坑，这是明睁大眼地祸害孩子。说实话，要是就此让他窝在你这样的家庭里，将来恐怕想讨个媳妇都困难。"

钱有低下头。

老钱不说话。儿子将来若真打了光棍，那当然是一种相当凄惨的前景，也是为父者最大的失败。老钱不是没有这种担忧。

老钱这时把眼神落到老大身上："钱勤，你学着烙煎饼，中不中？可怜可怜你二弟，好歹让他把小学念完，时间也不算长了。"

老罗这才知道，老大北京的大名叫钱勤。做家长的，一般是不会叫孩子大名的。叫孩子大名，常常与严肃的事情相关。老罗细心地打量了一番钱勤。这个少年已是一个标准的庄稼汉模样，粗手大脚，整个人黑滚滚的，有一种忍耐克己的表情。钱勤一直靠在墙上默不作声。听完父亲的话，钱勤呼哧呼哧大口喘气，两手搓磨得唰啦唰啦响，手掌就像是两张砂纸，只有布满老茧的手掌才会发出那种声音。老罗知道，钱勤虽然才这么大，田间劳作的生涯却已有十年上下了。钱勤的胳膊伸向竖在墙上的那把锄，呼啦一下将锄推倒在地，向院外冲去，回头大叫一声："谁——可——怜——我！"那声音就像狼嚎。

老钱两眼虚虚地望向院门。钱家陷入了沉寂。

老罗说："钱大哥，我是钱有班主任，又是校长。这样，学校可给钱有个特殊政策……"老罗把对赵道仁说的那番话，又对老钱说了一遍。在赵道仁家里，这个办法是老罗临时想起的，是针对赵静的。老罗明白，要挽救钱有，也只能如此。只是，钱有已一个多学期不上学了，学习比赵静又差些，让他按时完成小学学业，他老罗与其他老师要付出更多心血。可是，眼看着弟子落进泥潭，不设法拉一把，这颗心往哪里搁啊。

钱有抬手在脸上抹一把再抹一把，眼泪和着灰尘往下流："什么苦什么累俺都不——不怕，半——半夜五更爬起来烙煎饼俺也能——能做到。"

钱进家抬头望天："老天爷呀，您罩着多么好的一个老师呀。"

胡同里传来一阵接一阵尖锐急促的哨子响，是生产队长呼叫社员们出工了。

离开钱家疃，再奔柴家岭。两村相距七里。柴家岭有他的学生柴青。日头已西斜了一大截，约下午三点钟光景了。老罗想，若找柴青顺利，接着就去挨着的李家疃找李大壮。今天若能找到四名学生就算胜利，不可能完成原计划了。从李家疃到自己的家罗家岭，是九里地，赶到家肯定是夜里了。

老罗蹽开长腿，加速赶路。他将腰带再束紧些。肚子里越来越空，饥饿感越来越强烈，肠胃阵阵鸣叫如敲鼓，但他感到自己还是很有劲。一想到亲人，一想到已好久不见的漂亮媳妇花惠，还有花惠烙的喷香的煎饼，老罗心里就热乎乎的，干劲倍增。好几天没捞着吃媳妇烙的煎饼了。老师们互相比较各人带到学校的煎饼，公认老罗媳妇烙得最好。每个老师都拿自己的煎饼换过老罗的煎饼。这两年，用三个两个煮地瓜煮土豆或几块南瓜哄哄肚子，硬撑一天的时候常有，老罗觉得他抗饿能力还是不错的。参加工作以来，老罗一离家就是一两个星期甚至更长时间。每回刚到家，要是还不太饿，他就先与媳妇亲热一番再吃煎饼，要是很饿，就先吃煎饼再亲热，一面大嚼煎饼一面亲热的时候也有啊。先吃媳妇，还是先吃煎饼，具体情况具体对待。媳妇花惠每回都欢天喜地的，若一见老罗想先亲热，就把一儿一女俩小孩送到爷爷奶奶那里。

先吃媳妇，还是先吃煎饼？先吃煎饼，还是先吃媳妇？老罗颠来倒去地这样想着，不禁对着山岭旷野哈哈大笑起来。笑声惊动了身旁一棵大椿树上的一只黑老鸹，黑老鸹也呱呱大笑起来。不远处的地埂上，一只隐身窝中的野兔探头探脑地仔细侦察了一番，叹息道："一个是人，一个是鸟，号叫声竟然如此神似。"

七里地很快被老罗踱完了。柴家岭到了。他头一回来这个村。柴青他爷叫柴宗义。柴青十三岁，他下面有一个弟弟和两个妹妹。柴青是去年十月份离校未归的。柴青脑瓜很灵，成绩不错，算术特别好，是算术课代表。村头有一棵大橡树，大橡树下坐着一个影子一样精瘦的老嬷嬷，老嬷嬷手里握着根拐棍。大橡树前边是一片平整天然巨石场地，晒着一些地瓜干，有些地瓜干上带有霉斑。老嬷嬷这是在看守她家的粮食。橡树已长出新树叶了，庞大树头把挨着的一座房子遮了一半。从巨石靠沟的一侧传出水声，老罗往前走了几步，看见紧贴岩脚有一股泉眼呢。老罗想，这个埝儿风水怪好哇。老嬷嬷见来了陌生人，一下打起了精神，念叨着："全柴家岭人，指着这个泉子过日子。"老嬷嬷眼巴巴地盯着老罗，不等老罗开口，就问这个大汉您上谁家。老罗说去柴宗义家。老嬷嬷伸出拐棍一指："怪巧，这家就是，与俺家挨家。"老罗一惊，橡树遮着的这户就是柴青家啊。老嬷嬷叹了口气："他这家里没人了呀！您不是他亲戚，是他远乡的朋友吧？"老罗心里一震，果然看到那大门门鼻上挂着一把锁，锁已锈迹斑斑，门前台阶显然是好久没人走的样子。锅屋顶上那个简陋烟筒，也是很久不冒烟的样子。

老罗说："人呢？"

老嬷嬷说："柴宗义和他媳妇都没了。四个孩子让当舅的接走了。当舅的跟这个庄上的干部商量的，过两年，等孩子长大点，再让他们回来。孩子太小了，实在撑不起个家。这当舅的怪好，怪能担事。也没别的好法子。"

老罗忙问："哪个庄的？当舅的叫什么名？"

老嬷嬷回答："孙家岭。当舅的叫什么名俺不知。孩子的妗子是这庄嫁过去的，叫柴小玲。柴小玲她姐柴大玲先嫁到那庄，后来又给妹妹说媒说到同一个庄。柴大玲去年春上没了，五十不到，有痨病根，熬不过去，撇下六个孩子，四男两女。一个荞麦三个棱，什么人什么命啊。柴大玲上年春上，来娘家门讨口吃的，才走到村口，这不，就在这橡树底一褪裤子就尿尿。俺亲眼看着的。你说说，人饿极了，不知道害羞了。柴小玲身子也不硬邦，能熬，让她熬过来了。"

老嬷嬷问一答十。老罗这才顾上回答老嬷嬷前面的问题："大娘，俺是柴宗义儿子柴青的老师，来叫孩子回学屋上学呀。"

老嬷嬷说："俺那娘，您是学屋里来的，您是孩子他老师，找上门来叫孩子回学屋。您这大汉唉，俺看您饿得不轻不轻的了。俺麻利地弄点吃的，您先垫垫饥吧。"

老罗说："大娘，俺得快往孙家岭赶。天不早了。"

老罗指了指西边的太阳。

老罗说："大娘，您什么年纪了？"

老嬷嬷一笑："八十整啊，熬成了全庄最老的老东西了。前年底，全庄还有几个比俺年纪大的，跟商议好了似的，齐刷刷地一块走了，投奔个好埝儿享福去了。唉，前后就几个月工夫。也好，多死几个老东西，给年轻的年幼的省下口饭。大眼瞪小眼的，多一口饭就有命，少一口饭就没命。人这只大肉虫子，跟个小虫子也一样一样的啊。俺一点也不中用了，就在这埝儿等死，么也等不着，定准能把死等着。"

老嬷嬷说着说着又笑了起来。老罗禁不住好好端详老嬷嬷一番。老人皮包骨，破旧衣服里空空荡荡，精神头却真不错。老嬷嬷一眼就看出老罗很饿了，老罗也感到前胸贴了后脊梁。阳光下的地瓜干散发出诱人香甜。饥饿岁月培养了人对食物及与食物相关事物的敏感。老罗望向老嬷嬷："大娘，俺吃您几个地瓜干吧。"老嬷嬷这时张口咳嗽了几声，她一咳嗽，好像全身都在咳嗽。咳嗽声不大不小，正好不把自己那副老身板咳嗽碎。她咳嗽完，一使劲站起来："老师您等俺一霎霎，一霎霎，俺回家给您卷个煎饼。"老嬷嬷拼上老命般往家跑，小脚在地上一捣一捣的，就像一张骨头架子在走路。老罗弯腰捡地瓜干，捡了七八个，下到泉边洗了洗，甩了甩水，嘴里嚼着一个，其他的塞进裤兜。老罗趴跪在泉边，灌了一肚子泉水。

泉水真甜啊。

老罗又奔往孙家岭。两地相距九里。老嬷嬷一手拄拐，一手托着卷好的煎饼出来了，树底下不见了老罗，转身看到了路上老罗的背影。老罗已出去很远了。老嬷嬷使劲朝老罗背影喊："老师，老师唉……"老嬷嬷实在有点太老了，作为共鸣箱的身板实在太单薄了，她喊出的声音实在太小了，让山山岭岭一口就吃没影了。

老嬷嬷低头查看石板上的地瓜干，她判断出约少了七八个。老嬷嬷望着远去的老罗，用拐棍戳得石板当当响："柴家岭对不住您这老师啊……咳，咳……"一串咳嗽中止了老嬷嬷的呼叫。

老嬷嬷视力已很差了，老罗的身影很快看不见了，老嬷嬷却还望着那个方向，拐棍一下一下戳着石板，自言自语："你说说，你说说，这个男人长得怪好，怪有个汉子样，肚子里定准没么食，脸上还是喜盈盈的，怪喜人。这汉子定准能找下个好媳妇，好媳妇定准给养下好孩，不知他家里几个妮几个小（男孩）……"

自言自语的老嬷嬷，昏花老眼恍惚看见了一方奇景：一群穿着红肚兜、绿肚兜的小孩芽，在山野间欢蹦乱跳，哭哭笑笑。神游四方思天念地的老嬷嬷，扑哧笑了起来，笑得自己浑身颤抖起来："这些孩芽，一个个都吃得饱饱的，你说喜人不喜人……"直到把自己笑岔了气，才止住。

把地瓜干吃掉，饥饿感却更强烈了，但老罗还是感到他能调动出足够的力气。老罗赶到孙家岭时，西边的太阳就要落山了。他找到了柴青的舅家。柴青他舅叫孙胜，孙胜不在家，柴青的妗母柴小玲与几个年幼的孩子在家。孙胜有三子二女，柴青与他三个弟妹的到来，令这个家庭更加不堪重负。老罗一见柴小玲，就知这人也有痨病底子，身体不行。柴小玲应该在四十多岁上，很显老，塌着背，含着胸，一看就干不了地里的活。不过，这样一个家，光办饭等家务就足以把一个妇女榨干。

柴小玲望着这个高瘦的老师，有些不知所措。她指着院中一个柴草垛说："老师，这个柴火垛都是柴青给打下的。这孩子怪能吃苦。这一大家子人，不说找吃的，光找烧的就够人受的了。"她指着院中四个孩子说："这两个是柴青的妹妹，一个六岁，一个三岁，柴青的弟弟跟大人出坡了，那两个是我家的，女孩六岁，男孩四岁。"四个脏兮兮的孩子好奇地望着远方来客。柴青六岁的妹妹知道来客是大哥的老师后，自言自语地说老师老师。他们都是头一回见到当老师的人。

柴青今天又上山打柴去了。

老罗问："柴青平日里什么时候回来？"

柴小玲抬头望了眼天光，望了眼村北的山："约莫着还得两三个小时。俺和他舅都嘱咐孩子早一点回，可他都是天黑透了才回。日头落山前他把打下的柴草背下山，找到好路，就不怕走夜路了。近处没柴草了，要到深山里去找。"

老罗望向村北那一溜山。太阳已落山了，晚霞却牵牵连连布满天空，似大火烧过后的余烬。下面所有山峦已连成黑魆魆一片。天空大地之间的这种寻常仪式，今天却令老罗心动。这样的天地之间，有一个少年正用自己稚嫩的肩膀，扛起生活加给他的重负。

老罗问："孙大哥快收工了吧？"

柴小玲回答："快了。有时早，有时晚。看地里的活计。"

院门一阵响动，接着是农具落地声。是柴青的两个表哥一个表姐回来了。孙胜与他带着的半大孩子，还未归。他们不在一块地。

柴小玲说："孩他爷说了，让外甥柴青先回学屋，他打下的柴火够用一阵子了。柴青怪能犟，说他不上学了，让表哥上，态度怪坚决。孩他爷和俺说，怎么着也不能对不住没了的妹妹、妹夫，自家的孩子不上，也得让柴青上。外甥柴青还是说不上，孩他爷后来说，让他们表兄弟三个抓阄，就一个上学名额，谁抓着谁上。柴青怎么着也不抓，让他两个表哥抓。这不，这阄到这会子也还没抓。孩他爷说，抓阄就是看各人的命，将来谁也别埋怨大人。俺也同意这法子，还是得抓阄，抓阄公平，不落埋怨。"

天已基本黑尽。谁也没注意到，老罗的眼眶里已盈满了泪水："柴青这孩子真是个仁义人啊。"

孙胜领着孩子回来了。两个半大孩子各拎着一筐猪爱吃的鲜草。猪圈里有一头半大猪，正在拼命叫唤要吃的，拱得圈门哐哐响。猪不是人，猪害饿了，就一定理直气壮大呼大叫。孩子把鲜草扔过去，猪就发出快乐的咀嚼声。

孙胜得知来人是柴青的老师，就不自觉地在院子里乱转悠，忽然明白过来似的命令道："老师来了，还不快点上灯。"

柴小玲急忙点上那盏煤油灯。

柴青还没有回来。

孙胜说："先让老师吃饭，吃着饭的空儿，柴青就该回来了。"

老罗说："我中午饭吃得晚，现在不饿。"

这家的情况复杂程度超出前两家。老罗决定立即离开，明天再想办法，今天先回自己的家。

老罗说："孙大哥、嫂子，我出来一整天了，我先回罗家岭，改天再来。不等柴青了，说不定在路上会碰上他。"

这里距罗家岭约十里地，罗家岭就在山北边，若是白天，爬到山口就能看见罗家岭。

柴小玲说："怎么着也得先吃点饭啊。"

饭桌上已摆好了煎饼大葱，还有半碗咸菜条。年龄小的几个孩子们眼巴巴地瞅着饭。没有大人的命令，谁也不能先开吃。

老罗拔腿就走。

孙胜捧着煎饼追出来："老师，怎么着也得带上这个煎饼啊，就算您能哄了人，您哄不了肚子呀。俺这眼也不瞎，还看不出您饿着肚子吗？"

老罗说："孙大哥，这点路不禁走，我一会儿就到家了，您不知道俺媳妇烙的煎饼多好吃啊。"

老罗迅速从胡同里消失了。

天完全黑透了，社员们都收工了。路上偶有行人，只要觉察到暗影里有行人，老罗就朝空茫大野喊一声："柴——青。"路上行人越来越少了。

老罗走得有点跌跌撞撞。不管附近有没有行人，老罗走一会儿就对着旷野对着山峦发出呼叫："柴——青，你——在——哪——里，我——是——老——师——罗——佃——邦……"

老罗的呼叫声一遍一遍在山野里回荡，山鸣谷应，天地岑寂。

路越来越高，一步一步高到山里去。到山脚了，回头望，山坳处的孙家岭已完全没入黑暗。煤油灯能照亮一间小屋，却照不亮屋外的天空。再爬上眼前这个约一里多长的坡，就到山垭口了，山垭口那边就是罗家岭。

老罗已对在路上遇到柴青不抱希望，很可能他已从别的路回舅家了。但临爬坡前，他还要再呼叫几遍："柴——柴……"老罗发现，他喊叫不出完整的话来了，越想使劲越没劲，喊出一个字，下一个字就跟不上了。不知不觉间，老罗的腰就弯下去了。

老罗要认真对付这个坡。坡越来越陡，老罗的腰就越来越弯。坡就是坡，坡不是平地，上坡就需你付出更多力气。老罗的腰快弯到地皮了。老罗两手一摸索到地上时，就不想站着了，老罗索性用四肢爬行。老罗想，特定情况下，爬行原来比直立行走舒服，就是速度快不起来。爬行的老罗，头拱地，屁股朝天。被太阳晒了一天的春天山野，散发出特有的气息。还有各种各样野草的气息，竞相向老罗扑来。路边就生长着各种野草，有些野草是美味的食物。老罗凭手指凭气味，也能判断出许多能吃的野草来。马齿苋——用开水烫烫凉拌蒜泥，很好吃。生吃，据说有毒。老罗撕下几根，塞进嘴里，嚼嚼咽下。这东西水分充足，少吃点，有毒也毒不死人的。又摸到了另一种可吃的草——酸溜子草。他从小就这么叫，不知学名叫啥。嚼一嚼，酸溜溜的，令人真流口水。爬了一段路，老罗又明白：人不是爬行动物，爬行时间长了还真不行，时间一长就累。老罗得歇一歇了。老罗在路边坐下，手又摸索出好几种可吃的野草：姜姜菜、曲曲芽、野蒜苗……老罗一样一样品尝。老罗又感到，坐着也怪累人。老罗索性仰面朝天躺下了。

天空的星星真多真亮啊。老罗使劲睁着眼睛看星星。老罗很快又感到，睁眼看星星，也怪累人。老罗索性闭上眼睛。睁着眼的世界是一个世界，闭上眼的世界就成了另一个世界了。

虫鸣如水，漫过大地。虫子们一个劲地叫，叫了又叫。这样一个时刻，没有什么力量能让虫子不叫。吃饭是一件大事，虫子们实际上比人更有办法解决这件大事。似乎所有的虫虫蛹蛹，都趁此大好形势集合到老罗周围了——磨翅的、磨牙的、磨腿的、磨喉咙的、磨肠胃的……它们各自以特有的方式向老罗向天空向大地，发出它们的生命呼叫，要吃、要喝、要朋友、要权力、要领土，摩拳擦掌，剑拔弩张……

不知不觉间，饿极了也累极了的老罗，在天地之间睡着了。进入了梦境，形势就更好了。

……喷香的媳妇花惠，将喷香的煎饼塞进老罗嘴里，老罗一面大嚼煎饼，一面将媳妇一把揽进怀里……喷香的煎饼，喷香的媳妇，老罗最需要的好东西，一齐来了……接着，学生们一个一个来到他面前……

梦中的老罗正在吃好东西时，来了一头寻寻觅觅、稳扎稳打的大刺猬。刺猬不是人，可是它那叫声却极像人类中老汉发出的咳嗽。它一路广播着这独具特色的咳嗽声，警告所有怀抱野心的异类——你们首先要看清俺这一身锐利的刺。刺猬一路扫荡，一路吃掉了好多只虫虫蛹蛹，忽然见路边四仰八叉地躺着一只巨型大虫。刺猬称得上是个大虫了，可是现在它看到的这个大虫却比自己大多了。它见过这种大虫无数次，站着的、蹲着的、走着的、跑着的，挑担的、推车的、割草的，大哭的、大笑的、大叫的，它都见过，就是没见过躺着的。刺猬小心移动碎步，绕这大虫侦察一圈，大虫不动弹，肚子里却发出咕噜咕噜的怪叫。大虫浑身散发出特有的肉香。刺猬虽吃过无数虫子，这种大虫的肉却从没品尝过。它来到大虫头部，从那里的各种孔窍发出的味道最浓。这大虫的两只耳朵，跟小鸟翅膀似的支棱在空中。这耳朵，比豆虫、蚂蚱、蚕蛹等都大多了。从耳朵上咬一口尝尝，是个不错的主意。刺猬正要下口试试呢，大虫的大嘴却忽然嘟嘟囔囔，咬牙切齿，咯嘣咯嘣，喊里咔嚓，比大虫肚子里发出的声音大多了，也恐怖多了，不用说它这一只刺猬，就是块石头，这大虫大约也能将其咬碎吃掉呀。这几年，刺猬家族人口大缩水，不就是因为让这种巨型大虫给吃掉了很多吗，他们把他们喜欢吃的粮食吃光了，就逮着什么吃什么，连相当瘆人的蛤蟆都吃，逮着咱们这当刺猬的，不是烧着吃就是炖着吃，可惨了。他们既有吃刺猬的心，也有吃刺猬的能力与实际行动，我怎么一闻到他们的肉香就忘了昔日惨痛的教训呢？这大虫不吃咱就怪好了，竟然还想尝尝人家的肉味，快跑吧。

刺猬落荒而逃……

饿极了累极了的老罗，以大地为床的老罗，还在继续他的美梦呢。梦里有煎饼，有媳妇，接着一个又两个，两个又三个，陆续来了一大群他的学生，他数了数，一个都没少啊。老罗哈哈大笑了起来，老罗奋力大叫了起来："一个都不少……"

老罗被自己的大叫惊醒。

他坐起来，听到了一地虫鸣，看到了满天星星。

（2022 年 6 月）

在人间

冷血动物那么冷，热血动物这么热，中间是透明的万水千山。

——题记

—— 上阕：话说老王 ——

1

日升月落，开门见山。群山拱卫一池泱泱大水。方塘万亩成一鉴，天光云影共徘徊。天高任鸟飞，池大王八多。

那团寂寞灰云似的影子，哐当动了起来。老纪元猛吃一惊，接着就看清那影子了。

天堂里 的 牛栏

那影子是个大得吓人的老鳖。这么大一只老鳖，就像纪元的一个梦。

巨大老鳖将一副小嘴脸举在空中。像身躯与头脸大小比例如此悬殊的，大约没有哪种生灵更甚于鳖类的了。

人类面对形象各异的动物，会自动配制出相应表情。人类是需要无数表情亦能制造出无数表情的物种。面对老鳖，纪元只好如面对神明。

鳖眼猛然对上人眼，冷血动物依旧冷，热血动物则变得相当热。热血沸腾的老纪元，好像猛然陷落进了一个哄哄乱响的宇宙。

天底下还有这么大的王八，像一辆坦克车呀。俺活到七十多，从没见这么大的王八呀。

纪元的膝盖软下来，正要跪下给老鳖磕头，那老鳖却抬起骇人的身躯，用它们才有的姿势，稳稳当当开步走。

它离水面不远。

人类喜欢用鳖、王八、王八羔子等词来骂同类，有意思的是，一个王八若寿命足够长，个头足够大，人类就会来上一套世界观大翻转，直接将那鳖奉若神明。被奉若神明，当然是件比较高级的事。鳖是否与人一样有此理想，不在纪元思考领域，面对老鳖，他第一反应就是：这是个王八王、王八精、王八神啊。

老鳖的小嘴里忽然发出一阵啪啦啪啦声。说不定，纪元一思考，老鳖就冷笑呢。

沂蒙山区吕县牛头崮水库惊现大王八。老纪元可以肯定，这是一只全吕县没人见过、吕县周边也没人见过的大王八，全省、全国、全天下，有没有人见过这么大的王八，那是纪元不能判断的。在这个信息以无限数量产出的时代，信息的命运大都只能是出生入死，旧信息马上会被汹涌而来的新信息淹没。而"吕县发现大王八"这信息甫一诞生，就呈现"飞速繁殖——反馈——繁殖"这一蝴蝶效应，引发信息流瀑，成为信息中的巨无霸。

一场信息雪崩静悄悄地开始了。

2

这一天，阳光把牛头崮水库东岸这个湾照得暖洋洋的。

这个地方少有人来，纪元也很久没来了。纪元夜里做了一个怪梦，梦里他来到了这个湾，梦中景象总是儿时，湾还是儿时没建成水库前的样子。在梦里，纪元的老爷（爷爷）又给小纪元讲故事了。

纪元醒来就想，好久没去那湾了，该去瞅瞅了。天好蓝啊，蓝得水汪汪的，蓝天之下，大水咣漾咣漾，絮絮叨叨，似有款款深意。那水好像要飞到天上去。湾到了。做梦也梦不着，竟猛然遭遇了这位进入人间晒盖的大王八。王八是纪元自小就熟悉的生灵，纪元却并不清楚，王八们祖祖辈辈把水域之外的一切地方，全都看作是可怕的"人间"，即使仅把头探出水面一下，它们也认为那是对人间的一种冒犯。王八们都清楚这一点：生而为王八，最大的生存危险就是不得不使用一下人间来晒盖。纪元也不知道，他是这只老王八见过次数最多的一个人，每回都是没等纪元发现它，它就悄悄缩回水里了。日升月落，时光飞逝，王八越来越老，小纪元也成了老纪元。当王八的都知道，它们与人一样，并非越老越神，而是越老越迟钝。这些年，老王八常自言自语："不服老不行啊，从前，咱那嗅觉听觉味觉，简直就是与宇宙同一频道啊，臭氧层的变化也逃不过咱。"

今天的阳光真好，把老王八晒晕乎了，不知不觉就打盹了。老王八实在太老了，心里着急，走路却快不起来，连躯体都抬不到从前的高度了，肚皮带动沙石唰啦唰啦响。纪元顾不上磕头了，他喊一声："老王，您别怕俺啊，俺可不敢祸害您老人家！"老王不听他的，继续朝水族所在方向爬。水面就在眼前了。纪元猛地放下肩上的铁锹，插在老王前面。老王那小烙铁似的头伸到铁锹上，碰得锹头当当响。纪元握锹的手，感受到了老王的力量。老王调整方向，避开铁锹，再往前冲，纪元又移动铁锹挡住它的去路。老王一声不吭，缩头入盖。大小王八遇见人类这等诡异可怕动物，若逃不掉，便只剩缩头入盖这一招。

纪元双手握紧锹柄，心脏扑通扑通响。热血与冷血的对峙，该是一件历史悠久的事情了。

老鳖一动不动，纪元的世界已天地变色。他望一眼身后永远波光荡漾的水库，望一眼老王，一时手足无措。这么大的老鳖现身人间，实在是太骇人了。纪元蹲下，仔细观察这位大神，伸手试探着抚摸那鳖盖，感觉就像摸一块千年万年的顽石。

"您老多大年纪了啊？一百多岁了，还是几百岁了？"

"您老肯定在这水库建成前就活在世界上了吧？"

纪元的一腔激情碰在了顽石上。老鳖有的是耐心。纪元腿一软，跪下给老鳖磕了个头。

纪元继续自言自语："老王，是俺冲犯了您。可是，既见面了，就是缘分，既见面了，俺就不能不报告给俺领导。您可得宽谅俺啊。"

这水库是"大跃进"时建的，六十多年了。建水库前这里是一条山涧，涧底是条河，河到了湾这个地方就形成了一个吓人的淹子。淹子就是水又深又稳的潭。水从高处砸下来，千年万年就砸出了一个淹子。水族生灵很喜欢这样的淹子，而人类却害怕这样的淹子。淹子跟前这个村就叫淹子村，纪元就是淹子村人。水库建成后，淹子村人作为库区移民全迁走了。纪元留下来，成了合同工，当了一辈子水库看护员。工资从最初的每月三元，变成了现在的每月三千元。纪元儿时，大人告诫他的第一件事就是：不许到淹子里洗澡。

纪元的老爷是个常年走街串巷的铁匠，他给纪元讲了好多与淹子有关的故事。那故事里总有老爷的影子。

"小元，老爷讲的是真的假的，你自己想。那一回，老爷打铁回来，走到淹子跟前，就见一白胡子老汉蹲在淹子边那块大蛤蟆石上，嗡嗡地朝俺开了腔：'嘿，打铁的伙计唉，借个火吃口烟吧。你看俺这日子过的，火石、火镰、火绒全湿了，连口烟也吃不成了。'我就问：'您贵姓啊？'老汉说：'不贵，姓王。'我朝那老汉大喊一声：'你是人王的王，还是王八的王？'一听俺这话，那老汉一个咕噜滚下大石头。一个咕

天堂 里 的 牛栏

噜又一个咕噜，扑通一声，滚回淹子里去了。"

"老爷，你遇到了个王八精吧？你咋知道它是王八精？"

"老爷不是鼻子好使吗？它还没开口，俺就闻着它身上那股鳖腥味了。它再会变，也没法把鳖腥味变没了。"

……

纪元老了，比当年给他讲故事的老爷还老。可是这老鳖一定比纪元更老，有可能比纪元的老爷都老。纪元伸手从鳖屁股部位往前拃，拃了五拃才拃到鳖头那部位。纪元不禁惊叹道："俺那娘，有三尺长啊。老王啊，您老家就是从前那个淹子吧？俺老爷给俺讲故事时你就在那淹子里住着了吧？那淹子落入水库底六十多年了，那淹子现在咋样了啊？一见俺，您就往水里跑，俺知道您最嫌弃的活物就是人。可是，俺可不敢待您孬啊。您到俺家里去吧。凭您这大个头，凭您这把子年纪，俺保证人类中没有哪个敢不敬着您。"

老鳖听纪元嘀里嘟噜说了不少话，就勉强把头从盖里拿出来，停驻在空中，观察了一下人类中这个老者。鳖眼一对上纪元的老眼，老鳖又把头缩回去了。鳖眼里射出的那股冷光，令纪元的热心一颤。纪元伸手到鳖盖两侧裙边，使劲把它抱了起来。纪元估摸，这老鳖差不多有五十斤重。从前，别说五十斤的，他连十斤八斤的野生鳖也没见过。

看护水库一辈子，纪元遇到了许多怪事奇事，与鳖有关的，最奇的有两件。一件当然就是这回遇见这老鳖，另一件发生在二十多年前。那天是个好天，纪元正在水库边开一小片荒地，打算种点菜，那地方离湾不是很近。忽然他感到身后冷飕飕的，回头一瞅，无风无浪的水面上齐刷刷冒出大大小小一片鳖头，不停地朝天空吐水泡，恍惚中好像有一只奇大无比的老鳖在鳖群中间一冒又一冒。一次看见三只鳖五只鳖，都不稀罕不可怕，一下了冒出这么多鳖，可把纪元吓得不轻。有一年，水库大坝上忽然集结了无数青蛙蛤蟆，乌泱乌泱的，平时总是喜欢聒噪不停的它们，这回却全体一声不吭，可把纪元吓坏了，纪元以为要闹大地震或有什么其他大灾难降临了，不少人见此景象，就担忧没好日子过了。有好几个老头老太闻讯赶来，向这青蛙蛤蟆大军磕头呢。群众的力量是无穷的，一点不假。这一大片鳖头比那回那一大群青蛙蛤蟆，给纪元的震慑更厉害。纪元扔下锄头就跑。跑远了一点，又回头瞅那片水，竟连半个鳖头鳖影都不见了。纪元以后再去那块地，总是先瞅瞅水面。需打水浇地了，水桶往水里按时，也总是先看看水面。那地方不但再也没一下冒出那么多鳖，连一只鳖也没再遇见过。纪元想，它们那样齐刷刷地露面，是什么意思呢？它们一定也是有组织、有领导、有章程的。

纪元亲切地望着老鳖："老王，那一回那一大片鳖中，是不是就有您啊？您就是那群鳖的领导吧？俺这辈子能见上您这么年长的生灵，该是件吉利事吧？老王，您一定是个级别特别高的领导吧？这水库里大大小小的鳖都归您管着吧？"

纪元纵有千言万语，这当鳖的就是一言不发。

从第一眼看到老鳖，纪元就浑身热烘烘的。热血动物的心事，冷血动物的心事，隔着千山万水呢。

3

老鳖来到了水库边纪元家。纪元设法给它称了重：48斤8两。这分量可够吓人的。

第二个看见老鳖的人，是牛头崮水库管理局局长老孙。水库管理局是科级单位，在县行政序列里，科都叫局，叫局好听，有分量。同样的道理，局里本该叫股的，便都叫成科。什么都不用付出，听上去就升了一级，是个好事。老孙的上级及平级领导，只要互相熟悉了有交情了，都喜欢戏称老孙为库头、孙库头，无级别或级别比老孙低的人，若与老孙关系好到很好的程度，为了显得更亲热，也会这样戏称他一下。当然，大部分人都要恭敬地称他为局长。

纪元第一时间把发现老鳖的情况报告给孙局长，老孙立马赶来会见老鳖。见多识广的孙库头吃惊不小："做梦也梦不着啊，我这里还有这么大的王八，这是咱水库咱吕县生态环境好的最直接证明了。"他回头对局办王秘书安排道："小王，你抓紧查资料，这么大的王八，全省全中国别的地方有没有发现过。若有，就查明这个大王八处在什么位次上。"

很快，纪元院子里就里三层外三层地围满了人。孙库头蹲下，朝窝着鳖头的部位瞅，瞅了又瞅，人家就是没反应，再伸手到那里摸，摸了又摸，人家还是没反应。老孙拍了拍巴掌，说："热烈欢迎您老人家的光临！"不少人也跟着一起鼓掌。

老孙又说："您老人家从没见这么多人是吧，别害羞别害怕呀，伸出头来让大家看看吧，要是看不见您的光荣首脑，怎么能算真正看见了您呢？今天来了这么多人，我保证，没一个人敢小看您啊。"老鳖晃了晃身子，竟把头伸到空气里，貌似瞄了瞄孙库头，立马又窝回去。大家喊喊喳喳议论开了："面子大就是面子大，这老鳖知道孙局长是个不小的官啊。"

一个蹲在鳖头跟前的小孩接连大喊："老鳖老鳖您伸伸头，让俺也看看中不中？"老鳖没反应。一位看客说："小屁孩的话，人家咋会听，人家只听领导的。好好闯吧，闯好了，将来当上个大官，鱼鳖虾蟹都归你管，都听你的。"

众人的阵阵哄堂大笑，快把纪元的老屋给掀翻了。纪元心里既有满足又有不安——他的单调人生，忽然与老鳖与一个大事件关联了起来。

接着赶来看鳖的，是吕州通讯报与吕县电视台的记者。他们的任务是报道老鳖。老鳖已迅速成为"老鳖事件"。

闻风而动来看老鳖的人，如滚雪球一样，数倍增加。

同样一个事件，对不同的人意义当然不会一样。

吕县桃花源大酒店老板钱来勤，与孙库头是多年好朋友了。孙库头这种官，不大不小的，正适合老钱这种人来结交。再高个一级半级，结交难度就会大不少，再低个一级半级，结交价值又要大打折扣。所以，老钱对与孙库头的交情一直是精心维护的。你看吧，这回真遇上了交情发挥作用的关键时刻了。老钱一得到关于老鳖的消息，立马驱车往水库赶，立马给老孙打电话："亲爱的大库头唉，你一定要把大王八给我留着，谁也别给，一定一定的。"

老钱一见老鳖，就跺脚瞪眼地喊道："俺那皇天神，俺那皇天神，这么大呀。这是个王八王、王八神啊。老王，您好！"

老钱望向老孙："大库头，你打谱拿它咋办？"

老孙说："这老人家来咱人间来得有点突然，我一时还拿不定主意呢。这是件大事，不是玩的，不用你老钱瞎操心。"

老钱说："还是给我吧，库头。"

老孙说："咋，你还想把它给炖了？"

老钱说："好你个大库头来，你看你，当着人家老王的面，这话也敢说。就算我姓钱的敢炖，孙库头你敢吃？李镇长敢吃？赵县长敢吃？王书记敢吃？李市长敢吃？还是其他什么人物敢吃？我敢说，有胆吃这老王八的人物，这天底下可不好找。你问问今天这些人，谁敢？哎呀，想一想都是罪过。"

老孙问："那你要它干啥？当老祖伺候着？"

老钱说："库头英明，真英明，咱就是这么想的。我计划专门为它建一座豪华鳖宫，把它当神仙当老祖供起来。你想想，不这样还能咋样？咱虽然知识有限，但这么大的王八，不论在人类历史上还是在鳖族历史上，肯定是极少见的。库头你竟然那样说。俺那老天爷，库头你可真敢想啊你，不怕天打五雷轰啊。"

这时，老鳖好像鼓涌了几下。

老孙说："可以考虑。"

老钱一把抓住老孙的手："大库头，俺那好库头，一言为定，一定一定的。"

老钱从身上掏出一个信封："库头，这是五千，奖给发现老鳖的老纪吧。贵局对我若有什么要求，当库头的尽管开口。"

一旁的纪元直往后退："俺可不敢要，那不成了卖老鳖吗？再说它住在水库里，它是公家的，谁敢把它私有化呢？"

老孙说："这样吧。老纪你的确有功，拿着吧。老纪啊，这没有卖老鳖的意思，这老鳖的价值是不能用金钱来衡量的。钱老板这是奖励你的发现之功，他不差钱。按说，咱局里也得奖励你呢。"

老钱一拍巴掌："库头真会当领导。"

老钱拽老孙离开人群，来到屋外。屋外就是烟波浩渺的水库。群山环绕中的水库，真是一方胜景。

老钱心情好极了，对老孙说："你这个库头，论起级别来也算不上什么大官，可真是个美差。不仅管不少人，还管着广大的鱼鳖虾蟹。老鳖的横空出世，首先给你长脸了。老鳖个头这么大，头脸却这么小。你这库头，可真是好大的面子呀。"

老钱这么说着，还两手一个劲地在自己脸上比画呢。

老孙说："你净说些屁话。老钱，我跟你说明白，老鳖是在我局发现的，我免不了要成为第一责任人。老鳖只是先在你那里放着，必须绝对保证它的健康与安全。马上，我是说马上，就会有县领导、市领导，乃至更高级别的领导及其他重要人物来观赏老鳖，我要跟他们一一汇报。马上，会有许多人为了看老鳖而到你那里消费。你以为我不知这一层啊，你这土豪的那堆花花肠子我还不懂？你简直比'中华鳖精'还精啊。"

　　　　　　　　　　天堂里 的 牛栏

老钱说："再精也精不过库头。库头，实话实说，我一听说你这里发现了这么大的老鳖，马上想到我要时来运转了，我急着得到它，确实有为我那酒店增加点人气的念头。这段时间，桃花源大酒店可让老郑新开张的吕州大酒店给糟蹋毁了，我这营业额直线下跌啊，上点档次的宴请都到老郑这鳖羔子那里去了。吕州大酒店是我这酒店的克星啊，我没咒念啊。"

老孙说："土豪，有言在先——大鳖所有权归水库管理局归吕县，你只有供养权。好好供着它养着它，不能出任何意外。"

老钱说："对，我就是要全心全意供着它养着它。库头英明，库头那个真英明。"

4

桃花源大酒店营业额迅速蹿升。

老钱心里真是个恣呀："老鳖啊老鳖，您真是俺的大救星。"

老钱迅速建好了一座鳖宫。桃花源大酒店院内假山前面，挖地成池，池内水草鲜美，上罩以钢化玻璃，前面是不锈钢栅栏。砌有多级石台，便于老鳖晒日头。

老鳖刚入住鳖宫，赵县长的一次宴会就安排到老钱这里了。老钱推掉所有事，专门等候县长。老钱发微信给县府办周主任：周大主任，今晚的县长宴，你该作陪吧？我想敬个酒，表达个小心情，哪个钟点过去合适，届时给我下指示啊。

不一会儿，周主任回复：好的。

傍黑时分，赵县长的车开进院里，开到鳖宫前。老钱小跑着出来，迎接一方父母官。周主任先从车里冒出来，接着赵县长从车里冒出来。冷淡的老鳖一映入县长的热眼，县长立即涌起一股十分喜悦而又温柔的情感，一天的冗杂事务带来的疲惫感顿时烟消云散。对他这当县长的来说，这老鳖简直具备天外来客的意义。这只被囚禁的老鳖，似乎仍能向空气中散发出大自然的气息，面对老鳖，县长的心情越来越好。陪同县长的人不多，除了有一张陌生面孔，其他几张面孔老钱都熟悉，而赵县长对那位老钱不熟悉的人，显然并无特别恭敬，也没向老钱介绍。不用打听，老钱已清楚——今晚无重要客人，县长是专门为"瞻仰"老鳖而来，老鳖才是今晚真正的主角。

作为一方父母官，县长看老鳖，当然不同于一般人看老鳖。赵县长看鳖看得格外仔细慎重。赵县长说："这是一只中华鳖。这些年来，全国发现的中华鳖老鳖，比这个个头更大的，只在长江以南有一例，那个老鳖比这个重十斤多一点。这个老鳖在全国可是数一数二的啊，在长江以北发现这么大的中华鳖，可是了不起的大事。中华鳖虽未列入国家珍稀保护动物，但像这么大的老鳖，那是不能当一般鳖一般野生动物来看待的。"看来，县长来看老鳖前，已备了课呢。

县长把脸转向老钱："老钱，你可得好好供养着它，不能出问题。"

老钱猛一虾腰，脸笑成一朵菊花："请父母官放心，这些日子，俺这心思全都放在这老鳖身上了。"

县长看过老鳖，就往宴会厅走。那个陌生人却落在后面，还趴在栅栏上一个劲瞅老鳖。县长扭头朝那人喊一声："老吴啊，你就别瞅了，再瞅也是白瞅。"

老钱早就对县长宴的菜品做了精心安排。他回到办公室耐心等着。半小时后，周主任来了信息：来吧。老钱整理整理衣服，酝酿酝酿表情，窝约窝约嘴，眨巴眨巴眼，手里握着一个酒杯，小跑着来到了县长跟前。县长这才指了一下主宾位置那张陌生面孔，说："这是我中学同学老吴。"并无更多介绍。其他人都称老吴为吴总。老钱敬了县长，再敬县长的同学。赵县长是吕南县人，他的中学同学当然也应是吕南县人。老钱与老吴一握手，一寒暄，看老吴面对一桌饭菜的神情，看他品尝饭菜的架势，就有了清楚的判断：这家伙与咱同行，开酒店的。想到县长那句话"你就别瞅了，再瞅也是白瞅"，心中豁然开朗，这家伙找当县长的同学，是打老鳖的主意来了。

老钱的判断一点不错。老吴得知吕县发现老鳖的消息，立即联系赵县长，说非常想念老同学，想到吕县看望多年不见的老同学。电话里，赵县长说："欢迎老同学前来瞻仰吕县老鳖，不欢迎来看我这个破县长。"一句点破，双方哈哈大笑。老吴打电话给赵县长前有些担心，虽然一直没断了联系，但人家毕竟当上县长了啊，会不会拿官腔官调打发他呢？听到老赵那十分亲切的玩笑话，老吴不禁感慨：老赵这人不孬，老同学本色未丢。

老吴一见老同学赵县长，就说："我想请走贵县新发现的老鳖，多少钱请开价。老同学你怎么着也得帮我这个忙。要不是恰好你当这个县长，我是根本不敢指望啊。"

赵县长说："土豪，穷得光剩钱了，张口就是钱。你想歪了。正因我当这个县长，你才更没有指望。我不是说了吗，你瞅也是白瞅。你若是想在吕县买一百亩地、一千亩地，买一座山，或许能办到，想弄走这老鳖，根本没门儿。要是让你把它弄走了，就陷我于不义之地了。"

话说到这份儿上，老吴清楚，老同学没给他留一点余地。老吴很失望，也只好表示理解。老吴说："是啊，是啊，这老鳖不是普通鳖，老同学也早已不是普通人了啊。"

宴会气氛差不多已进入高潮。洞若观火的老钱，再次举杯敬老吴："吴总，老鳖现身我们吕县，是我们县长县领导和全县广大人民的一大福报一大吉兆。这么老的老鳖，是个仙物灵物了，它不是哪个人的，它是全吕县的，甚至也不是吕县的，而是全中国乃至全人类的。下一步，要是父母官同意，我们就带着老鳖到外地举办巡回展览，第一站，理所当然得去我们县长老家，在吕南县展览个十天半月的。这是宣传吕县生态环境美好的一个不错的途径。吴总，这第一场展览，是不是该由您来承接落实啊？"

一直基本默默无言的老吴，应付式地露了一下笑模样："谢谢钱总。"

老吴转眼望向赵县长："老同学若同意，我还不得效犬马之劳啊。"

这当口，桌上的吕县人竞相尽地主之谊，老吴接连被敬了数杯。他们对赵县长只是一个劲地嘴上脸上表达恭敬，不敢劝他多喝酒。

老吴进入了兴奋状态，嘀里嘟噜说了又说："到时候，最好老同学能亲自陪着老鳖衣锦还乡。刘邦说得好哇，富贵不还乡，就好比穿着绫罗绸缎却摸黑走夜路，没人看得见啊。这话好像是刘邦说的。到底是刘邦说的，还是项羽那家伙说的，我记不准了，反正是《史记》里的。老赵，你一直是班里学习尖子，记性特好，你记得那话是项羽说的，还是刘邦说的？我永远忘不了咱语文老师高老头，讲到这个埝时，那手舞足蹈眉飞色舞的样子啊……"

赵县长清楚记得，那话是《项羽本纪》中没出息的项羽说的。赵县长不说话了。赵县长的脸有点晴转多云。县长对面副主陪位置上的周主任坐立不安起来，他侧过身，绕过旁边一个人，伸手拽了拽老吴的裤子。老吴低头把周主任的手拨拉了一下，继续他的演说："我回忆啊回忆，差不多回忆起来了，那话八成是项羽说的，这个政治上不成熟的失败的家伙，到末了拔刀自杀时，身边就只剩下乌骓马和他那爱姬啦……"

赵县长站了起来："喝得差不多了，安排我这老同学到房间里醒醒酒吧。"

老吴喝酒易激动，一激动就易陷入失人失言状态。今天又犯了这错。几杯酒下肚，似乎就把这官宴当成同学聚会了。不过，需到第二天早晨醒来，他才会意识到这一错误。

宴会有点不欢而散的味道了。

周主任搜肠刮肚找话打圆场，最后在心里这样安慰自己：去他娘的，反正今晚无重要客人。

送走客人，老钱来到鳖宫。为老钱又"工作"了一天的老鳖，无声无息地趴在那儿。老钱望着那一团暗影，想跪下给它磕个头，抬头望了望周围，又打消了这一念头。他朝大鳖拱拱手，弯弯腰，说了一番心里话："老王，您是俺桃花源大酒店最最重要的员工，更是最最重要的贵宾，俺永永远远把您当神来供着，俺衷心祝您永远健康！"

这些天，老钱发现，老鳖在人来人往的白天，基本都是取坐北朝南姿势趴着，偶尔会把头拿出来环视一圈。老钱还发现，与入鳖宫前老鳖总是把头缩在壳内不同，入鳖宫数日后的老鳖，面对前来瞻仰它尊容的各色人等，常常半伸半缩地露出头来，小眼幽冷地转动着，似乎在随时观察思考这些芸芸众生。从前老鳖过着水底下望人的日子，现在不得不与人面对面了。老鳖一天见到的人，比它从前一生见到的人大约都多得多。老钱想，它肯定十分纳闷世上究竟有多少人类这种两足怪物啊？他们咋像潮水一样来了一波又一波呢？

这时暗影里老鳖又鼓涌了一下。老鳖又伸出鳖头在空中慢慢巡视了一圈，罕见地发出吐泡泡的声音。

老钱又想，莫非这是对我的祝福表示感谢？

5

一家欢乐一家愁。

这些日子，轮着吕州大酒店的老郑心里不是个滋味了。他

092　　　　　　　　　　　　　　　　　天堂里 的 牛栏

做梦也想不到，他这新开张即红红火火的吕州大酒店，竟然因一只老鳖来到人间而变得冷清了不少。

老郑靠干建筑捞了第一桶金，接着又靠房地产捞了第二桶第三桶第 N 桶金。他没想到这辈子会赚那么多钱，并且还不得不继续赚更多的钱，想停都停不下。老郑跟老钱不是朋友，却是很熟的熟人。桃花源大酒店是八年前老郑的建筑公司给老钱建的，老钱对建筑质量及老郑的建筑费要价，都是满意的。桃花源建成这八年来，一直是县里最好的酒店。老钱依托这酒店，不但发了财，还培育了越来越深的人脉。老钱论财富无法跟老郑比，论人脉却不比老郑差。人脉是资本，也是生产力。这年头跟孙猴子似的，一蹦十万八千里，县领导很快觉得桃花源大酒店档次低了，吕县接待场所迫切需要更新换代。说了算的领导就说，接待也是生产力，必须迅速建设一座档次更高的酒店。这事就落在吕县最大房地产老板老郑头上了。领导动员他时，他嘴上说开酒店太麻烦，不想干，但还是很快开工了。县里给了老郑一些配套优惠政策，给敲定店名为"吕州大酒店"。吕县是古吕州地。

人人都想看老鳖，老郑也不例外。来看老鳖的，基本都是不请自来，也有少数来者是老钱的特邀嘉宾。老钱专门列了一个名单，只要上了名单的，不管人家有没有来看过老鳖，老钱都会单独发信息或打电话请人家来，请人看老鳖当然同时就请吃饭。他还专门列进去一些从前想接近却不太好接近的人物，以看老鳖的名义邀请人家来，简直太有趣又光明正大了。看老鳖与请人吃饭结合在一起，就比单纯请吃饭多出了一些意义、趣味与价值。不论什么事，意义多一点，与意义少一点，那是很不一样的。很快，在许多人的口头上，"看老鳖"与去桃花源大酒店吃饭就成了同义词。"看老鳖去""得看看老鳖了""你也不请我去看老鳖""你连请看老鳖这么点血都不愿出啊""不请我看老鳖你就死了那条心吧"……诸如此类的话，在有头有脸的人之间不断说来说去，越说含义越丰富。在吕县，老鳖成了多义词，既敞亮又含蓄。老鳖的影响力越来越大，创造的意义也越来越多。

老钱的邀请名单越列越长，最后一面骂骂咧咧，一面把老郑也列上了。列是列上了，电话却迟迟没打。过了三天，老钱又把老郑从名单上删除了："去你娘的，爱来不来，我相信，老鳖肯定不喜欢你这家伙。"

老郑心眼不比老钱少，但却不会把老钱的心思咂摸得那么细。老钱不邀请，老郑也要来，好奇心加上其他因素，决定他非来不可。老郑要看老鳖了，掂量着给不给老钱打电话，最后决定不打："去你娘的，我是去瞻仰老鳖，又不是去瞻仰你祖宗。"

老郑选择上午九点多钟来到桃花源。这时的酒店人最少。老郑想，最好别遇着老钱，遇着了就打个哈哈，看老鳖又不是看他爹他娘。老郑的豪车来到桃花源大门口，他想把车停在门外，步行进去，一想到无处不在的摄像头，就打消了这念头，一加油门进去了。老郑看到了鳖宫，看到了老鳖。老郑看老鳖整整看了十五分钟，其间老郑不自觉地抬头瞭望上下周围三次。老郑使劲往前凑，想把老鳖尽量看清楚，还因此让栅栏碰了一下额头。

老郑看了十五分钟、瞭望周围三次，不是老郑自己记下的，而是老钱给记下的。老郑的吕州大酒店建成前，来桃花源吃饭的次数也不少，知道老钱的办公室就在假山后面。那办公室本来是正对着大门对着马路的，一位风水师说这样不好，太冲。老钱就听从风水师建议，在窗前十多米的地方修了假山。风水师说这样就藏风聚气了。老钱也感觉不错，抬眼看到的是假山，恰到好处地遮一下视线，一下子幽静起来。

老郑的一举一动皆在老钱的视线内。

桃花源大酒店从建成起就安装了监控系统，八年时间就将系统更新了五次。从大门外到酒楼内，全方位监控。但除了发生特别的事件，老钱从不关心监控。两眼盯紧监控，那是小保安的苦差。从前老郑来这儿，来三回老钱未必知道一回，人家就是个消费者。鳖宫开张后，老钱对监控突然热衷起来，不时就到保安室调出监控录像看，不看别的，专门看那些来看老鳖的人——你在鳖宫前看俺的老鳖，俺在楼上看你们这些看俺老鳖的人。老钱识字不多，但听读高中的女儿，朗诵过一位名叫卞什么的诗人那首有点弯弯绕味道的诗，就仿造了这句子。老钱在与家人吃饭时，说起那些络绎不绝的看客，十分得意地把他的创造朗诵给老婆孩子听，女儿直夸他有才太有才。

老钱觉得，直接看与借助监控看大不一样。这回老钱看老郑，就没借助监控，而是直接亲眼看的。是啊，对任何事物，看影子与看原物，怎么会一样呢？老钱开辟了第二办公室，他选了侧面一个看鳖宫视线最好的房间，基本就在那办公了。众生来看老鳖时自然流露出的"众生相"，深深吸引了老钱——你趴在鳖宫前看老鳖，人家在幕后看你这看老鳖的人。比县长更大的官来了，比老钱比老郑更有钱的人来了，形形色色的人都来了。除了老郑面对老鳖心事重重左顾右盼，其他人差不多都是直奔主题——瞻仰老鳖。绝大多数人面对老鳖时自然流露出来的，都是一种瞻仰或敬畏或好奇的表情。面对老鳖，有打躬作揖的，有垂手而立默默许愿的，有跪下磕头的，有烧香的，偶尔有向池内扔食物或钱币的，也有默默看看就走了的。老钱知道，所有来看老鳖的，起码都会对老鳖生敬畏之心，即使不把它当神当仙，也会把它看成一个鬼里鬼气、不敢轻侮的罕见老生灵。来看老鳖，若心怀鬼胎，那是自作自受。老钱想，你老郑差不多就是心怀鬼胎。

瞻仰过老鳖的老郑，驱车离去。老郑手拍方向盘，心里苦笑不已，想不到，这老钱与这老鳖竟成了黄金搭档。吕州大酒店这项目在老郑的财富结构中，并不十分重要，也不指望靠它赚什么大钱，之所以同意建，一是县领导的旨意难以违抗，二是期待借酒店另开一条深化人脉关系的通道。想不到，竟让一只天外来客般的老鳖给搅了局。

老鳖入住鳖宫十天了。从老鳖入住第一天起，老钱就是十分关注看鳖客的人数，监控系统会自动统计。人数一直在快速攀升，已达到每天上千人了。有不少人从数百里乃至上千里外赶来，就为一睹著名老鳖风采。酒店一名副手郑重建议收门票："钱总你想想，一人收十块，不多吧？只收光来看鳖不就餐的，你算算一天收多少？一个月收多少？一年收多少？这收入是净的，差不多零成本啊，一只老鳖就是另一座大酒店啊！"

老钱早已掂量过这问题，但心里老是犯忌讳。老鳖是棵摇钱树，一开始他就认准这一点了，让老鳖起个招揽人气的作用，这摇钱树毕竟还有点隐蔽性，若收门票，那就是直接把老鳖当成摇钱树来摇了。可是，金钱从门外哗哗往里淌的景象实在诱人啊。老钱打电话给县府办老周："周大主任，我这里人满为患了，从保护野生动物角度出发，我想借助收一点门票，象征性地收一点门票，控制一下人数，你看行还是不行？"老周说："这个我也不清楚，你挨个去问问林业局森林警察、司法局、法制办、水产局、环保局、公平交易局、物价局、上边的野生动物保护协会等部门去。"老钱一头雾水。老钱想，他娘的，先收收试试，看看反响再说，不行就停，怎么着也不至于犯罪，世上那些大大小小的动物园，哪个不是靠野生动物赚钱，门票还死贵死贵的。

老郑闷闷不乐地在办公室想事，秘书小钱进来了。钱秘书知道老板为何不高兴。小钱说："郑总，我有一计，既可除掉老鳖，还能让老钱难逃罪责。"老郑望了一眼小钱，没搭腔。小钱又说："郑总，只需一小块肉或一条小鱼，里面裹上一点点什么药，握在手里，手往那栅栏上一扶……神不知鬼不觉啊，你想想，老鳖若是出了意外，政府还有舆论不得剥老钱的皮啊。"老郑猛地站起来，显然有些激动："细节决定成败。好，好，你连细节都设计好了，这事看来只有你去干最合适了。"小钱吓一跳："郑总，我干不是不可以，但老钱那里认识我的人不少，我和老钱又是一个村的，风险不小，不是我怕事，是怕一旦暴露了连累咱公司，最好物色个穷乡僻壤谁也不认识的人来干。"

小钱论辈分要叫老钱老爷。人在江湖，各为其主，哪还顾得上是老爷还是孙子。

老郑重新坐回老板椅，朝红木老板桌猛击一掌，吼道："你跟我五六年了，永远是这智商、这情商、这水平？"

小钱直接筛了糠，嘴巴与身体一起打起了哆嗦。

老郑对小钱说："通知吕州通讯的铁真理，今晚请客。"

6

老郑看过老鳖之后第二天，老钱就在鳖宫前立起一块警示牌：

文明观赏野生动物

1. 天降祥瑞，罕见大甲鱼现身吕县。
2. 保护野生动物，人人有责。
3. 文明观赏，心存敬畏。严禁向池内投掷钱币及任何食物。

老钱挑选了一名最机灵的保安，专门为老鳖站岗，时刻盯紧每一位看客。老钱想，害人之心不可有，防人之不可无啊，要是有哪个坏家伙悄没声地祸害老鳖，麻烦可就大了。

桃花源大酒店开始试收看鳖费了，一人次十元。不少看客一听收费，会愣一下，但基本无人嫌贵。确实也不贵，鳖这么

天堂里 的 牛栏

大、这么老，才收十块钱。当天下午五点钟，有关人员报告老钱：今天收看鳖费已突破五千元，到晚上关门，当能突破七千元。这基本已在老钱预料之中，但老钱还是兴奋得直拍大腿："摇钱树，真是摇钱树啊。"老钱想，今晚一定要给老鳖烧炷香。

　　夜深了，最能闹腾的食客也已散去，喧嚣了一天的酒店沉寂下来。老钱找出盒藏香，来到鳖宫。这香是他去西藏旅行时在拉萨大昭寺买的，味道不错，一次买了不少。不论在家里还是在办公室里，老钱不时就点上几支，心理上好像就是为了图个吉利。他将一管二十支香一次点好，一一插入盛满细沙的盘子里。老钱蹲下抽烟，抽完三支烟，香才燃尽。老钱梳理了一下老鳖到来后他的生活经历，感慨不已。黑影里的老鳖一直没一点动静，待老钱起身要离开，老鳖却扑啦一声下了水，接着又稀里哗啦爬上石阶，然后，再没动静。它因何趟这一次水呢？它一定有它的理由。这些日子，老钱异常兴奋，又相当不安。老钱望着影影绰绰的老鳖说："老王呀，俺难知将来的日子里会有些啥，您该能知吧？哪个人不是提心吊胆地活着，就您能沉着应战啊。"

　　夜更深了，整个县城都沉寂下来。最沉寂的，似乎永远是这位老鳖。老鳖是个沉默家。老鳖的沉默，或许会部分化为老钱的不安呢。一句顶一万句是怪厉害，有时候一言不发，却也足够吓人。

　　这一天，看鳖费果真突破了七千。当店员报上这个数字时，老钱兴奋之余，心里也咯噔了一下。

　　向来能吃能睡的老钱，今晚却怎么也睡不踏实。似乎到凌晨时分，才迷迷糊糊睡去。

一个十分严重的情况发生了：一只无头老鳖，梗着一根红通通的血脖子，重型坦克般朝老钱碾压过来。爬上他的脚，爬上他的腿，爬上他的胸膛，爬上他的头，两只前爪扼住他的咽喉，两只后爪猛掏他的大肚子。老钱想动动不了，要喊喊不出，老钱感到自己死到临头了。

老钱从梦魇中挣扎着醒来时，天还没亮透。老钱坐起身，梦境似还在持续，那根血脖子仍然梗在他心头，一个似乎从来都没念叨的词忽然冒了出来："血债。血债？老王啊，俺靠您赚点钱，这不能被当作血债吧？"

老钱穿戴好，来到鳖宫前。今天真是少见的好天气。晨曦初露，天上的云絮好像都要开口说话。老鳖照旧默默地趴在石台上。老钱朝老鳖鞠一躬。老钱在心里唠叨："老王啊，是人就免不了有毛病，不像您老，找不出缺点来。您多担待点俺吧，别和俺这当人的一般见识。"

酒店大门还没开，最早来看老鳖的人却已等在门外。人就是这样，若见过了别人没见过的稀奇事物或人物，就会认为拥有高人一等的资本了。见过老鳖，无疑是一件值得炫耀的事。从老鳖现身那天起，吕县人就被分成了两种——见过老鳖的与没见过老鳖的。

这一天，老钱分外小心。

上午十点多，酒店大门口忽然吵了起来。一个老汉直冲冲地往里闯，门卫拦住让交看鳖费，他从怀里掏出一个纸包扔过去："兄弟，这是俺的看——鳖——费，够吧？"门卫被吓蒙了，那真是一大包钱啊。值班经理跑过来，同样被弄蒙了。随即老钱来了。

老钱老远就认出纪元了，急忙上去双手握住纪元的手："老纪，是您来了，俺心里还真是常念叨您啊。"

纪元没好气地说："俺成了老混蛋了，不知念叨人，光念叨这老鳖。听说您靠老鳖赚了不少钱，还收看鳖费。俺专门来看老鳖，专门来向大老板上交那个看——鳖——费……"

值班经理急忙把那包钱展示给老钱。包钱的纸袋还是那个。老钱推了一把那位经理，把人家推了个趔趄。

老钱说："老纪大哥啊，您这不是打俺脸吗？"

纪元说："知道您是有头有脸的人啊，俺没脸没皮，俺不要脸，这脸俺早就不要了。"

纪元伸手在自己脸上使劲拍了一下。

纪元看见鳖宫了，看见乌泱乌泱的看鳖客了。他撇下老钱，奔鳖宫而去。老钱小心地陪纪元。纪元抓住栅栏，两眼定定地望向老鳖，一言不发。纪元就那样望了很久。

老钱凑近纪元："老纪大哥，您大老远赶来，该累了，屋里喝口水吧。"

纪元说："俺不害渴，水库里满满一水库干净水。"

纪元蹲下，面朝老鳖，两行老泪从纪元那昏花老眼里流了出来。

老钱也蹲下了："老纪大哥，俺知道对不住您。"

纪元抹了把老眼："您这情俺可担待不起。俺对不住老鳖。"

老钱说："哎，咋说呢。收点钱也是为了改善老鳖的生活条件。"

纪元说："人会说好话，老鳖不会。老鳖生活条件最好的垰，就是它老家牛头崮水库。你把它放回去。"

老钱说："老纪大哥，你说得对。可是，这已是县里的大事，要放回去，也得领导发话。"

纪元说："俺这辈子，干下的最缺德事就是逮了老鳖，还报告给领导。"

纪元扭头往外走。老钱拽住他，说陪他吃了午饭再派车送他。纪元坚决不从。老钱只好松手。

纪元出了大门，往汽车站方向走。走了没多远，一辆豪车贴近他身边缓缓停下，接着老钱从里面冒出来。老钱想亲自把纪元送回去，纪元不上车。老钱就说把他送到汽车站，纪元同样拒绝。老钱叹了口气，从车里拿出备好的酒茶等礼品，往纪元手里塞，纪元没好气地给扔在地上。纪元迈开老腿，赶他的路。

老钱站在那儿望了一会儿纪元的背影，坐回车里继续望，直到纪元从眼前消失。

7

纪元的背影在老钱大脑里不停晃荡。

午休时老钱补了一觉，醒来后心情有所好转。一看手机，见在县城西大佛山开茶庄的一位初中同学给他发微信，约他去喝茶。老钱想，正好该拜拜大佛了。

老钱先奔大佛寺，烧香磕头许愿，往功德箱里投钱。正双手合十许愿呢，电话微信接连响起。不接不看，直到把愿许圆乎了，才看手机。酒店值班经理打不通老钱电话，发来了微信：钱总，老鳖异常，情况危急，速回！速回！几张照片把老钱吓了个半死：老鳖的头耷拉在地，头前似有一堆呕吐物。老钱猛拍头，努力让大脑保持清醒。老钱第一个电话打给县动物疫病防控站马站长。马站长说："钱总你昏了头了，俺这里哪来的急救中心？老鳖八成是中毒了，你问问能不能送县人民医院，那里保险系数高。"老钱与老鳖差不多同时赶到县人民医院急救中心。往医院赶的途中，老钱本想给县人民医院牛院长打电话，又急中生智，先将情况紧急报告给县府办周主任，周主任立马给牛院长打电话，代表县领导要求院方全力抢救这位特殊病号。牛院长接完电话就苦笑："唉，老钱早就邀请过俺了，俺还没顾上去瞻仰这大名鳖呢，这大名鳖却要来人民医院就医了。"

　　果然是有人投毒。急救中心立即对老鳖催吐、灌肠胃、输解毒液……一系列措施之后，数小时之后，负责抢救的大夫说："问题不大，吃进去的毒药量不大，投毒者大约不想致老鳖于死地，它自己吐出来一部分，也很重要。"大夫还说老鳖是误食了灭鼠药"鼠甘伏"。大鳖趴在一张印有桃花源大酒店字样的床单上。当时值班经理得到老钱指示后，拔腿跑进就近客房，抽下床单、包起大鳖、塞进轿车、开启双闪、疾驰医院。老鳖的异常是看鳖客们先发现的。他们看到老鳖将头举在空中摇来摇去，吐出几口东西后，鳖头就耷拉在石台上不动了。

大夫说问题不大，老钱心里却直打鼓。那鳖头仍耷拉在床单上一动不动。老钱凑近老鳖，实在看不出它是死是活。他伸手将鳖头小心抬起，鳖头竟缩了一下，又缩了一下，缩到平时在鳖宫里常取的那种半露不露状态，就不再动了。老钱松了口气，亟盼老鳖能睁一下眼，但人家就是不睁。

　　老钱报了警。大夫说投毒时间大约在老鳖到医院前三小时以内。刑警来到桃花源大酒店，对现场做了侦查，调取了相应时段以及近五天监控录像。

　　老鳖又回到了鳖宫。老钱发现，被放稳后的老鳖终于探头睁了下眼。大夫嘱咐近一两天内要对老鳖加强观察，熬好的绿豆汤里加上点维生素C，多灌几次。酒店谢绝了一切看鳖客，安排专人侍候老鳖。老钱不敢离开酒店半步，隔不长时间就去鳖宫看看。看样子老鳖不会有什么危险了，老钱还是不能摆脱心惊肉跳的状态。

　　对老鳖下毒手的，是谁呢？心可是够狠啊。老钱脑子里过了几个怀疑对象。他亲自查看监控录像，特别是对三小时关键时段录像的查看，一分一秒都不放过。他实在看不出投毒行为的任何迹象。

　　老钱又过了一个辗转难眠的夜晚。

　　第二天上班时间一到，老钱就来到县公安局刑侦大队。负责此案的刑警说，应是团伙作案，有人掩护，有人投毒。老钱吞吞吐吐地说了他念叨的几个怀疑对象，第一个就是老郑。刑警漠然地说："你说这个无用，老鳖又没死，这案只能算一般刑事案件，破案难度却不小。压在我们头皮上的案子多得很啊。"

老钱嗫嚅着嘴，没说出话。刑警望一眼老钱，苦笑道："想不到这辈子还会碰上你这种'鳖案'。"

老钱知道了公安对这个案的态度，临离开时，赔着小心对刑警说："警官同志，我说的怀疑对象，可要注意保密呀。"

刑警咔嚓瞪了老钱一眼。

8

老钱清楚，刑警没有必须破这个案的压力，若自己不追不做工作，这个案肯定就只能不了了之了。想到刑警说出"老鳖又没死"那话时的轻松表情，不禁有些生气。人命关天是不错，鳖命就不关天了吗？这个老鳖的命，就是能关天啊，还不是一般的关天啊！

这样一想的时刻，手机响了，是县府办老周的，老钱急忙接听，抢先喊道："周大主任，你好。"

老周说："老钱，老鳖的命是保住了，你又有保不住的麻烦事啦。"

老钱忙问："咋了？"

老周说："看来你还不知。上网搜搜这几个字——吕县桃花源大酒店钱老板……"

老周接着把电话挂了。

老钱急忙上网，立即搜到这样一条标题很长的报道：

吕县桃花源大酒店钱老板见钱眼开，非法利用罕见野生大甲鱼招揽顾客

文中点名道姓，时间、地点、事件、人物皆准确无误，且图文并茂。作者署名为"不求闻达"。《野生动物保护》及网站，省城多家报社及网站，皆登载了。信息以几何级数迅速蔓延。老钱知道，报纸都是晚上连夜印刷，白天投送。这稿子应是前天发去，昨天上版，昨晚印刷，今天面世的。相关网站在发布时间上取与报纸同步或略提前。所以，文中尚未提收取看鳖费之事。酒店不少员工比老钱更早一点得知这个消息了，他们见老钱仍然得意扬扬，还以为人家胆识超群，不在乎呢。

老钱又搜了搜网络，的确还没有他收取看鳖费的消息。但此刻没有，并不意味下一刻没有，很可能立刻就会有。那条报道走的是主流媒体路子，没有随便往其他媒体上发。

果然，第二天，重磅炸弹响了。这条报道吸引眼球的力量比上条大多了：

救救吕县野生大甲鱼
桃花源大酒店老板钱来勤钱迷心窍，吕县罕见野生大甲鱼已成摇钱树

署名还是"不求闻达"，登载媒体还是那些家。这回是重点报道收看鳖费之事了。这一报道的投稿时间，应该就是酒店收看鳖费的当天。仍然是图文并茂，先交钱再放人进酒店的场

面，也登出来了。栅栏里的老鳖探头观望的特写大幅照片，很有触目惊心的效果。

这属负面新闻，吕县媒体、市内几家媒体都不会登的。不登不等于不重要，不登不等于没人管。库头、镇长、县长及相关领导都行动开了。

老钱寻思，不求闻达是谁？肯定是本地人。市里的，还是县里的？十有八九是县里的。老钱想到了铁真理。会不会是这家伙干的？铁真理一个月前找他拉赞助，目标是十万，不算多也不算少，老钱没有拒绝，也没痛快答应。老钱当时心想，起码让你这个吃新闻饭的多跑两趟。打发要饭的，不能太痛快了。

很快，老鳖中毒事件，微信圈、自媒体皆有披露了。

老钱拨通了铁真理手机："铁大记者，请你来观赏老鳖呀。"

中毒事件后，鳖宫关闭，看鳖费自然停收，毕竟老鳖的身体健康最重要。在这种情况下邀请铁真理，属非常之举。

小记者腿不值钱，风快，铁真理马上赶来了。他看老鳖有多次了，以前都是不请自来。他虽然贵为记者，但在老钱眼里，却不具备列入受邀名单的资格。这回是有求于铁记者了。小铁每次看鳖都很规矩，连照片都不拍。他需要什么照片，自然会有人提供。

一则对负面事件的正面报道，很快出现在了那几家铁真理经常打交道的媒体上。老钱明确要求铁真理署真名，他就署了真名。铁真理觉得这文章署真名无妨。老钱不轻不沉、不咸不淡地说："行不改名坐不改姓，老祖宗就是这么教的，个别记者却今天用这个名，明天用那个名。"铁记者想了想，没流露半点反感，还附和着哈哈了几下。

报道很快见诸媒体：

桃花源大酒店精心呵护野生动物
罕见野生大甲鱼有力证明吕县生态环境美好

老鳖转危为安了。老钱虽仍惊魂未定，新的妄想却不断产生。老鳖身上蕴藏的财运之大，实在令老钱难以平静。

老鳖事件继续在发酵升温，中毒却使事件发生了本质性变化，不仅老钱被吓了个半死，不少领导也吃惊不小。吕县主要领导专门召集了一次碰头会，就事件及舆情等做了简要分析判断，下令在相关部门监督下，立即将康复后的老鳖放归原地，责成县内各媒体再配合相应正面报道，让老鳖事件尽快平息。

9

下午日落时分，老钱接到了第二天放归老鳖的命令，虽已在预料之中，却忽又觉得天地变色。老钱望向天空，怪了，天确实猛然阴得很重。老钱想，接电话前，天还是好的呀，咋一下就阴了？老钱心里也像这天空一样阴沉。

夜深了，下起了小雨。老钱撑着雨伞在鳖宫前徘徊，一遍遍望向暗影里的老鳖。这是老鳖在人间的最后一个夜晚了。

凌晨时分，梦中老钱被一声巨响震醒，好像不是天塌了就是地陷了。一股十分诡异的焦煳味，如无数飞虫乱窜。老天爷从来没有与老钱如此近距离亲近过：一个严重情况发生了，窗前那棵树龄逾百年、主干两人才能合抱的银杏，被一个炸雷劈去半边树头，一根挂满青果的树枝咔嚓戳碎了寝室的窗户，枝叶横扫床上白白胖胖的老钱。老钱扒拉扒拉树枝，爬起身，光脚溜到地上，人已恍恍惚惚，近乎魂飞魄散了。这树是酒店刚建成时，老钱花大本钱购买移植来的。雨半夜里就停了，这是一个干雷，无风无雨的干雷。老钱好歹把鲜血淋漓的肉身，转移到一片狼藉的院里，看到了半生从未见过的一个"雷劈现场"。"遭雷劈的"，这句老钱自小就熟知的民间咒语，在老钱心里纠缠不休。没有比这更厉害的咒语了。不少员工已围了上来，110、120电话全打了。老钱虚虚地挪到鳖宫前，老鳖正好探出头来，老鳖看上去安然无恙。老钱直直地盯着老鳖："老王，这霹雳是您老招来的吧？"

老鳖又缩回头。

桃花源大酒店突遭雷劈，吕县著名老鳖安然无恙

桃花源大酒店横遭雷劈，著名老鳖毫发未损，酒店老板钱来勤受轻伤

这些信息的传播速度，比炸雷还快。

在一位副县长的率领下，县环保局局长、孙库头、老钱等关键人物，分乘数辆车护送老鳖回家。吕州通讯、吕州电视台

的记者乘采访车跟随。最好的那辆车是老钱的越野，老钱亲自开。老鳖当然坐老钱的车，有资格与老鳖同乘一车的是副县长、县环保局局长、孙库头。

老钱受了点皮外伤，当时看上去血头血脸的，其实离伤筋动骨很远。老钱受的主要是内伤，他的灵魂伤得不轻。你看，他好像不是在转动方向盘，而像是在摩弄鳖盖似的，豪华越野跑起来就有点像鳖爬了。

孙库头打量一眼老钱，果断地说："老钱，这车你别开了，让别人开。这些日子，你为老鳖可是操碎了心啊。"

老钱很听话，停车坐到副驾驶位上去了。

从酒店出发时，副县长及众领导都看到了雷劈现场。"遭雷劈"这类故事大家都听说过，亲眼看到活生生的惊人雷劈现场，却差不多是所有人平生第一回。"遭雷劈的"，一代一代人挂在嘴边的最狠的这句骂人话，无人提，人人心里却都在一遍一遍过这句话。每个人的心理都发生了一点真实变化，对老鳖的敬畏又增加了几分。大家一路小心地看老鳖谈老鳖，讲自己一生所知道的鳖故事。

副县长说："县里决定将老鳖放归原地是正确的、及时的。"

孙库头似在自言自语："感天动地啊。"

中心话题是老鳖，默默无言是老鳖。不久前，孙库头在老家与族人一起为一位去世的亲人守灵，守灵情景此时此刻忽又浮现脑海。那一夜，那具热血已冷、魂魄已散的躯体，似仍控制着在场所有人的心灵与话语。即使从前对逝者曾怀不敬之心乃至仇恨之心的人，守灵时也不敢不敬。老孙伸手在自己头

　　　　　　　　　　　　天堂里 的 牛栏

顶上抓挠了几把，努力把那情景赶走。面对活生生的老鳖，怎么就跟给死人守灵似的呢？老孙不禁这样想。

老鳖是人间的逃避者，自小到老，它遇见人的第一反应总是逃避。这些日子，它被猛然带进这个无比喧嚣的世界，在人间这样走了一遭，见了无数人，经历了一连串稀奇古怪事。人总是将老鳖视为鬼怪或神灵，具有某种不可思议的能量。不少人会关心狗怎么想，猫怎么想，甚至能与猫狗产生一些交流，同时，又可以随便打猫骂狗。凡宠物，必定意味着受宠与受辱同在，没有只受宠不受辱这等便宜事。宠物实际上是人性某一部分的投影。可是，无人敢把老鳖当作猫狗似的宠物随便对待，一般也不会关心老鳖怎么想，就像不关心神怎么想一样。热血与冷血之间的千山万水，反而有利于一腔热血的人类，去神化一腔冷血的老鳖。

老钱的心事别人似懂非懂。只有老钱与老鳖不说话。与老鳖相处的这段日子，老钱兴奋莫名，心眼里全是老鳖老鳖。在老钱心里，"遭雷劈"已成为与"老鳖事件"相连，却又比"老鳖事件"严重百倍的事件。

经过夜晚风雨雷电的洗礼，宇宙又献给这方人间一个美好的白日。这一行肩负特殊使命的人，越过村庄，越过田野，越过一片又一片树林，朝目的地奔去。越接近隐在深山里的水库，大自然就越美好。采访车里的铁真理打开车窗，探出头去，使劲吸鼻子。铁真理感慨道："这空气里的负氧离子，浓得让人都快醉了啊。"

纪元老汉早就等候在发现老鳖的地方了。

那个特大号塑料盆从车上抬下来。老鳖趴在盆里。

又见老鳖的纪元十分激动："老王啊，俺可把您盼来了，您老可回老家了。夜里俺就梦着您了，可是俺刚往您跟前凑，您就从您盖底下伸出两个大翅子拂天拂天地飞起来了。俺心里一急，也跟着您飞起来，您朝俺头顶猛踢了一下，俺就啪嗒掉地上摔醒了。在梦里俺就知道，您那是恨俺啊。您恨得对呀。"

铁真理插话道："纪大爷这个梦有意思。"

大家合力将大盆抬到水边，小心放下。纪元轻轻掀起大盆一侧，想让老鳖从盆里滑出来。

副县长忽然产生了一个灵感，说："慢着慢着。"他抬手指指离水边有十多步远的一块平地，说："咱们应该目送一下老鳖，看它亲自走回它老家去。"

大家完全理解副县长的心意，且全都感到那正好也是他们心里所想却无权说出的话。大家把老鳖抬到那个地方，把它从盆里搬出来。

老鳖探出头，闻到了水腥味。大家都以为它会迫不及待地往水里爬，它却把头又收回去，不动了。大家十分纳闷，为何到了家门，却不急着往家走呢?

纪元说："老王啊，到老家了，回老家吧。金窝银窝赶不上自己的老窝呀。"

纪元在鳖盖屁股处拍了拍，催它走。

它还是不走。

副县长朝老鳖郑重拱了拱手："老王啊，作为鳖族的老领导，这些日子，您的子民一定盼星星盼月亮一般，盼着您回去呢。老领导，祝您一路走好。"

　　　　　　　　　　　　　天堂里 的 牛栏

大家都觉得副县长的话十分有水平。

鳖头终于又从鳖盖里伸出来了。它望一望天空，望一望浩瀚的水面，四肢划动沙土，往前拱一下，再拱一下……

老钱痴痴地望着老鳖。老钱并不清楚，一连串事件，特别是那声霹雳，已令他灵魂出窍了。这时，老鳖扭头望了望目送它的这一撮人，唯独老钱的热眼与老鳖的冷眼咔嚓撞在了一起。老鳖紧瞅住老钱，张嘴吐出一串泡泡，发出只有老钱能听到的掀天揭地般的怒吼："去你妈的吧，滚回你的人间吧！"

老钱再次如雷轰顶，大喊一声"俺那鳖神唉"，扑通跪在地上，朝老鳖猛烈磕头，一面磕头，一面四肢并用十分逼真地模仿老鳖才有的走路姿势，奋不顾身地朝老鳖爬去。老钱的额头磕出了一股鲜血，那鲜血咕咕尖叫着钻进沙土，混进沙土下清澈甘甜的水中，并裹挟着那些水呼啸着冲入水库。老钱夜里听到的霹雳声又破空而来，雷鸣电闪，地动山摇。恍惚之间，老钱十分真实地体验到，他的肉身发生了开天辟地般的巨变：他整个肉身咯吱咯吱块块碎裂，又重新排列组合，脊背上迅速生成一张坚硬无比的巨盖，把他的五脏六腑、四肢百骸一下子全保护起来了。老钱感到，他已脱胎换骨了，有生以来第一次获得了彻底的安全与自信。

亲眼目送老鳖的人们，先是忽然看见老钱大喊着跪地磕头，并匍匐四肢往前冲，接着看到老钱额头血流如注。他们的第一反应，就是赶紧把接连受到异常精神刺激的老钱从地上拉起来。老钱瘫坐在地，两眼痴痴地盯着有条不紊爬向水面的老鳖。

老鳖一下子沉到了水里。

水面上的这个涟漪，一圈一圈延伸开去。大家静静地站在那里，望着那越来越大、越来越柔和的涟漪……

下阕：老王说话

1

"杀吧，快杀吧。老头子，水开啦。"厨房里的老太太朝院里的纪元大喊。

"好，好。杀，杀，这就杀，这就杀呀。老嬷嬷，你还用着使这么大劲喊了，不就杀个鸡吗，好像要杀俺这老头子似的。"老纪元这嗓门也不低。

日升月落，开门见山。水落石出，鱼鳖亮相。咱是一只鳖，一只无奈成为人间一看客的老鳖。开篇这情景，就发生在咱被捉来人间的第三天。咱看在眼里，记在心里。任你卷起八尺浪，咱心如止水卧一旁。

像每个早晨一样，纪元五脏六腑吭吭咳咳一阵乱响后，方才起床，起床后第一件事照旧是打开鸡窝，第一只探出头来的鸡照旧是那只大公鸡。大公鸡支棱着大红冠子，在窝门一冒一晃，一晃一冒，眼都来不及眨一下，就被纪元那老爪一下卡住脖子，麻绳捆了鸡腿，扔到地上。一直热情高涨、趾高气扬的公鸡，看样子要告别一饮一啄的日子了。安置咱的木栅笼，距那鸡窝不远。

老太太发出一溜"勾勾勾勾"唤鸡的怪叫后，照旧往地上撒了几把粮。众母鸡嘀嘀咕咕一哄而上，马上就是一片白茫茫大地真干净。母鸡们这样开过早餐，便一哄而散，全然不顾一直对它们宠爱有加却陷入绝境的公鸡。公鸡什么风度都不顾了，使劲伸长脖子，企图啄食几粒蹦到它眼前的粮。蹲在地上磨刀霍霍的纪元，伸脚把公鸡拨拉一下，让它够不着那几粒粮："你呀，就别吃了，吃进去也来不及消化了，你吃到头了，什么事都得有个头吧。"一只母鸡发现了秘密，立马冲回来，在即将赴死的丈夫眼睁睁的深情凝视下，十分无情地吃掉了那几粒粮。鸡们显然对生死无知无觉。就在昨天，这公鸡竟将头伸进咱所在的笼里，试啄了几下咱这顶坚不可摧的巨盖。咱自忖一口就能咬断它的脖子或腿，但咱不能那么干，它是纪元的一份财产呢。

纪元笑嘻嘻的，伸出一根爪试试刀锋，另一爪抓起公鸡，从上面捏紧鸡脖，下面的鸡毛就挓挲起来，皮肉就暴露在刀锋之下，刀锋贴上去了——不用说，刀锋一定是凉的，比冬天的水都凉。炉灶边的老太太，将一只爪举起，对着马上就要告别人间的公鸡，一指一戳地唱道："鸡，鸡，鸡，你别怪，你本是人间一道菜，旧命不去，新命不来，来年托生一个金凤凰，梧桐树上把屏开呀把屏开。鸡，鸡，鸡，你别怪……"这样看来，人类是把鸡仅看作一种会喘气的菜，杀掉它们的理由太好找了。

老太太以她的歌唱，伴随这只鸡的短暂死亡过程。纪元将淌了半碗血的公鸡朝远处一扔，公鸡闭紧双眼，梗起被割断一半的血脖子，在地上蹦了又蹦，一直蹦到咱眼前，才倒地不起。一滴鸡血正好溅到咱嘴角。咱活了这把子年纪，鸡血味还是第一次尝到呢。鸡血与水族活物的血，味道很不相同，有股尘土气、烟火气。纪元耐心地看着那公鸡，直到它慢慢停止挣扎。纪元道："这条鸡命，一岁半，正当年，光挣命就挣了这半天啊。"鸡被扔进盆里，老太太提着水壶，将热气腾腾的水慢慢往鸡身上浇。纪元提一提鸡翅，放下，提一提鸡腿，放下，让开水把鸡身的每个毛孔都烫遍。一股只有屠宰生灵才能产生的味道，再次在纪元家弥漫开来。每条命，都有它告别世界的方式，这条鸡命的告别方式，也算别具一格了。

"老头子，咱当着它的面，杀这个、杀那个的，它会不会觉着咱这些当人的，心忒狠了吧。"老太太朝咱努了努嘴。

"你钻它肚子里问问去吧，老嫲嫲。"纪元也朝咱努了努嘴。

"没正经，老东西。以后再杀活物时，咱别当着它的面了。你看它，平时不伸头，咱杀活物时它就探头探脑瞅啊瞅的。怪吓人，怪瘆人。你说是吧？老头子。"老太太又朝咱瞅了瞅。

"中，中。今后咱不当它的面杀活物了。不过，我看，虽说人没有什么不敢杀的，可是，应该没有人敢杀它。你以为它不知道哇？"纪元瞅瞅咱。

咱大多数时间都缩头入盖，人类就认为咱缩头时就不知外面情况了，其实只要咱愿意，咱就能洞若观火呢。

昨天，也就是咱来到纪元家第二天，纪元杀了一头羊，一

　　　　　　　　　　天堂里 的 牛栏

头刚断奶的小羊羔。咱这一生，基本过着"水底下望人"的生活，鸡狗鹅鸭牛羊等生灵，咱全都认识。咱眼里，它们都不可怕，最可怕的是人类。小羊临死前那咩咩的喊声，咱可是头一回听到。那声音，像水一样柔啊。

披一身嚣张长毛的公鸡，毛很快被剥得一根不剩。一只有毛生灵在咱眼前如此由生到死，实在魔幻极了。纪元爪起刀落，那个光溜溜的鸡头，像个小鸟一样嗖一下飞出老远。鸡头在地上打着滚跑了一阵，才停下。老太太弯腰伸爪捏起冒着热气的鸡头，笑眯眯望向纪元："老头子，把这个给它吃吃吧？"老太太朝咱努了努嘴。纪元说："好好，犒劳犒劳老王吧，老王大约觉得这几天快叫咱人类给聒噪煞了，从前它住在水底下多清静、多安逸啊，这人间对它来说应该不是个好地方。"

老太太把鸡头送到咱嘴边，朝咱作个揖，念叨着："您啊，是水中仙，在俺这里受屈了。多担待点啊。"

这已是咱第二次看纪元杀鸡了。被捉来第一天，纪元就杀了一只鸡，一只母鸡。那回，老太太伸爪指着那只母鸡，说："老头子，就杀这个芦花，光长得怪好看，三天五天都不下个蛋，早该死了。"

在人间，咱这看客看到的都是奇迹。

咱已活得足够长，长到令咱不好意思了，长到令咱没见过一个比咱活得更长的同类了。用视死如归那种豪情哄一哄自己，是人类才喜欢干的事。死就是死，死就是没有水、没有光、没有蛤蜊与螺蛳，一切都没有了。咱很早就明白这点。随波逐流、浮浮沉沉这一生，阅历不可谓不多。再多的阅历又有什么用呢？总有你逃不掉的那一刻。咱出生在哪儿，父母是谁，全是一片混沌。失踪或死亡，是咱漫长一生中最寻常阅历。只是，失踪或死亡的，从来都不是咱。这回，终于轮到咱了。由咱的年纪与领导地位决定，咱的失踪当然是族类眼中一起极重大事件，不过，咱已管不了那么多了。

2

这几天，纪元家客人多如过江之鲫。有些客人纪元还需管饭，纪元不得不天天杀个活物。

那天杀羊时，老太太面对咩咩叫的小羊，不停抹眼泪。杀鸡时她不但不流泪，还用人类的惯用伎俩，哄一哄那鸡。老太太那歌谣，是让死到临头的鸡明白，它不能因被杀就记恨杀它的人，它天生就是被杀被吃的命，被杀可能还是件赚便宜的大好事呢。鸡是怎么想的，老太太可不管，她只关心自己那颗曲里拐弯的心，以咱眼光看，人类最主要心理特征就是自欺欺人。自欺比欺人更加普遍，欺人操作起来有难度，人号称万物之灵长，人人有预防欺骗之心，却少有预防自欺之心。明白这个道理的人，看样子不多。对他们来说，自欺的好处是显而易见的：不论多么荒唐的事，他们都能在心理上滑过去。

纪元家忽然多出一窝毛茸茸的鸡雏。它们与咱一样，也是卵生，区别是它们一定会长出满身毛来。老太太望着鸡雏，满脸欢喜，把盛鸡雏的筐子放在树底下，距咱很近。鸡雏叫起来像水一样柔，像空气一样轻，刚刚来到人间的它们，连路都走不稳呢。那个才刚会走路的小人歪歪扭扭过来了。咱对这个小人有点喜欢，满身清新气息，就像咱族中的小雏一样可爱。这小人对咱倒没什么兴趣，只在咱跟前站了站，看了看，就再不过来了。他可能觉得咱不好玩。这么小的小人，显然理解不了咱这庞然大物。小人围着那筐鸡雏转。老太太放下一个板凳，让小人挨着鸡筐坐下："好孙子，好好给奶奶守着，别让老猫把小鸡给抢走了啊。"老太太转身去了屋里。小人一心一意与小鸡玩。小人伸爪抓起一只小鸡，按到自己脸上，小鸡伸嘴啄了一下小人那小鼻子，把小人啄得一愣一愣的。小人瞅瞅小鸡的小嘴，就用力捏小鸡——捏肚子，捏头，捏脖子。小鸡唧唧了几声，就耷拉下头，不动了。小人晃了晃小鸡，还是不动，就把小鸡扔地上，又伸爪抓那会跑会动的。不一会儿，所有小鸡全都不动了。小人的小爪手里攥着只耷拉着头的小鸡，朝屋里大喊："奶奶，奶奶。"

　　家里那条老狗却先跑来了，它立即清楚小人犯了一个相当严重的错误，是它这当狗的自小就想犯却不敢犯的错误，老狗立即朝屋里猛烈单调地喊道："汪，汪，汪……"狗这东西，上蹿下跳的，管事之多仅次于人类，却就会这一句话。咱刚进纪元家门时，这狗乍一见咱，就毫无必要地做出十分嚣张的姿态，一蹦老高，张着大臭嘴要对咱下口，却又不敢真咬，只是对着咱一个劲地乱喊。狗对咱很快失去了兴趣，连那个单字单词也不对咱喊了。人类对狗的态度令咱十分纳闷，一会儿笑眯眯地伸爪摩弄狗，一会儿抬脚就踢狗，一会儿像哄小人一样对狗轻言细语，一会儿又对狗破口大骂——那些千奇百怪的脏词，亏人类想得出来。当狗的，得具备何等狗格，才能成为人类眼里一条合格的狗啊。咱真替狗害臊。

老太太听出老狗叫得不平常，就过来了。老太太一愣怔，弯腰把那一地鸡雏摸了个遍——一只会喘气的也没有了。她像把喉咙撕碎一样大吼一声，伸出老爪抓起小人，在小人屁股上狠拍了好几爪，然后与小人一块嗷嗷大号。老太太一面号，一面说："俺那小祖宗唉，小王八羔子唉，小王八蛋小鳖蛋唉，鳖养的唉，长大了不得出息成个杀人犯啊，俺那活生生的小鸡唉，疼煞俺了唉。"

这样骂自己的孙崽，你说有多扯淡多荒诞啊。老太太分明对咱十分敬畏，可是，你看老太太那忘我的样子，根本就没念及咱这个老王八、老鳖就在现场，咱就是从鳖蛋里爬出来的，就是小王八崽子长大的。人类心灵的分裂，好像是正常现象。

这一群小鸡，可是老太太心目中一笔不小的财产啊。

虽然同为卵生，鸡雏比咱的雏脆弱多了。这么小的小人，不可能用小爪捏死咱的雏，可是一会儿就把这么多鸡雏全弄死了。对人类这两脚妖怪，咱有很多想象，他们的有些表现没超出咱百年来在水底下的判断。可是，在人间这几天看到的一切，证明咱的想象力还真是不够用。这么一个小人就如此凶残，你想想，那些大人干出你想象不到的事，就一点不必奇怪了。

当首次听到人类用王八蛋来骂人，可把咱笑煞了。没错，天经地义，实事求是，王八都是卵生的，王八蛋与狗蛋、猫蛋、鸡蛋等词一样，就是个普通名词，人类怎么就喜欢用这词来骂他们自己呢？不光用这个词，与咱王八有关的骂人词还很多呢。骂人堪称是人类特色的癖好。据说，还专门有专家学者研究"骂人文化"。一位这方面的著名专家有此论断：骂人之方式、词汇及与此方式、词汇所关联之所指能指，既是地域、族群表层文化之外在旗帜，又是其深层文化之隐秘架构……俺那娘，仅默念一遍这一句，就能把咱这最擅长憋的老鳖憋个半死。

公鸡肉的香味刚刚飘进空气，瞻仰咱尊容的人群，就一拨连着一拨来了。咱水底下望人上百年，窥见人类无数。这回被迫来到人间，不得不与众多两脚妖怪面对面，真可谓一日长如百年。人类千奇百怪的嘴脸与魔幻的心灵，如天空投在水中的倒影，一幕幕呈现在咱眼前。

3

前天，就是咱被抓的那天，一个很好的天气。阳光在天空中走了那么远的路，亲切地降临在咱身上。

天空这个最可信赖的宇宙之盖，永恒地笼罩着咱家园。这宇宙之盖与保护咱肉身的躯体之盖，是多完美的结合呀。自咱钻出蛋壳那一天，咱就看见并理解了这一微妙的宇宙大象。咱不能不承认这一点：宇宙的结构，完全是以咱族为中心设计的。咱在水下那么多年，屡次望见头戴苇笠或帽子的纪元，也望见过其他戴苇笠或帽子的人。这莫非是出于对咱族之盖的羡慕与模仿？这些两脚怪物，热衷于占有一切。每个人，无不是从头到脚，披挂得滴里当啷，只留出那张变幻不定的脸，东张西望，瞻前顾后。两个爪里还经常抓着件东西，并用那东西干些匪夷所思之事。实在找不出另一种与他们有相同癖好的活物。

咱的生理特点决定，咱虽主要生活在水下，但也必须经常在阳光灿烂的日子里出来晒盖，不晒盖就会生病。要晒盖就必须使用水外空间，而水外空间及空间里的事物，全被人类占有了。所以，咱祖祖辈辈一代一代传下的忠告就是：水外空间就是可怕人间，到那儿晒盖时务必高度警惕。

咱的警惕性向来很高，不论晒盖多长时间，不论阳光多么温暖，咱都能做到不打瞌睡。日出日落，四季轮回，周而复始，宇宙总是可信赖的。这一天，咱却犯了致命错误——打瞌睡了。年纪大了，不仅活动能力差了，思考问题略久就会头晕目眩，有时还阵阵恶心呢。自从六十多年前那位大姐忽然失踪，咱族中就再也没有比咱年长的了。大姐生育子女无数，可是，一辈一辈的子孙大都先后失踪了。活在咱身边的族类，最大的也不过十岁八岁。这样，许多问题都需咱来思考。阳光真好，把咱五脏六腑晒得暖洋洋的。这个湾少有人来，连那个喜欢到处瞎逛的纪元也来得不多。咱打瞌睡了，还做梦了，梦中回到了六十年前，并且梦见了那位大姐。大姐说它被人类抓到后，用大锅炖着吃了，一百多人一人分了一碗呢，那个时候的那些人全都饿红了眼，什么都吃，逮着

　　　　　　　　　　天堂里 的 牛栏

什么吃什么。炖汤喝，是人类吃掉鳖类的方法之一，还有其他许多吃法呢。

梦中的咱正沉溺在哀伤情绪中，一阵人类之声惊醒了咱。咱睁眼就看见了纪元。

纪元面对咱，显然比咱面对他更加惊恐，嘴唇哆嗦不止，两腿都打哆嗦。

纪元的声音竟然像是哭泣："老王，对不住您老人家了。俺得报告给俺的上级领导哇。"

凡活物，大都有组织、有纪律、有领导。这好理解。

纪元一阵激动地呼叫后，牛头崮水库管理局局长老孙率领部下迅速赶来了。他从来不单独出现，一出现就前呼后拥的，动静不小。

老孙伸爪握住纪元的老爪："老纪啊，你可立了一大功啊。等着看好戏吧。"

纪元显得有些慌乱。

4

老孙他们刚走，纪元的儿孙就都来了，接着是纪元的另一些亲戚朋友及乡邻，还有不少陌生人也闻讯而来。他们最喜欢与咱合影，或给咱照相。不断有人把手机、相机里的照片塞到咱脸前让咱看，张嘴就是胡说八道：

"老鳖，你认识这个大王八吗？"

"老王八，你认识这个老鳖吗？"

"老王，你认识这个大甲鱼吗？"

其中有个不大不小的人说："俺那妈，这么大，要是炖炖，全班同学吃也够分的了。"旁边一个大人拧了他一爪："闭上你那臭嘴。"

人类偶尔用甲鱼这个文绉绉的词来称呼咱。人类在任何一件事物上都无不以穷尽花样为能事。他们当着咱的面就会互骂起来，骂着骂着又可能互相握爪或抱在一起。真是岂有此理。

常有人在咱跟前下跪磕头，嘴里念念有词。这种动作对他意味着什么，咱马上就明白了。刚刚在咱面前说了些不恭言辞的人，竟也给咱磕头。他是怕那言词给他带来灾祸呢。

窃窃私语，七嘴八舌，喋喋不休，交头接耳，嘟嘟哝哝，大喊大叫……人类需要那么多语言、那么多表达方式，令咱眼界大开。人类如此能说，概括起来基本就是用一些话掩盖另一些话。人类有个弱点，他们追求语言及表情的欺骗性，可是连他们自己都承认，经常是欲盖弥彰。特别是他们那魔幻般的表情，在咱的绝对面无表情之下，可说是一览无余。

太阳落山了，天黑了，天地安静下来。老太太从屋里搬出个香炉，摆在栅栏外咱眼前，点上香，还烧了几张纸。咱第一次闻到香火味。老太太跪下磕头，说了一大堆话，哀求咱保佑她全家，保佑她子子孙孙呢。

事情明白得很：对小王八，人类会像对待鸡羊一样随便处置，一个王八若活得足够长，个头足够大，人类就会将其奉若神明。人类任由各种野心疯狂生长，又滋生很多禁忌。

只要面对他们以为是神是鬼，或有能力为邪为魔的事物，他们就会向那事物屈服。他们既可能一直将某物奉若神明，又可能待某物到某阶段后再奉若神明。以鳖眼观之，当然相当滑稽。鳖族中从无一只想成神成仙之鳖。若有哪只鳖宣布自己成仙，咱首先考虑它是犯神经病了，会立即将它踢出鳖群。道理很简单，宇宙间若有神，只能是那本来是神的去做神，而不是由本来不是神的，变成神或化妆成神。对鳖族来说，此乃天经地义之常识，就像鳖只是能鳖、人只能是人一样。鳖的寿命比较长，活得再长也仍然是鳖，老鳖而已。比如咱，侥幸活过百岁，就是个老鳖老王八，只因多些历练多些常识，才获得鳖族群众尊重。看样子，人类大约不会认可这等常识的。

5

咱能在人间活多久？不好说。不过，咱心里有底了——由人类心理结构与现实欲望共同决定，没人敢随便处死咱。

今天是咱来到纪元家的第四天。纪元抓了咱，纪元一家人却待咱格外好。纪元自己对咱说他问心有愧呢。

昨天深夜时分，鸡狗鹅鸭都睡了，纪元蹲在咱面前，蹲了很久，一支接一支抽烟。看样子心情很不平静。人就是这样，经常会心情不平静。他们心脏的动静太惊人了，与咱这心脏有天壤之别，人人肚子里就像拴着只狂躁的狗或其他什么顽劣的动物。心脏如此猛烈地跳来跳去，跳得全身无一处不动，却不会爆炸，真是个奇迹。

纪元说："老王，您这个哑巴神，俺也不知您心里咋想的。肯定您是不情愿来这个人间。要是当时不挡您道、不报告给俺领导，看着您走就好了。现在俺又无权放您了。请您老原谅俺啊。"

今天又来了一拨纪元视为贵宾的人，其中有孙局长。一位是县府办周主任，一位是吕县桃花源大酒店老板老钱。

周主任端详着咱，还伸爪到栅栏内敲了敲咱的盖："孙局，这个大王八，可给牛头崮水库、给你这当库头的长脸了。它称得上是无价之宝，你可是第一责任人。你看它这架势这风度，不知在鳖族中级别有多高呢。"

老孙说："周大主任啊，这几天，俺无时无刻不在挂念老王。"

那个老钱一见咱，就蹲在咱跟前。他望咱的那表情，既像面对神明，又像面对一块闪闪发光的金子。老钱也伸爪到栅栏内，像老周一样敲了敲咱的盖，敲了咱盖之后，不但不及时收爪，反而张开全部爪指，在咱盖上摩弄过来摩弄过去。咱的恶心感越来越重。

老钱这家伙，似乎对咱头部之盖特别有兴趣，他用他那无比油腻的脏爪，在咱那儿又摸又捏的，臭嘴里更是送出阵阵令人厌恶的油腻气息："老王，亮一亮您那尊贵的首脑吧，县领导专程来看您了。"

人类早就将咱及同类看作忍者典范，他们还创造了"忍者神龟"形象。可是，他们做人的，对待众生，总是缺乏必要的界限感。这几天来，还没有人胆敢像老钱这样，如此放肆地骚扰咱腻歪咱呢。

这回，咱这头不能不伸一下了。咱伸出头来。人们热烈地朝咱拍爪跺脚，又喊又叫。咱伸头，绝非为满足什么领导看咱的愿望，咱是为了看清老钱的脏爪。咱平生首次主动出击人类了——咱一口咬住老钱那根脏爪。咱这利齿是什么滋味，此时此刻老钱这张丑陋至极的脸就是证明。

老钱大喊一声"俺那娘唉"，扑通一下坐在地上。他本能地往回抽爪，抽了一下就不敢再抽了。他明白，若要强行抽，就意味着要留半截爪指在咱口腔里了。人群就像炸了锅，气度不凡的周主任也慌了神。

"钱总啊，您小心点，看我把这鳖头给剁了！"老钱的一位部下，迅速从纪元厨房里找来一把刀，伸进了栅栏。那刀就是纪元杀鸡的刀。

老钱龇牙咧嘴地喊道："滚一边去，把刀给我扔了。"

老钱十分小心地跪起来，如鸡吃米般朝咱磕头："老王饶命，老王饶命啊！俺再也不敢了啊！啊啊啊……"

从老钱爪中流出的人类之血，已塞满了咱喉咙。人类之血真是世上最脏最难闻的血。咱强忍着不把那血咽下去。可是，什么都能忍，恶心却是忍不住的。人类中的智者明白，恶心不仅是生理问题，还是个哲学问题。对同一件事，恶心还是不恶心，那可是道德与智慧高下的一道分水岭。有对不论什么肮脏事物都不恶心的生灵吗？咱没见过。对了，狗是不是可勉强算是呢？——不深究了吧，咱目前对狗也所知不多。咱咬住老钱那脏爪的瞬间，强烈的恶心感就来了。自咱长大成鳖，咬碎水族中蛤蜊、螺蛳之类无数，咬断人类之爪断非难事。可咱并不想把老钱那脏爪咬断，更不想咽下半星人肉人血。

在恶心感的驱使下，咱不得不把那脏爪吐了出来。吐出脏爪，脏味仍在，咱使劲甩头，使劲呕吐，努力把人类的血腥味打扫干净。

老钱的受伤之爪很快包扎好了。老钱惊魂未定。

老孙说："老钱啊，这回你还想不想把老鳖弄到你那里了？现在，你把老鳖剁巴剁巴炖汤喝的心都有了吧？"

老钱举着那根滴血之爪，环视一圈，又望向老孙："库头你可真敢想啊。你要是敢喝，我就敢……俺那娘来，真疼啊。"

老钱将伤爪放在另一只爪里。老钱两眼虚虚地瞅了瞅咱。

老孙说："能被资历这么深的老鳖亲自咬一回，也算是件相当光荣的事啊。这老伙计没把你爪子咬断，大约是嫌你那肉太腥太臭吧。"

老钱说："什么肉也没你这库头的肉香，鱼鳖虾蟹都会喜欢。"

老孙说："周主任，暂时把老鳖放到老钱酒店吧。那里条件不错。老钱何时想让老鳖尝尝人肉味，也挺方便。"

……

在人间，咱无奈当看客。在咱眼里，人类生活相当无聊，可是咱这一鳖看人类众生的看客生涯，又不能不打发。咱别的本事没有，气定神闲是能做到的。

6

咱来到了桃花源大酒店。酒店所在地就是人类所谓的县城。

老钱天天开车进进出出。有些人常把这种车叫称作"鳖盖车"。真是岂有此理。

老钱在酒店院内专门建了一座他所说的鳖宫。可是对咱来说，这就是一个监狱。在咱眼里，自然与不自然，自由与不自由，界限太分明了。

咱身处人类县城，不得不增加新的人间阅历。纪元家里来人之多，已令咱不堪其苦，县城的人类之众，更不可思议了。从日出到日落，到日落之后很久，乌泱乌泱的全是人啊。据人类自己的标准，县城还算不上正规城市，能盛下更多人的地方，乌泱乌泱程度更高的地方，才能叫城市。人间有多少人？为何会有这么多人？是不是比夜晚天空里的星星还多？真是令咱纳闷。这人，每人揣着颗热气腾腾的心脏，这里瞅瞅，那里瞧瞧，动脚动爪，动鼻动眼，寻寻觅觅，喋喋不休，一会儿亲密无间，一会儿钩心斗角。咱听到有个人说出"心怀鬼胎"一词，感觉妙极。胎生的人类，最喜欢做些心怀鬼胎之事。

一群又一群人，都是为瞻仰咱而来，咱却不能拒绝任何一个。他们有统一的嘴脸，又有各个不同的嘴脸；他们有统一的气味，又有各自不同的气味；他们有统一的语言，又好似有无穷多的语言。

所有来人都是看客。看客，是他们一种状态与心态，他们活着，好像就是为了这里看一看那里听一听。据称，人类有十分发达的看客文化。咱明白，他们看咱与看他们同类，其心态是不一样的。面对咱，每个人的心理又会有所不同，但他们向咱表达的基本就是"瞻仰"之情。瞻仰是人类眼里的好词，他们全都认为咱具备重要的瞻仰价值。人类的这种习性，对于鳖族极力避免一切与人类照面可能的习性，是一个相当严峻的挑战。他们冒犯的事物太多了。咱从小就知，人类不但没啥好看的，还特恐怖。见再多的人也是这样，不会有例外。

咱如今落到这步田地，也只好无奈当一名孤独看客，以一老王八之心眼，看这乌泱乌泱、无穷无尽的人类。在人间，咱才称得上是超级看客呀——他们一群又一群在鳖宫前把咱当一道风景，咱孤身一个看他们这些把咱风景看的人。

有时，咱真感到快要被人类聒噪煞了。从前虽也经常看见人类，但数量总是不多。水族里不乏乌泱乌泱现象，小鱼小虾之流就是那样。想象不到啊，令咱恐惧万分的人类，竟也像小鱼小虾一样，以这种乌泱乌泱的方式活着，而聒噪程度远超小鱼小虾。

7

来瞻仰咱的人，第一个欲望就是盼咱能伸头看看他。无一例外。

咱这一生，最讨厌的事就是出头露面。除非生存必需，比如观察环境、吃点喝点、照应族类，或判断一下天气等，其他的咱是不露头的。咱就在咱的盖下，做个忍者、隐士，连心脏都懒得多跳一下。这与人类的寻寻觅觅、坐立不安、时刻以为有鸿鹄将至的心理完全相反。"鳖仙鳖仙您伸伸头，让俺看一看您的脸。""老王，有大领导来看您了，赏个脸吧。""鳖王鳖王，亿万富翁来瞻仰您了，伸伸头吧。""老鳖仙啊，俺孙子今天刚满月，俺就抱着来瞻仰您了，赏个脸吧。"……一天又一天，类似聒噪不绝于耳。大喊让咱露头最起劲的，往往是那些小人。咱本来有点喜欢人类中的小人，现在也不喜欢了。让咱当演员，不可能。咱可不是他们养的那狗那猫，让表演啥就表演啥。纪元朝他家那狗一摇手，那狗就立马倒地打滚，爬起来后，又将尾巴摇得像风中树叶。哎哟，身为天地间一个物种，竟堕落至此种境地。总而言之，只要是人豢养的物种，多多少少都会沾染一些人类习性。

纪元家的老狗，已足以令咱瞧不上狗了。老钱养的那条小狗所表达出来的狗格，又彻底刷新了咱对狗的认知。

自咱来到桃花源大酒店，老钱的幸福指数就直线上升。咱从看客身上，从酒店员工身上，从老钱的小狗身上，也能明白地看出这一点。当然，老钱自身是最直接证明。老钱一见咱就眉开眼笑，被咱狠咬一口那事，不但不记仇，还成了他的光荣。他一再伸出那被咬之爪，向人炫耀："看，已经结疤了。人最易犯的错，是好了疮疤忘了痛。事实证明，对老王，必须有发自内心的敬畏。乍一见老王，咱确实有点忘乎所以，竟暂时忘记了敬畏，踩着人家的底线了。所以，我承认，咱被老王亲自咬一口，应该说基本是活该，活该呀。老王那样做是正确的。不论做什么事，无底线思维是不行的。"

咱还得说狗。狗这东西，用人类的话说，也是篇大文章。咱在老钱酒店里过这种被瞻仰的日子有十多天了，当然是见人最多，其次就是见狗最多了。好多看客都带着狗来。有时是人牵着狗，有时是狗牵着人。千奇百怪的狗，狗的千奇百怪，令咱大开眼界。

咱第一天到酒店，就见到了老钱那只小得可笑的狗。后来咱阅狗无数，就觉得平常了。老钱经常伸开一爪，让小狗站在爪掌上跳舞。那天咱一到酒店，一被抬下车，那小狗就像纪元家那只老狗刚见咱一样，对咱乱喊乱叫，乱蹦乱跳。老钱对它嘘了一声，老钱对咱作了个揖，那小狗立即噤声，且立即对咱作揖不止。狗是这样作揖的：用后腿撑起身躯，像人那样站起来，用两个前爪模仿人类作揖动作。老钱对谁作揖，小狗就对谁作揖。那小狗绝对不会随便对哪个人作揖的。老钱只要在酒店里，每天都必到鳌宫转悠几趟，经常带着小狗。老钱叫小狗"明珠"。在既没见人也没见狗的时候，咱却经常会听见阵阵"明珠、明珠"的呼唤。酒店员工若是见了老钱与明珠，不但对老钱毕恭毕敬，对明珠亦如是呢。人类最爱计较地位了，小狗明珠在酒店里的地位，好像不比有些人差呢。

老钱十分注意观察看客。对前来的看客或食客，老钱将他们分为普通、中级、高级等级别。明珠的观察效法能力，似乎不比主人差。对老钱敬重的看客，明珠会眼巴巴地紧随其后，作揖不止。明珠作为一条狗的狗格，比纪元家那狗的狗格，真是精致多了，能在更高水平上满足主人的需要。据说，它是很值钱的名狗呢。可是，在咱眼里，这狗的狗格却卑贱多了。卑贱能力越强，竟然就越值钱。看了明珠的各类滑稽表演，咱就想，把这明珠看作老钱放到外面的一个小鬼胎，也未尝不可呀。

人类说，狗是学习能力最强的动物。跟谁学呀，还不是跟人学。明珠还与人一样穿衣服呢，那衣服还整天换来换去的。

人是胎生，狗也是胎生，与人关系密切的狗，具备些心怀鬼胎的能力，似也不用奇怪。人模狗样，人模狗样，真是一点不假。

8

所有来看过咱的人，都会获得某种满足感、愉悦感，与他们吃了顿好食或赚了一笔钱的感觉，大约有点类似。

他们个个都是背着一个虚空无形的巨囊，奔波于世，寻找一切可塞入囊中之物。可是，填入再多的东西，他们感觉那囊仍是虚空的。甚至填得越多，虚空越大。

咱一无所有，缩头于盖下，过着他们在明处咱在暗处的日子。有一天，咱感觉要变天，就伸头到空气中再判断一下。这时，恰好来了一个重要人物。

"快看，快看，老鳖伸头了！"是老钱在喊。"赵县长啊，这老鳖一天都不一定伸一回头，县长一来人家就伸头了。俺这面子真大啊。"——嘿，咱老王伸一下头就给老钱长脸了。赵县长照例来了一通演说。明明是把咱捕捉来的，却说成似乎是咱主动现身吕县，证明吕县这个好那个好。还说什么要利用好宣传好老鳖，借助咱将吕县环境美好这张名片擦得更亮。他还要求部下"做足做好老鳖这篇文章""深入研究自古至今的鳖文化""中国最早的文字是甲骨文，甲骨不就是鳖骨吗"，等等。哈哈，咱竟也与文章、文化挂上了钩。你看看各人的表情，人人都巴不得成为虚构大师啊。

一天，两个人当着咱的面吵了起来。一个说："东屋里卖骡子，西屋里伸出根鳖脖子，关你什么屁事！"另一个说："罢，罢，罢，你这种犟驴，俺浑身是嘴也说不过您啊。"这些曲里拐弯的骂人话，把咱鳖族又扯进去了。人啊，巴不得浑身都是嘴。人只有一张嘴，只好将这一张嘴当很多张嘴使用。

那些小人，有的还比较好玩，基本上心口如一。可是，小人会长大的，会长成心怀鬼胎的大人的。

到桃花源大酒店去看老鳖，看了老鳖再吃吃喝喝一通，成了无数人的乐事。酒店营业额因咱而大增呢。营业额是啥？就

　　　　　　　　天堂里的牛栏

是钱啊。

　　夜已深了，食客们都散去了，院门关了，酒店安静了下来。老钱又照例来鳖宫看咱，照例蹲下默默抽烟，心里却翻江倒海的。临离开时，老钱说："老王啊，俺手下哪个员工，都没有您创造的效益高，俺对您真是无以为报哇，俺这当人的，就这个熊样啊，您多担待点啊。"老钱不说咱也明白他为啥对咱好。他忽然跪下给咱磕头数个。磕头这个滑稽动作，是人类表达祈求或感激的最隆重方式。

　　老钱离开不一会儿，过来一个青年员工。咱见过他好几回了。头一回见他时，他身上那味道一飘过来，咱就明白，这是个挺辛苦的小厨师。小厨师点上一支烟，狠狠地抽了几下，把烟嘴朝向咱搁在栅栏上。那烟就自己在那里冒烟了。这是小厨师对咱表达膜拜之情的一种方式，意思是让咱也抽口烟。

　　小厨师环视一圈又一圈，然后朝暗影里的咱瞅了瞅，以压抑的声调倾诉开了："老王啊，您那回咋不一口把他那鳖爪子给咬断呢，这王八羔子剥削人忒狠了，我恨他恨得牙根痒痒。前天晚上食客从我做的菜里吃出了只苍蝇，姓钱的王八蛋就罚我五百块呀。苍蝇会飞，谁知哪个环节弄进菜里的？老钱这鳖蛋，像我一样当小厨师时，食客也从他做的菜里吃出了苍蝇，那食客将苍蝇举在筷子头上，大喊要投诉饭店，小老钱瞅了瞅那苍蝇，伸爪捏住，塞进嘴里，品咂品咂，以一种十分愉快的表情将苍蝇咽了下去，还笑眯眯地喊道，喷香的一点五花肉吗，哪来的苍蝇啊。老钱还常拿这例子现身说法，对员工进行励志教育呢。这个大鳖蛋。"哎呀，小厨师的骂人词汇，未免有点贫乏，真叫咱哭笑不得呀。就在昨天，咱还亲眼看见，小厨师一遇到老钱，就满脸堆笑高喊："钱——总——好。"小狗明珠忽然窜了出来，小厨师又弯下腰朝明珠喊："明——珠，明——珠，你好漂亮耶。"那狗很清楚小厨师的地位，绝不为他的语言贿赂而动心，半点不理会他。小厨师呀，你要是自己去咬老钱一口，或当面骂老钱一顿，咱才佩服你，在这黑影里朝咱发狠算什么本事。

像小厨师这样，能让自己随时随地变成另一个人，是人类特有功能。每一个人，都似乎又是另一个人，甚至是另无数个人。明明只有一张脸，却可以当无数张脸使用，两面人、多面人、无数面人，都正常。人类这种超级表演技能，最善于学习的小狗，也只能学点皮毛。对了，人类还喜欢极随便地用"不要脸"来骂人。有意思吧。咱还听见有人以"不要个鳖脸"来骂人呢，这就太扯淡了。鳖这张脸，或许不够美观，但咱一张脸就是一张脸，绝不使用两张脸多张脸，绝不当两面鳖多面鳖。

9

与小厨师在咱面前类似的人类表演，时时刻刻在进行。不断有人用语言或动作贿赂咱，并向咱吐露他们的隐秘欲望，他们以为咱有能力帮助他们实现那不可告人的目的呢。

说到人类欲望，不能不说人类的厨房——厨房大约是展示

天堂里 的 牛栏

人类欲望的最好场所了。咱一到酒店就知道了，老钱就是厨师出身，他隔段时间就需下厨操劳一番，过一过厨师瘾。若长时间不亲自舞刀弄勺，他骨头缝里都会奇痒难耐呢。

鳌宫左后方就是人类厨房。咱没进过厨房，但是仅凭从那里传出的声音与气味，人类特有的厨房景观，咱就仿佛能彻底看见了。在纪元家里，咱对人类厨房就有了初步认识，与老钱的厨房相比，纪元那厨房简直就不能叫厨房了。

在咱面前冠冕堂皇、喊喊喳喳的看客、食客，对来自厨房的惊心动魄、嘈杂无比的声响，似没一点感觉，那与他们的牙齿肠胃紧密相连的一切，就像不存在一样。刀剪飞舞，利斧铿锵，烈火烹油，沸水腾空。胎生者尖叫，卵生者尖叫，水生者尖叫，陆生者尖叫，有毛者尖叫，无毛者尖叫，大生灵尖叫，小虫子尖叫，个体的尖叫，群体的尖叫，案板上的尖叫，油锅里的尖叫，大小厨师的笑骂呐喊，传菜员的踢踏穿梭，组合成一曲百味杂陈的人类厨房交响乐。屡次在纪元老汉家里所目睹的屠杀场景，与此相比，不过小菜一碟。每天夜里，交响乐收尾时，咱会听见厨工们的总结：用羊五只计重255斤，用狗两条计重67斤，用野生蛇四条计重3.8斤，用养殖蛇十三条计重18.6斤，用野生山蝎七份计重1.1斤，用养殖蝎十五份计重3.8斤，用野生甲鱼六只计重8.1斤，用养殖甲鱼十八只计重26.8斤，用野生……

听说宇宙间有炼狱这种机构，炼狱大约就近似人间厨房吧。

咱天天听交响乐、听总结，你说咱是啥心情？咱心如止水呀，咱看那看不尽的喜气洋洋的食客、看客们呀。

有一天，来了一个特殊看客。来者气度不凡，却无一个随从。这是反常现象。气度不凡者现身时，必定会前呼后拥。那人直奔咱来。他那眼神在咱身上刷刷地扫来扫去，咱立马感知来者不善。这时桃花源大酒店一名老厨师走过，看见那人，打了个愣怔，讪讪地小声喊道："郑总好。"郑总朝那老厨师点点头，又扬扬手，意思是让他离开。原来，这位厨师曾在郑总私人会所里当过大厨。咱立即做出判断：这郑总必定是吕州大酒店的老板——老郑。老郑，未见其人早闻其名，是个比老钱更有钱的富翁，据说是吕县首富。咱已能明白，一名首富在人们心目中的地位与分量。

老郑望向咱的眼神如此毒辣，不止在其他生灵中见不到，在人类中亦十分罕见。咱对老郑不能不另眼看待。咱正了正身子，朝老郑猛地伸出头颈，瞪眼直视。老郑十分吃惊，急忙努力向咱装出一副善良表情。老郑啊，老郑，你这套技术骗骗人类可能还行，对咱无用，你的毒辣就像你的呼吸，是无法与空气隔绝的。咱高举头颅，左看看右看看，前看看后看看，老郑那方正巨大的头也随着咱摆动开了。鳖宫右方二楼，是老钱的一间办公室，那是观察鳖宫与众看客的最佳位置。自咱入住鳖宫，躲在那里窥视就成为老钱人生一大乐事。此刻，老钱正在幕后观察老郑呢。

来到人间，咱首次面对一个人这样长时间不缩头。面对咱绝不躲闪的眼神，老郑那毒辣眼神只好躲躲闪闪了。陆续来了几位看客。一名看客道："今天老王这是咋了，就跟与谁有仇似的？俺来过多回了，头一回见它这样啊。吓人，怪吓人。"那看客作个揖，溜走了。老郑气度也不得不萎靡下来，毒焰如风中火苗摇摆不定。他与咱对峙了一会儿，又望了一圈桃花源大酒店，钻进车溜走了。咱对老郑本无成见，老郑与老钱互掐互恨，那是他们人类的事。老郑因恨老钱而恨咱，这是有违物理、有违天意的。咱怒目而向，只是反击其对咱的歹毒而已。到人间以来，还没人敢对咱露如此凶残之相呢。

老郑落荒而逃，老钱看得分明。老钱经常对咱倾诉衷肠，对人不说的话却对咱说，咱对老钱的了解就比较及时彻底了。老钱会念叨很多人，无非就是他的亲密者、对他有用者、他所痛恨者等，老郑是老钱经常恶狠狠念叨的重要人物之一。老钱把咱弄到手，导致老郑新开张的吕州大酒店人气大跌，老郑就觉得是咱天天撕咬他。难道咱老王愿意干这等无聊事吗？

老钱的厨房关联着老郑的厨房，老钱的钱袋关联着老郑的钱袋。老钱厨房的交响乐越高亢，老郑厨房的交响乐就越萎靡。

夜深人静之时，老钱又对咱诉衷肠了："老王啊，俺看到姓郑的瞻仰您之后那个熊样了，俺真解恨啊。"

咱只是淡漠地想，你老钱也绝对不是什么好东西。

10

在人类气息熏蒸之下，在人类厨房交响乐震撼之下，咱挨过一天又一天。

那个名叫铁真理的家伙又来了，这是个喋喋不休、人小鬼大的家伙。他个子小，却习惯高挺胸，迈大步，努力制造出一副魁梧之态。正巧无看客，小铁便趁机也对咱也诉一诉他的衷肠："老王啊，俺围绕您写的几篇报道，社会效益、经济效益都不错呀。老钱、老郑这些财大气粗的老板都有求于我呢。老钱让我写表扬稿，老郑呢就让我写揭露稿，那咱就两种稿都写。有人利用咱，那是好事，人怕就怕无利用价值呀。跟您老交个底，单位压给俺的全年创收任务，俺已超额完成了，俺个人提成也不错。首先要感谢的就是您老啊。小铁有得罪您老之处，还望海涵。您在人间掀起的风浪，真是不小哇。俺这做小记者的，见风浪也不少呢。"

咱不禁呸了一下，小铁，你就是你们人类所说的摇唇鼓舌之徒，不过，你只能算个微型摇唇鼓舌之徒罢了。

咱在人间的第十五天，也就是收取看鳖费的第二天，中午时分，门口忽然大闹起来。老钱一面接听手机，一面向门口跑去——是纪元老汉来了。纪元一把推开亲热的老钱，奔向咱。纪元扑通跪下，抓住栅栏，两眼痴痴地打量咱。纪元来了，咱可得有所表示。咱伸出头，向纪元点头致意。这是咱能给出的最高外交礼节，在鳖族中当然需要经常使用，在人间则是首次使用。没人值得。纪元似乎理解了，立马老泪纵横。对这个改变了咱命运的人，咱却不生半点恨意。满身山野气息的纪元，令咱一下子十分想念老家。

纪元悔恨地说："老王，您果真被当成了摇钱树啊。俺从根上就错了，俺是第一个该遭天罚的恶人啊。"

咱目送纪元离开。咱看不见纪元了，只见老钱在门口向纪

　　　　　　　　　　　天堂里 的 牛栏

元离去的方向张望又张望。

这一天，太阳西斜时分，咱肚子里忽然难受起来。听见看客们一阵惊呼后，咱就啥也不知道了。

不知过了多长时间，咱又醒过来了。这回的醒来，与一生中任何一次醒来都不一样。不是睡了一觉的感觉，像是死了一回的感觉。咱睁眼就看到，咱身处一个陌生环境。原来，咱被人投毒了，差点丧命。平生第一回有这种身体被彻底掏空之感。浮浮沉沉、随波逐流的一片树叶，却又回到了树枝上。

老钱被咱中毒这事吓了个半死。咱醒来第一眼，就看到了他那张因意外惊吓而变得更加丑陋的脸。

咱这老命捡回，又入鳖宫。老钱仍惊魂难安，下令暂时谢绝参观。夜深了，老钱又来向咱倾诉衷肠。

老钱说："老王啊，您命大，俺有福。您要是出了意外，俺这罪可大了。您当时吃下啥了？俺怀疑是姓郑的那家伙设计害您，那人歹毒无比呀。您同意这种观点吗？同意，您就朝俺点个头吧。听说，纪元来时，您就朝他隆重点头致意了。"

让咱朝你老钱点头，不可能，你老钱不值得。是谁投毒并不重要，重要的是，只有你们人类才会投毒。

老钱继续说："老王，您真是个沉默家呀。俺向来是个不信鬼不信神的中国男人，俺现在却坚决把您当神来待了。俺今天必须跟您彻底交心。人跟人，是没法彻底交心的。老王，俺的确不能算是好人，只是装成好人。假如老郑先将您弄到手，很可能投毒的就是俺啊。别人看咱怪有钱，是人上人，可是咱这心里哪天不是七上八下、一惊一乍呢。唉，当个人真不容易啊，谁知明天后天有什么事等着咱呢。"

这个老钱，快要成哲学家了。人类把世界划分为很多国家，每个国家都有很多人。这好理解。这国与那国的区别，也就是这汪水与那汪水的区别吧。这国人与那国人，亦当如这汪水之鳖族与那汪水之鳖族吧。老钱，你不必聒噪了。今晚，你那已如惊弓之鸟般的心脏，还会受一场意外惊吓。但愿你扛得住。

老钱当然不会知我此意。要是两个物种能对话能交流，宇宙大约就得乱套了。

老钱离开了。

11

今晚要变天。咱伸头到空气里，再判断一下天气。可以肯定，下半夜将有罕见大雷电。咱是自由鳖时，每遇这种天气，就率领族群深藏水底，雷声到达水底时，就成咚咚咚之音，听上去醇厚有味。若是在水面或水面之外，那雷电之声可真是恐怖。有一回，咱在沙地上突遇雷电，恰似天庭暴怒，震得咱四肢百骸颤抖不已。如今咱身在鳖宫，无处可逃，只好听天由命。

大雷电来了。咱趴在鳖宫那点浅水里，缩紧头颈。雷在头顶爆炸。大地摇动，水花四溅，鳖宫咔嚓作响，酒店鬼哭狼嚎，所有灯光一下子全熄灭了。大雷将院内那棵大树一侧斩断，半个树头扑向老钱寝室。

惊恐万状的老钱呐喊着冲下楼来，高呼"老王老王没事吧"，奔向鳖宫。住在店内员工陆续冲出，以手电筒照向老钱，高呼"钱总钱总没事吧"。老钱半裸着身子，头顶上落满树叶，身上多处流血，就像个野人。

这雷实在奇怪，滴雨未落，干雷炸空。好像这雷就是专为打酒店打老钱而来。

咱安然无恙，出水上岸，静卧石板。雷电之后，空气格外清新。雷电总是能打出一个新世界。

老钱愣怔愣怔地望着咱："你这老鳖，这么说，这雷是你招来的？你是要让这雷劈死俺？你说，是不是？"

血淋淋的老钱转身而去。老钱从厨房里提出一把大刀，挥舞着来到咱面前。老钱把大刀咔嚓咔嚓砍在栅栏钢架上："老鳖，我告诉你，俺不怕神、不怕仙、不怕魔、不怕鬼，俺天不怕、地不怕，俺剁了你这老鳖炖汤喝……"

员工们交头接耳："毁了，钱总八成精神失常了……"

老钱忽然软绵绵倒地，马上又鼾声如雷。

12

天亮了。真是个好天气。

天刚亮，老钱就又来看咱了。他的神情像是在梦游，看到栅栏上的刀砍痕迹，喊道："咋回事？让雷劈的吗？"

一员工实事求是地向他说了。老钱朝咱扑通跪下："老王，饶了俺，饶了俺吧。俺有罪，俺有罪，罪上加罪。"

围绕咱的舆论在持续猛烈发酵，惊动的人类领导级别也越来越高。

很快，上级下达了将咱放归的命令。

这一天，一群人陪同咱，向咱老家奔去。老钱紧挨咱坐着，一直眼巴巴瞅咱。老钱伸爪小心地戳一下咱的盖，缩回爪去，再戳一下，再缩回去，嘻嘻而笑："好盖，好盖，真是一顶好盖呀！有这样一顶盖罩着，才会有自信，什么风雨雷电都不怕，天上下雹子下刀子，也不怕。"这样说着，老钱就伸爪到他自己脊背上，摸索来摸索去，好像他那里正生长出一个盖来似的。老钱一再重复这动作。这老钱羡慕咱的盖，想拥有咱这样一顶盖呢。人类很喜欢以各种动物皮毛为衣，可是咱虽已阅人无数，还从没见哪个人以鳖盖为衣呢。

他们都以为老钱精神失常了。

带队的副县长叹了口气，伸爪轻轻拍了拍老钱。

老家到了，咱又闻到纯粹的山水气息了。到水库后，老钱从下车就一直虾着腰，两爪使劲朝后平伸着。副县长说："老钱，把身子站直了，这姿势可不像话。"老钱说："那可不行，俺背上正生长出坚不可摧的盖呢，坚不可摧呀，县长，俺可没见你背上也长啊。"

老钱不能像正常人那样走路了，走三步退两步的，真像背着个大盖似的。

副县长又叹了口气。

144　　　　　　　　　　　　　　　天堂里 的 牛栏

随从采访的铁真理望望副县长，望着老钱，俩眼珠乱转："钱总，你放心吧，放归后的老王会永远保佑你的。"老钱嘻嘻而笑："铁记者，铁大记者，今年的创收任务已完成否？提成已到手否？实事求是地说，我心里对你很矛盾，有时盼你说真话，有时怕你说真话，更可怕的是，你真话假话都说得水平怪高。我有很多钱，我什么都缺，就是不缺钱，你还要不要？"老钱一面这样说，一面伸爪使劲拍打自己的脊背，拍得砰砰响，似真有一顶大盖。铁真理不敢接言了。副县长再次叹息。老钱又嘻嘻而笑："县长，你必须明白地告诉我，你有信心吗？我可以明白地报告县长，我有信心了，有自信了。"

老钱又把脊背拍得砰砰响。

纪元老汉小心地把咱从大盆里掀出来。

副县长望望天，望望地，望望老钱，若有所思，对咱拱手作揖一番。

咱刚在沙滩上走了几步，就闻到了十分熟悉亲切的味道，那是小鳖蛋的味道啊。小王八蛋，亲爱的小王八蛋们，咱终于又和你们在一起了。咱一眼就看出沙滩一角隐藏着一窝王八蛋，正孵着呢，鳖雏在壳内已蠕蠕而动了，一群可爱的小王八，不久就会从那里爬出来。在咱沦落人间的这段时间里，咱鳖族又有大变化呀。

老钱忽然趴下，头拱地，嗷嗷叫，拙劣模仿着鳖族的走路姿势朝咱奔来。好危险，眼看老钱那油腻肥躯就要压着那窝小王八蛋了，咱不顾一切朝老钱冲过去，一口咬住他一条裤腿，使劲把他拉离那窝小王八蛋，竟把他的裤子给扯了下来。老钱一下子热泪盈眶，激动异常，伸开两爪挣命般三扯两扯，扒光衣服，哼一声扔到远处。天地之间出现了一个光溜溜的新鲜无比的老钱。老钱以头抢地，磕得鲜血直流，张大臭嘴继续嗷嗷叫："老领导，老领导，这么说，您答应领导俺了，您答应领导俺了！俺已彻底洗心革面、脱胎换骨了，俺绝对服从您，绝对绝对的。"

老钱，滚回你那人间吧，咱才不稀罕领导你呢。咱的天职就是领导大小王八羔子。

咱朝那片泱泱大水走去。到了水边，咱先喝一口故乡水。老钱仍然嗷嗷叫着，挠动四爪跟上来，他的一只爪已探进了水里。他们慌忙冲过来，把老钱拽住按住，七手八脚给他穿衣服。人类忍受不了不穿衣服、丧失装模作样能力的人。

咱纯粹是为了保护那窝小王八蛋，老钱却误会成咱愿意领导他了。真是自作多情。

咱又能与亲爱的王八蛋们在一起了。这里才是我们鳖族可以下蛋的地方。老钱们，滚回你们老窝，下你们想下的蛋去吧。

王八蛋，小王八蛋，世上最好的蛋就是王八蛋。

（2021 年 9 月）

俺那牛

1

众生与草木都在期待着夜幕的降临。

天空却还是明晃晃的。花容朝日头举了举锄头："我恨不得呀，一锄把这日头给钩下来。"

"花容二嫂，你是上头饿了，还是下头饿了？急得像个猴子。"沂南县天塘公社桃花源大队第三生产队队长马云路脾气很好，总是不放过任何打撩机会。

"云路你个孬种。老娘哪里都饿，就吃你那个鳖蛋，大——鳖——蛋。"花容也是好脾气，不怕你撩到天上去。

"花嫂，想吃俺这蛋，好说，好说，太好说了。发展经济保障供给，保障啊那个供给。"马云路笑着，继续占嘴上的便宜。

花容举起锄头朝马云路挥了挥："一锄捣碎你那个鳖蛋，拌蒜吃。"

"捣——蛋啊，当队长的什么都怕，就是不怕捣他的那个——蛋……"队长身后又黑又瘦的青年社员马云飞趁机高喊。

就在社员们哈哈大笑时分，日头扑通一下不见了，田野迅速幽暗下来。刚没过脚面子的豆苗，每一棵都露出心满意足的样子。露水悄悄往草叶豆叶上爬。一群群麻雀胡乱吵闹着，如一团一团碎石般扔来扔去，那些大鸟则一只接一只无声飘过高空。

"社员同志们啊，加把劲啊，锄到地头就收工啊，收了工啊，吃晚饭啊，床上一歪啊，那个恣儿呀……"队长马云路一面这样喊着，一面手往锄把上用力再用力。马云飞也喊着"那个恣儿呀、那个恣儿呀"，挥动锄头呼呼超过了队长。云路盯着云飞屁股："云飞，你光顾兔子样往前蹿，回头瞅瞅，你锄的这是什么地？"云飞回头瞅瞅身后地垄，补上几锄头，把他漏掉又被队长发现的草锄去。云路说："云飞你这个小知识分子，草长到你心里去了。当社员的，要是心里长了草，地里的草还不得疯了啊。"

"云路哥真是当官的料啊。怪不得大队书记夸你会做思想工作呢。真说到我心坎里去了，俺心里那个服服的，服服的……"马云飞正说着，忽然抬起一只手放在额头上打个眼罩，另一只手指向地头小路说："社员同志们哎，快往那边瞭一瞭啊，那边好像有新情况啊！"

光天化日之下，还能有什么新情况？人人心里不能不动一下。

那边的确有新情况。

田间小路连着乡间大路，乡间大路连着更大的能跑汽车的公路。那边来了一个人，一个女人，一个谁也不认识的女人，一个以骚达骚达（风骚）姿势走路的女人。她不是这庄里嫁出去的闺女，也不是来这庄走亲戚的女人。没有一个社员认识她。

　　"这人——看着像个漫游神啊。"花容心直口快。"漫游神"是沂蒙山人心目中的一种神或鬼，它居无定所，四处漫游，漫游到哪儿算哪儿。人们有时就把喜欢到处游荡的人称作漫游神。

　　那女人近在眼前了。那女人在地头站住了。

　　她是从公路上下来的。公路名叫潍徐公路。潍徐公路是桃花源大队通向外界的唯一大道。"俺大队通公路。"自有公路那天，这公路就是桃花源人的骄傲。哪怕一天不见一辆汽车通过，也是骄傲。

　　那女人中等偏高身量，面相周正，头发浓密却凌乱，三十多岁四十不到的样子。一件男式中山装不是穿在身上，而是披在身上，里面是件暗红衬衣。

　　傍黑的沂蒙山天地之间，忽然出现了这样一个异样的女人。这不但是新情况，而且是相当特别的新情况。

　　"一定是个神经病，一定一定的。"马云飞抢先说。大多数社员光看不说，实际上他们心里也是这么想的。天地之间越来越幽暗，一股非凡的兴奋之情，猛烈地生长弥漫开来。

　　"社员同志们好。哪位社员同志有烟？"女人两手抱胸前，用一种近似男人的腔调朝社员们开了腔。

"我有。"

"我有。"

"我也有。"

……

兜里有烟的社员，无不慷慨呼应这个漫游神，从来就没抽过烟的社员，也有跟着瞎吆喝的。

"俺那牛（意近俺那娘、俺那天等）哟，还是个吃烟的女人来！"花容叹息道。

一个人，一个神经病人，一个女神经病人，一个吃烟的浑身带有特别气息的女神经病人，奇迹般地现身在桃花源大队第三生产队社员们面前。

烟一支一支地递到女人手里，有五六支或七八支。女人傻傻地笑着，一支一支检视，嘴里念念有词："丰收，葵花，葵花，丰收，红梅，大前门……哈哈，不孬不孬，还有大前门呀。吃这大前门的，是个当官的吧？"

社员们已把这女人围了起来，一齐喊对呀对呀，当官的才吃好烟啊。女人傻傻地笑，二目烁烁如火。

"你那大脑还怪发达来。"马云飞朝女人喊。

"你这个非洲猴子。"女人抬手指向马云飞。社员们一阵大笑，望着又黑又瘦的云飞，非洲猴子非洲猴子地喊了起来。

队长云路也笑了。女人拿前门烟说事，令他有点不好意思，他说："这位女同志，俺平时就吃丰收，今天奇了怪了，一早醒来就惦记上了这盒前门，出门时就带在身上过过瘾。俺一直没舍得吃，就预备着有重要客人时拿出来用用。"说到这里，云路从兜里掏出两包烟举到空中，果然一包是丰收，一包是大前门。丰收已差不多吃完了，大前门刚拆封。云路说："想不到啊，今天咱这山高皇帝远的旮旯里，还真来了贵宾呢。"

"咱可谈不上什么贵宾。"那女人胳膊由抱在胸前变成卡在腰上，二目烁烁瞅着队长，慢悠悠地说，"队长，跟你商议个正经事——你大队里有没有比较讲卫生、会办饭的光棍？"

这简直就是一个炸雷劈空而来，把社员们吓得不轻。队长马云路打了个趔趄，差点掉进路边沟里。

马云飞不但也打了个趔趄，还又趁机往女人跟前蹿了蹿。

"俺那牛，俺那牛，不但是个女神经病，而且是女色癫——色——癫啊。"马云飞嘀咕着，使劲瞅那女人，瞅了又瞅。后面一个女社员瞄了云飞一眼，捂嘴而笑："俺那牛唉，眼珠子眼看就咕噜到人家身上了。"马云飞二十八岁了，虽是个初中毕业生，但因生得尖嘴猴腮，又黑又瘦，媒人给撮合了好几回婚事，都以失败告终。社员们都有点讨厌他，女社员特别讨厌他。他看谁都好像两眼在冒火，看女人更是如此。两眼冒火的马云飞将两眼冒火的那女人瞅了又瞅。怎么瞅也白搭，那分明是在两个世界燃烧的火。

前几年，桃花源大队有个姑娘，因恋爱婚姻受挫，一来二去成了色癫，好不容易嫁出去了，生过孩子后病才好了。所以，所有桃花源人对这种病，都有点知识又有点敏感。

"这位女同志，您贵姓？您从哪里来？要到哪里去？"马云路清了清嗓子，将女人再好好端详一番，凑上去给点上烟。

"当官的，就爱问这个。别问我从哪里来，别问我到哪里去。"女人熟练地吸着烟，盯住马云路。

"俺那牛，老干部遇到了新问题。"马云飞瞅一眼队长，兴奋程度更加高涨，"一个高级神经病，高级，高级，那个真高级。"

马云路自己也点上一支大前门，用劲吸一口再吸一口。他又望向女人，总想尽量探听出点新情况："同志，搭眼一看，你该是喝过墨水的。俺这辈子白搭了，一天学也没捞着上，是个睁眼瞎呀。"

"别问我从哪里来，别问我到哪里去。"女人答非所问，照旧紧盯马云路。

云路从口音能判断出，女人是个南乡人，大约是南乡临沂、郯城一带的，离这里有上百里远了。乡间少见这种过流浪日子的女人，何况还是个女神经病人。很少有人会到离家这么远的地方——她应该流浪很久了。马云路望向社员们，眼光落在了花容身上："花容二嫂，来，跟你正经说句话。"两人往一起凑了凑，马云路贴着花容耳朵说了一番。

花容听罢队长的话，锄头往地上一捣："谢谢队长，谢谢队长。队长就是心好、思想好，你不服不行。"花容这样喊着，走向那女人。花容向女人招了招手："同志，你跟俺走吧。俺这队长可是个大善人，非常重视你的宝贵意见，给你挑了个俺全大队最干净、心眼最好的光棍社员。"

"花容二嫂，你领着这位同志先回吧。"马云路朝花容挥了一下手。

暮色如水一样漫上来，一切事物都变得温暖幽深起来。众社员呆呆地站在田头，目送着这两个女人。他们心里都明白队长是怎么安排的了。

花容扛上锄头，领那女人踏上了回村小路。走了没几步，花容又站住，转身朝社员们喊："大家伙儿可别笑话俺啊。这么多年，俺也想方设法给俺三兄弟找个女人，成个家。可就是成不了啊。俺三兄弟心眼不够使的不假，可也不是真嘲（傻），知道讲卫生，特别能干活。吃亏就吃在生为男人身。要是生为女人身，就能嫁个好人家，就能生儿育女，过一辈子好日子。俺三兄弟啊，没爹没娘没人疼。可别笑话俺啊。"花容满面含笑，又差不多是一种哭腔。

"你别啰啰了，快走。"马云路再朝花容挥一挥手。

马云路收回目光，向社员发表了一番简短演说："社员同志们，我啰啰几句。大家都看明白了吧。这个女人是个文癫，不是武癫，武癫可怪吓人。另外，这个女人一半癫一半不癫，不是个完全彻底的神经病。不癫的那一半啊，有可能比不少正常人还好。我想犒劳犒劳花容她小叔子马全福，让他知一知女人味，同时呢也给这可怜女人管顿饭、留个宿，就算是积个善、行个好。是吧？咱桃花源大队光棍可不少，光咱三小队就五个，但这事谁也不能攀比。谁像全福这样爱集体？谁像全福这样疼牲口？大家都知咱三小队现在有十一头牲口，实际上，咱三小队还有一头牲口，这头牲口就是全福啊。都说全福心眼不够使的，是个嘲人，可是论心好、思想好，他是咱全小队第一名，也是全大队第一名。要是都像全福这样，共产主义早就实现了。对集体，他像牲口一样忠，像牲口一样出死力，麦芒大的二心都没有。大家伙儿评评，是不是？"

社员们都喊是是。

马云飞往队长跟前凑了凑："队长，这个事，我觉得不是十分对头。是不是有点搞破鞋的嫌疑？要是有人往公社里往县里告一状，怎么办？这可关联生活作风问题。"

云路瞪了云飞一眼："要是你搞，就是板上钉钉的搞破鞋。全福搞，就不是。全福是奉命搞破鞋。不是，也不是奉命搞破鞋，根本就不是搞破鞋。按照伟大领袖的指示精神，全福这样的群众，就算他脚上有牛屎，也比你这小知识分子干净一百倍。云飞你要是哪天熬成了老光棍，再有这等好事，我就先优待优待你。"

云飞两眼瞪了又瞪，只好咕哝了句："队长你这个大鳖蛋。"

"队长，提前一霎霎收工吧。今晚上模范社员全福入牛棚大洞房，俺还想快吃了饭去听墙根啊。"一个社员这样喊，众社员皆呼应对呀对呀。

"好。收工啦。"队长一挥手，社员们扛起锄头呼啦啦踏上了田间小道。云路心情好极了，他将那盒大前门烟掏出来，朝空中扬了扬："我发喜烟，替马全福发喜烟。今天是全福大喜之日。这盒大前门我全都贡献出来，让模范饲养员马全福与民同乐。一人一支，分完为止。"社员们一齐上来抢烟，女社员也抢，抢了回家给吃烟的男人。

2

世上最有味道的地方是哪里？生产队的牛棚啊。

你若闻过生产队牛棚里的牛粪味、牛屁味，相信你一定会加倍讨厌世上其他所有动物特别是人类的粪味及屁味。那牛粪味、牛屁味是世上最纯洁、最朴素的粪味、屁味。当然，那牛必须是四五十年前吃草耕地的牛。

牛是生产队最重要财产，牛棚是牛之家，也是全体社员的重要活动场所。走出自己的家，到牛棚里牵上牛出工，再陪伴牛回牛棚收工，这是社员们的日常生活。

桃花源人认为全大队的牛棚中，最好的牛棚就是第三生产队的牛棚。在桃花源，就像各家各户的社员一样，不同牛棚里的牛会呈现出不同的精神风貌。任何牛，不论是公牛、母牛、水牛、黄牛，只要经过全福的伺候，都会变得溜光水滑，神采奕奕。

第三生产队牛棚的最高统帅是全福。全福不光领导十一头牛驴，还领导一群鸡、一条黑狗、一只黄猫。全福与它们组成一个和谐大家庭。和谐是比较笼统的说法。黑狗天然地以为，它是这个家庭的副统帅，地位仅次于全福。实际上也是这样。除了全福，不论它对哪个成员咕噜一声，它们都要好好理解一下它话里的意思。猫的眼神诡谲莫测，但这眼神主要是针对牛棚里那些老鼠的。猫基本上过着白天睡大觉，晚上瞪眼捉老鼠的日子，偶尔会窜一窜，跳一跳，与鸡狗逗个乐子。猫与狗本来是天敌，不论在任何地点、任何时候，猫一见狗的影子，总是撒腿就跑。这个大家庭却改变了它们的天性与关系。你若看见黄猫趴在黑狗肚子上呼呼大睡，不用大惊小怪。那些鸡，那些一饮一啄的鸡，看上去日子实在平庸乏味。鸡却不这么看，只有它们才知道生活是多么惊心动魄。它们组成了大家庭里的一个更严谨、更像家庭的小家庭。这个小家庭的统帅，当然是那只骄傲的公鸡。母鸡有十多只，每只都是满脸纳闷却认真过日子的表情。

全福指挥大家庭的口令基本就是一声咳嗽，一声或高或低、或轻或重、或真或假的咳嗽。除非十分必要，他才使用一点人类的动作与语言。

庞大沉重的牛总是沉默寡言，几斤几两重的公鸡却常常大喊大叫、上蹿下跳。你看，公鸡又表演它的拿手好戏了。公鸡忽闪着翅膀，一只脚原地打转，另一只脚将周边抓挠得尘土飞扬，咕咕地大喊不止。原来是一条蚯蚓从地下意外来到了人间，不知所措地在地上打滚。统帅自有统帅的风度，公鸡面对蚯蚓，自己不吃，呼叫众妃前来分享。那只个头最小、形象最平庸的小母鸡正好距离最近，便冲了过来。公鸡一看是它，不由分说猛啄了小母鸡一下。小母鸡如梦初醒，一面大喊俺那牛啊俺那牛啊，一面识趣地往一边躲。全福看到了这一幕，他抬脚朝处于忘我状态的公鸡踢了过去。公鸡打了好几个滚，站直身子，两脚一上一下抓挠着，鸡头朝全福愤怒地一伸一屈，高呼："全福全福您个老东西啊，您咳嗽一声不就行了，还用得着使用暴力吗？"

全福丝毫不在意愤愤不平的公鸡。全福不说话，又不停地说他的心里话：这小母鸡别看个头小，下蛋却不少，你身为公鸡，还好意思欺负它。养着你，不就为了听你打个鸣，俺好起来给牛添草。那么多公鸡都没捞着活，叫你活着就不错了。哪天再这样欺负人，报告队长杀了你吃肉。

公鸡多少看出点全福脸上的杀气。公鸡不怕牛驴狗猫，就怕全福。公鸡被全福一脚踢飞，定了定神，就想弄明白那条蚯蚓让哪只母鸡吃了，可是，蚯蚓已不见踪影，不知让谁吃了。

你听说这世上有能吃上鸡蛋的牛吗？全福领导的牛就能吃上鸡蛋。

一个多月前，春耕春种大忙时节，马云飞来牵牛，他牵的是那头全牛棚最老的黄犍牛，全福跟上来，一摸牛头，牛就张开嘴，全福把手中鸡蛋往牛牙上一磕，牛一扬头，十分陶醉地将那团蛋清蛋黄吞了下去。

"对牛来说，这个鸡蛋，就是一颗——精——神——原——子——弹。"云飞望着牛吞咽鸡蛋的样子，不禁生出点小感慨，"咱当社员的，还不如头牛哇。我至少有一个星期没捞着吃个鸡蛋了。"

"你要是能耕能耙，也给你吃。"全福两眼不看人，只看牛。只有涉及牛，全福才有话。

"全福哥，人都说你心眼不够使的，我看你心眼还怪多来，还会嚼（骂）人来。"令云飞生气的人与事很多，但他不会跟全福生气。

桃花源大队饲养员全福自己不吃鸡蛋，却给牛吃鸡蛋的先进事迹，在天塘公社广播站、沂南县人民广播电台广播好多回了。马全福是个全县闻名的模范社员。

牛棚墙上有好几行美术体大字，是马云飞刷上的。三年前，大队书记安排他这个小知识分子刷标语，他提着一桶漆，满庄刷，平整一点的墙壁都刷上了各种标语，桶里还剩了一点漆。虽然已很累了，但他还没干够，这活比锄地、捣粪之类的活高级多了，他巴不得天天刷标语。他刷到哪里，看客便跟到哪里。看客有孩子也有大人。他提着漆桶，来到第三生产队牛棚，刷他自己创造的标语。

牛棚是牛的天堂！
世上最好的屎是牛屎！
马全福是沂南县著名模范社员！
俺那牛，俺那牛，俺那牛，俺那牛！
第三生产队的牛棚是最牛逼最最牛逼的牛棚！

直到把漆彻底用光了，云飞还意犹未尽，刷最后几个字时，用力又飞快地把那字刷得很大，每个字就像一把张牙舞爪的扫帚。云飞指着那几把扫帚说："中国书法艺术中，把这叫飞——白，飞——白啊。"

云飞欣赏着自己的杰作，念一遍，再念一遍，笑得合不拢嘴。一群孩子一直跟着看，跟着念。云飞指挥孩子齐声念。孩子们乐翻了天。念了好多遍了，一个孩子突然带头喊："马云飞——牛逼，牛逼——马云飞。"这出乎马云飞意料，连从来不笑的全福也笑了一下。马云飞手握刷子，藏在背后，靠近那个孩子了，猛然伸手刷向那孩子的脸。孩子们轰地跑到远处，越加起劲地喊"马云飞牛逼、牛逼马云飞",接着又升级为"马云飞——大牛逼、大牛逼——马云飞"。

马云飞只好认输,倒回头来逗全福玩。

"全福,你天天把牛当老祖伺候着,也不知牛字怎么写。你看看,'牛'是这么写的。第一行——牛、棚、是、牛、的、天、堂。天堂在天上,地狱在地下,这中间就是咱这人间。人间当然同时也是牛间、驴间、猫间、狗间、鸡间。人虽然怪能,能造出把全人类都消灭光的原子弹氢弹,但离了牛驴鸡猫狗也不行。全福,天底下恐怕很难找到像你这样对牲口这么好的人了。因为你对牲口这么好,所以这牛棚就成了牛的天堂。"

"牛、牛、牛……"全福瞪着云飞手指的那个牛字,平生第一次念起字来。"就像个牛头哇,嘿嘿……"全福又笑了。

"对了,很对。你这大脑这不怪好使吗。咱们老祖宗造字时啊,就是照着牛头的模样造牛这个字的。全福认字了,全福认字了,这可是开天辟地头一回啊。"云飞又指着第三条标语大声念,"马、全、福、是、沂、南、县、著、名、模、范、社、员!马全福、马全福,你看看,你的名字马全福就这样写。"

全福望着自己的名字发呆:"这字长得可不像人。"

小知识分子遇到了难题。

三年过去了。那字还和新写上去的差不多。全福往墙上放扫帚、铁锨等工具时,从来不往有字的地方放。他天天看牛看鸡看猫看狗,也看那字。他把马云飞教的前两行字全记住了。全福一直纳闷:从马全福三个字里怎么也看不出人影子来。

全福想,天底下的牛就只用一个字,一个人却要用好几个字。牛棚里的全福整天说着谁也不知的心里话。牛棚里共有十一头牲口，八头牛，三头驴。他给每头牛每头驴都起了名字。四头黄牛住在一间棚里，他叫它们大黄、小黄、三黄、四黄。四头水牛住在最大的那间棚里，他就叫它们大水、小水、三水、四水。三头驴住在最小的棚里，他叫它们大嚎、小嚎、三嚎。牛的叫声就像人喊妈。驴是世上最能嚎的牲口，驴一嚎，就像要把肠子肚子吐出来，要把骨头扔出来。驴平时总是哭丧着脸，一副驴生无趣的样子。队长云路骂他老婆最狠的话就是：你就知道一天到晚耷拉着张驴脸。

3

天黑不是从天上开始黑的。天是这样黑的，人屋子、牛屋子里先黑，接着牛棚院子里角角落落变黑，接着院子中央那个水汪似的露天牛厕所变黑，然后院里院外就都黑了。

全福不知道，他今天已成了社员们关注的焦点。世人最疼他的人，他二嫂花容马上就会把一个女人领到他面前。

全福看到映在牛厕所那汪黑水里的天空实在特别，就抬头望天，咕哝着："俺那牛，天这么红啊，通红通红的。"在地上的暗影与天空的光彩之间，全福忙忙碌碌。

全福每天的忙碌，总是从一大早给牛"解手"开始。全福醒来，这是牛棚每天发生的第一件大事。全福不醒来不起身，牛棚里所有群众便无法正式开始一天的生活。全福醒来了。他牲口一样将手臂伸向空中，牲口一样打个呵欠，使劲发出一声全福特色的咳嗽。这声咳嗽足以让牛棚彻底醒来。黑狗率先等在全福栖身的屋门口。鸡在窝里叽叽喳喳、嘀嘀咕咕，盼全福赶快给搬开顶住窝门的那块石板。那只公鸡头几遍打鸣是为人类提供报时服务，后来的鸣叫纯粹是抗议全福不及时开门了。

拴在槽上的牲口，耐心等待着全福一项一项伺候它们。

全福牲口一样从炕上爬起身，牲口一样从屋子里探身出来，奔向牛圈。

第一头解手的牛是小黄。天天这样。全福把小黄牵出来，小黄身后跟着个牛崽子。这是小黄才出生两个月大的孩子。全福将这牛崽子叫四黄。小黄自动将屁股对准牛厕所，小黄使劲将尾巴翘起来，牛屎牛尿差不多同时倾泻而下。四黄还处在完全可以随地大小便的年龄。公牛解手就比较麻烦一点。轮着公牛解手了，全福手提一个大尿桶，让牛屁股对准厕所时，尿桶就送到牛肚子底下，牛粪落入厕所，牛尿落入桶里。全福把桶里的尿再倒进厕所。牛厕所是生产队最大的肥料库。

牛棚里有十头牲口时，全福识数就识到十。小黄又生了崽子之后，全福就能识十一个数了。鸡比牛多，全福数不过来。队长知道，鸡有十三只。

小黄母子现在是特殊公民，这娘俩是自由的。全福把牛绳盘在小黄头上，娘俩就在院子里转悠。四黄过来蹭了蹭全福，小黄也蹭了蹭全福。三头黄牛连这个孩子，是直系血缘的一家子。大黄是小黄的妈，小黄是三黄的妈。大黄七岁口，小黄五岁口，都当了好几回妈了。三黄不足两岁口，马上就要当妈了。四黄这头小公牛，注定是拉犁或卖钱的货。

天又黑了一点。出工的牛陆续回来了。

这时传来了花容的异常喊声："三兄弟，三兄弟！"声音还在院子外。

全福急忙赶到院门迎花容。全福知道，人间最疼他的人就是花容了。

"三兄弟，快到屋里点上灯。"花容扯着那个女人就往里走。

全福点上的灯是牛棚里才有的马灯。这灯防风，可以提着到处走。

"三兄弟，我跟你说，咱大队今天来了一位女贵宾，队长特别安排人家来你这儿住。她今晚上住下不走了，就跟你一块睡这炕上。"花容伸手指了指炕，"队长知道疼人。三兄弟，你可得好好待这位同志呀。要是这同志愿意，就多住几天。"面对这突如其来的新情况，全福照旧木木的，不作声。花容又说："听明白了吧？三兄弟。可别对不住这位同志。我从坡里刚回来，先把这同志送来，我抓紧回家做饭。你做的那饭，自己吃还行，给这女同志吃可对不住人家。"花容说完，小跑着走了。

孤男寡女，牛棚相会。与牛郎织女相似的故事，或许马上就要上演了。自有这座牛棚以来，这可是第一遭。小黄带着孩子四黄到门口，探头朝里望了望。

月光变得明亮起来。女人屋里屋外望了望，自言自语："把个牛棚拾掇得怪干净，你真是个老模范。这屋里的卫生也还行。"她盯着全福那盘炕看了几眼："这炕也怪干净。哈、哈、哈……"女人就像电影中的英雄面对敌人发出凛然大笑

　　　　　　　　　　　　天堂里 的 牛栏

那样，对着全福大笑了起来。可是，全福显然算不上什么敌人。全福坐在马扎上，不知下面要发生什么事。全福把眼光放在自己的双脚上。他不看女人。全福那双眼，基本只看牲口不看人。

女人二目烁烁望着全福，哈哈大笑了好几场。全福被她这笑声吓得不轻，两眼更专注地盯自己的脚。女人朝全福身边挪了几步，伸手捏了一下全福骨多肉少的腮帮子。全福可是平生头一遭被女人这样侵犯。全福忽地伸出胳膊将女人手挡开，咕哝一句："您可别胡打撩啊。"

女人大呵一声："不识抬举的老东西唉。"

"全福，全福！"是队长的声音。马云路一步跨进屋里了。

队长来了，女人却不在意。又望了一眼那炕，弯腰把全福卷在炕头的铺盖一把展开，爬上炕就歪倒下去。女人竟然马上打起了鼾声。

队长望着四仰八叉的女人，说："看来真是累了。今天还不知流浪了多少路呢。真是个可怜人。"队长又瞅了一眼女人说："你看你看，胸是胸，腚是腚的，可惜是个神经病。"

队长望着全福说："往我这里看，全福。"

队长手中拿着一个全福从未见过的小东西。队长撕开一个小塑料袋，从中掏出一个塑料圈，把右手食指伸出来，其他指头缩起来，将塑料圈往食指上一套。云路小心地举着那只手，另一只手指指全福的裤裆："好好看着，全福，就这样，就这样，往下撸撸、再撸撸，就套在你裤裆里尿尿的那家伙上，套严实。牛啊驴啊干那事，你没少见了，谁也没你见得多，大体里、基本上就是那样干。牲口干那事，不用戴这个，人干那事，一定得戴这个。不戴这个，你那鸡巴就会烂掉。这一共是五个，要是用完了，我马上再给你拿。这可是好东西。全福啊，今晚好好犒劳犒劳吧。你长得全毛全翅的，相信你一定能干好那个事。"队长又指了指炕上的女人："不懂的，就叫她帮帮你。她什么都懂，与睡觉有关的事情，她特别懂。"队长为社员健康负责，怕全福染上不好的病，就专门给带了套子。

全福就像牲口一样面无表情。

就在这时，女人忽然大叫一声，从炕上猛然坐了起来，胸脯鼓涌鼓涌地呼呼大喘，把队长吓得不轻。女人伸臂打了个呵欠，露出半截肚皮。女人看见了队长手指上的套子，二目烁烁，哈哈大笑："你这老东西呀，还怪会玩来。给俺玩玩。"她起身上来抢套子。云路闪开她，急着说："这可不中。同志，你还不懂吗，这可不是玩的。别急，别急，就是给你用的吗。"

院里传来了脚步声。全福一听就知道，是花容。

花容提着个白布包袱进来了，队长还举着他那严肃活泼的食指。花容忍不住扑哧笑了："队长啊，为了社员，你真是操碎了心啊。俺就是担心俺三兄弟光知道望着牛亲，不知道望着人亲。"

"对心眼不够使的人，不细心点不中啊。"队长放松手指，拿下套子，重新塞进小袋，塞给全福。

全福手里握着一把套子，牲口一样面无表情。

女人两腿耷拉在炕沿上，悠来荡去。一闻到饭菜香，立马站了起来。

一盘炒鸡蛋，一盘炒花生，五六张煎饼，一把剥好的大葱。花容将饭菜往全福当饭桌的那破杌子上放时，女人就伸手抓了一把炒花生，咯嘣咯嘣吃起来："香，好香啊。"

"没有酒吗？"那女人嚼着花生，望着杌子。

花容心里一咯噔：俺那牛，俺那牛，还要喝酒来。

队长也打了个咯噔。这是个不小的难题。酒是稀罕东西，他家里有一瓶沂南白干，但一直没舍得开，就预备着家里来客人时用。队长狠了狠心，说："有，有，我回家拿。"队长小跑着走了。

"有酒有酒，队长有酒。不吃烟，不喝酒，死了不如一条狗。"女人目光烁烁。

"三兄弟，快来陪着人家吃饭啊。"花容催促缩在马扎上瞅脚趾的全福。全福把套子塞进裤兜，起身端出半碗他天天下饭用的咸菜，拿起煎饼就着咸菜吃起来。

花容夺过全福手中的煎饼，把煎饼敞开，把炒鸡蛋给卷进去，又递给全福。花容想，天底下的嘲巴，哪个不是又馋又懒啊，俺这可怜的三兄弟，好像老天爷就是派他来人间当牲口的，就知对牲口好，就知下死力气干活啊。

花容想起十多年前，她刚嫁过来，还没入人民公社呢。整天看到全福坡里家里咬牙切齿下死力干活。那一回，全福背上驮着一捆小山一样的庄稼往家走，一位花容该叫大老爷的同族老人对着虚空喊："一头好牲口哇，一头好牲口哇。"全福对这话没反应，花容却看见公爹身子抖了一下。公爹明白，老族人这是指责他把嘲巴儿子全福当牲口使。

公爹生前好多回对他所有儿女说："这辈子，你们可以不孝顺爹不孝顺娘，但谁也不能亏待老三。亏待老三伤天理。"这样说着时，还忍不住流下老泪。没过几年，公爹婆婆就相继去世了。

花容看得分明，并不是家里人有意把全福当牲口，而是全福自觉给家里当牲口。入了公社后，全福由家里的一头牲口，又变成生产队里的一头牲口。

队长一手捂着个小酒壶，一手握着两个小酒盅，气喘吁吁地跑来了。这个小酒壶，能盛三两酒。

队长摆好酒盅，把酒斟上。牛棚里头一回有了酒香。女人抓起酒盅，二目烁烁，一言不发，一饮而尽。队长愣了愣，亦抓起酒盅，一饮而尽。

两盅酒下肚，女人眼神迷离，她望了眼全福，嘴里嘟哝着："不吃烟，不喝酒，死了不如一条狗——不如一条狗……"女人手一松，酒盅落在地上，接着身子一歪，就倒在地上了。队长与花容大惊。队长指指地上的女人："你看看这人，你看看这人，要酒要酒，沾酒就醉。一个女人，吃烟喝酒，满天底下东浪浪西浪浪，她爷她娘这是伤了哪辈子天理呀？"他弯腰把她抱起来，掂了掂，小心放到炕上，又瞅了瞅女人那起伏不已的胸膛。队长贴身抱女人时，女人的那颗心啊，跳得可真是有劲，一颗火热的心，一颗不识好歹的心啊。

花容可是头一回见到开口要酒喝的女人，吃惊不小。又见这女人沾酒就醉，不禁为全福担起心来。

队长望着花容说："你不用怕。我早看明白了，这是个文癫。你看，喝了酒，更老实了。这样更好。咱都放心吧。今晚，让全福好好犒劳犒劳自己吧。全福今晚是个大犒劳。"

队长有点激动，他望向全福，指了指女人："全福，今晚，她，她，就是你的，你的。明天，后天，大后天，只要她愿意待在这里，她还是你的。我代表桃花源大队第三生产队，花容嫂代表你们家，我们全力支持你。"

花容使劲望了眼全福，说："三兄弟，可别对不住队长的好心啊。"

队长拽了一下花容的袖子，说："咱麻利走吧。"

4

队长、花容心满意足地从牛棚往外走。花容心情很好，手里的空包袱悠来荡去的。

"队长，你真是个仁义人，对俺三兄弟这么好。"

"讲仁义，俺比你差远了，你才是真仁真义啊。当嫂子的，对小叔子这么好。这天底下不好找吧？我这辈子可就见过你这一个。"

"俺三兄弟实在是可怜啊，就是光望着牲口亲，不会亲人啊。俺要是再不疼疼他，谁疼他呀。"

"天底下可怜人多了。"

"队长，你说，俺三兄弟会不会干那事啊？他光知出死力气干活，别的好像什么都不想。"

"别担心。我相信，全福一定会干。全福啊，大家都把他当嘲巴待，可是他也不是什么都不想。"

队长又说起三个月前的那个事。对那事，花容早知道一点
了。

刚开春，队长用撅撅车（自行车）载着全福赶集，该买的
都买好了，全福却在一个画子摊前不走，盯着墙上的画子看。

"那么多画子，有各种各样人物，还有长城、泰山、黄
河。全福啊就盯着一张有年轻漂亮女人的画子，不转眼珠地
看。我说全福啊你要是喜欢这画子，就给你买张挂牛棚里。
你说这个全福，他也不搭腔，就盯着看。我就花了一毛二分
钱买了张。他挓挲着大手，接过那画子，咧嘴笑了。回来的
路上，全福把刚买的牛绳盘成圈，套在自己脖子上，两手抱
着画子。我蹬着撅撅车，听着后面那画子在全福怀里唰啦唰
啦不住声地响啊。我心里就怪酸的。路旁有人指着我们高喊，
快看啊快看啊。我就想，有什么好看的呀。就不理会乱喊的
路人，只管赶路。可是，接着路边又有人这样大喊，还猛烈
鼓掌。我就停下撅撅车。哎呀，全福正低头舔画子，已把人
家鼻子给舔破了。"

花容抬手抹抹眼泪，说："队长你可别说了。"花容已听
别人把这当笑料讲过一点，她不爱听，心里烦。这回算是详细
知道了。

看到花容抹眼泪，队长心里也不是滋味，叹口气道："二
嫂，你放心，全福这回可要好好犒劳犒劳自己了。全福长得全
毛全翘的，什么都不缺。唉，就是缺点心眼啊。"

说着说着，走到了花容家门口，花容说："队长，我和你
二哥都记着你对俺三兄弟的好。"

5

一个不平凡的夜晚过去了。

又是一个水灵灵的清晨。田野里就不用说了，连牛棚里那拴牛橛上都有露水。宇宙就是这样，让这大地干燥焦渴一遭，再湿润水灵一回。

云路踏着露水，哼着小曲，第一个来到牛棚。云路来得有点早，院门还没开，幸福的全福还没起来。牛棚院门是个木栅栏门，大人孩子谁都能攀爬过去。但谁会有这么干的需要呢？除了调皮捣蛋的孩子，很少会有大人这么干。云路掏出钥匙，打开那把象征性的锁。这把锁，只队长与全福有钥匙。

云路蹑手蹑脚地接近全福那无比幸福的"寝宫"。黑狗悄悄地跟了过来。黑狗当然认识队长，要是换了其他人，它早就以巨大的呐喊声通知全福了。

全福没关屋门，只虚掩着那个半门子。半门子是用木头做框、中间编织上秫秸或树枝做成的一种门，只有正常门的一半高。这个时候，不冷不热，用半门子正合适。

云路一眼就看到了冲着屋门的全福。他和昨晚一样，照样坐在马扎上，现在不瞅自己的脚趾了，而是头靠在墙上，仍在呼呼大睡。云路第二眼落在炕上，云路的眼珠子都快掉出来了。全福的炕，大约已成为人类历史上最浪漫的炕了——五个硕大的气球，在炕上微微拂动，那个混沌女人处在气球的包围之中。云路想，这一定是女人吹的，全福可没这心眼。云路的儿子有一回偷走云路藏在枕头底下的套子，吹成大气球，拿线扎好口，牵着气球满大街跑，被云路一顿好揍。女人歪靠在炕上，一只腿耷拉在炕沿。女人的外套不知放哪儿了，内衣衣扣也没扣，一只奶子放肆地露在外面，一只气球就在那奶子一带浪荡来浪荡去。云路忍不住瞅一眼再瞅一眼。这个袒胸露乳的女人，像条母牛一样对自己的乳房没感觉。她让身体成了一道虚掩的门。云路的眼神更放肆了。云路想，人不胖，这玩意儿可不小哇。

全福醒了过来。全福伸开两腿，伸开两臂，啊啊啊地叫了好几声，然后才像牲口一样睁开眼，牲口一样醒来。

全福看到了队长。

女人坐起来，对着虚空自言自语："不中用的家伙，不中用的家伙呀。"

云路把眼光从女人身上移到全福身上："全福，晚上你——没——没上炕？"

全福不吭气，不看人。

"哎呀，全福，你那全毛全翅，白长了吗？白长了吗？"队长朝女人胸膛指去，"全福，你看看，你好好看看，多么好的东西，多么好的东西啊。嘟巴也知道好东西好吃，难道就你不知道？你个嘟巴呀，你个嘟巴呀，就知道一个心眼对牲口好的嘟巴呀。俺那牛，俺那牛唉，俺这队长白当了白当了。"痛惜不已的队长不禁举起手使劲拍自己的脑袋。

女人站起来，骚达骚达地走向队长，抬手就拧了队长腮帮子一下，哈哈笑道："队长行，队长一定行……"女人竟原地踏步手舞足蹈起来。那奶子白兔子一样在云路眼前跳来荡去。这屋里的空气，大约从来没有承受过这一幅度的震荡。那五个本质上就不老实的气球，也趁机随着女人的运动节奏，在炕上拂夭拂夭地跳了起来。

全福不看队长，不看女人，起身往院子里走。一天的活等着他。第一件工作是让牛上厕所。云路不知不觉地就将牙咬得咯吱咯吱响，他拽住全福，下命令道："你去把大门锁上，不要让任何人进牛棚，也别说我在这里。任何人要进来，你都要把他当阶级敌人对待。你也别到这屋里来。一会儿就中，一会儿就中。你不睡，我睡我睡，你不犒劳我犒劳。我豁上，我豁上，我豁上啦。"队长那样子，基本上就是癫狂状态了。

全福一心一意地伺候牲口们上厕所，好像接下来他屋里要发生什么事，完全与他无关。远远近近的人家屋顶上，陆续升起了炊烟。牛粪味、牛臊味与人烟味，总是结伴来到这方人间。

"全福，开门，开门。日头这么高了，还关着门。一晚上犒劳得不轻啊，大概累得爬不动了吧。"是马云飞在牛棚外叫门。

"谁也不能进。"全福大喊。

云飞抬脚就往栅栏门横杆上放。他要爬进去。

全福抓起铁锨朝门口走去，老远就朝云飞伸出铁锨："别爬。你敢爬，俺就一锨拍煞你这个敌人。"全福朝云飞举了举铁锨。

云飞不敢了，把脚放了下去。云飞对全福露出巴结的神情："全福，你和那女人睡了吧？怪恣吧？你咋这么凶？我可不抢你的好东西。"

"全福，你把云飞这个东西给我放进来。"屋里传来了队长的一声呐喊。情况变化很快，队长马云路已从屋里出来，衣冠楚楚地站在院里了。

全福打开门，把云飞放进来。云飞这家伙，笑眯眯又色眯眯地瞅向云路："哟，哟，想不到啊，当队长的正在牛棚里视察工作呀。队长来得真早，来得那个真早哇。视察工作真是够积极啊！"

云路瞪了眼云飞，一点也没有做了亏心事的表情，胆气十足地问："马云飞，这牛棚里有你的事吗？"

"没我的事。我不过就是想看看全福幸福了没有。"云飞反而怯了。但他一想到队长这么早就进牛棚，还把院门锁上，就又来了底气："我还以为就全福一个人在牛棚里幸福呢，想不到队长大人也在这里呀。"

"是啊。我就知道会有不三不四的下三烂，惦记这牛棚。我专门嘱咐全福一定要提高警惕。"领导就是领导。

"谁不三不四呀？队长嚼人越来越有政治水平了。"云飞不肯示弱。

"一晚上没睡着觉吧？你来得正是时候。我检查过了，那个女人全福没有使用，就等着你来使用，犒劳犒劳你吧。现在，你是奉命搞破鞋。"队长扬手做了一个请云飞往里走的动作。

"队长你看你说的，我不就是好奇想看看吗。"云飞随着队长往里走。

屋里一切正常。女人坐在炕沿上，扣子系好了，外套披好了，嘴角夹着一支烟。气球一个也不见了。

云飞这里瞅瞅，那里瞅瞅，鼻翅子一掀一掀的。

"非洲猴子。"女人喷着烟，又说这话。

女人这一句话，令云飞一脚门里一脚门外僵在了那里，嘴里来了句他妈的。

队长马云路不禁为自己先前的果断处置感到庆幸。

刚才，等全福锁院门的声音传来，云路就把手伸到了女人的胸膛上。女人尖叫一声，瞪眼，咧嘴，一把抓住云路的手，往自己身上按呢。云路的眼神与女人那牲口一样的眼神相遇，云路闻到了真实的母牲口气息。云路心头雷鸣电闪——唉，这女人变成了母牲口了，咱不能也当牲口吧？云路拧了一把大腿，推开女人的胳膊，尽量威严地命令她坐好，给她扣上扣子，找出那件中山装给披上，把那气球一个个放了气，收好，又摸出支烟给女人点上。这样之后，云路一屁股坐在全福那破马扎上，收一收脱缰野马一样的心，叹息声声。

"全福没和人家睡？不可能吧？他把画子上女人的鼻子都舔掉了，谁不知道哇。缺心眼归缺心眼，那种本能不缺呀。"云飞念叨着，心里十分纳闷，全毛全翅的全福为何不把那好事办了。

"马云飞你不缺心眼，也不缺那本能。我看你憋得不轻不轻的了。来吧来吧，我亲自给你站岗放哨。"云路的口气里戏弄味更浓了。

云飞知自己永远不是队长的对手，但还不舍得离去。他无趣地把眼光再搭在那女人身上。

俺那牛　　　　　　　　　　　　　　　　　　　　　　173

早饭的饭时到了。花容提溜着包袱喜气盈盈地进了牛棚。

花容今天醒得格外早。一醒来,花容觉得心里像压了盘磨一样沉。花容醒来第一件事,就是把枕头翻过来。把枕头翻过来,梦中的不好就会变成白天的好。花容做了个噩梦——她还在娘家为姑娘时的那头老驴,把它那张长长的驴脸使劲压在她胸脯上,张着大嘴啃她,花容想推它打它,却手也动不了脚也动不了,想喊也喊不出来。花容一面做早饭,一面回想那梦中情景,自言自语道:"你个死鬼老驴唉,自俺记事你就在俺家里,俺对你可没一点孬吧?那一年,俺爹牵着你去入社,俺跟在你腚后淌了多少泪呀。入了社,你不在俺家里了,俺还三天两头去看你。就算不记恩,也不该对俺有仇吧?你死了八辈子了,早烂成泥了,还来糟蹋俺。以后你敢再来,我就牵头最厉害的水牛,一头顶死你个老东西。俺三兄弟全福是模范饲养员,我说牵哪头牛,就牵哪头牛。不信你试试。"花容一面这样说着,一面拿烧火棍在灶门口使劲一戳一戳,好像那驴鬼就在那个埝儿。花容做好了饭,日头就老高了,花容的心也变得像这日头一样明亮。她给全福与那女人做了一顿好饭,是比昨晚上那饭还好一点的饭。

花容对正在扫牛棚院子的全福喊:"三兄弟唉,开饭啦。"

队长闻声迎了出来,朝花容喊道:"气煞我了,这饭别给全福吃啦,饿饿他。你说,咱费尽心机,让他吃顿人间的好东西,送到嘴边了他却不吃。他在那破马扎上坐了一晚上啊,连碰都不碰人家一下啊。别给他饭吃,谁叫他光顾上边饿,不顾下边饿呢。"

队长望了眼全福："那画子证明他也知下边饿呀。那张画子他弄哪儿去了？没见他贴过呀，难道他把画子嚼吧嚼吧吃了？"

花容吃惊不小："队长，别生气，别跟俺三兄弟一般见识。俺三兄弟就是和一般人不一样啊，谁知他怎么想的呀。俺三兄弟就会对牲口好，就知道亲牲口，不知道亲人。"

花容把饭摆在杌子上。全福来到屋里，抓起煎饼就往嘴里送，腮帮子马上像牲口咀嚼一样运动了起来。队长瞪了一眼全福："全福你这个吃货呀，偏偏就是不知什么东西最好吃。"

女人也大嚼了起来。

队长望一眼女人，望一眼全福，说："全福，我问你，你把那美女画子弄哪儿去了？你这个吃货，难道把画子里的女同志吃了？"

全福不作声，继续大嚼。

女人转身到炕上，一把拽翻全福的枕头，哈哈大笑起来："在这里，在这里，在这里呀在这——里。"女人把一张破烂不堪的画子扬到空中，还能看出美女的轮廓。

队长接过画子看了看，画子又让全福舔出来好几个窟窿。全福牲口一样往前凑了凑，想把画子要过去。队长推了全福一把，吼道："全福呀全福，送给你这个大活人，不比画子里的美人强一百倍一万倍呀。你怎么不要喘气的，偏稀罕个不喘气的呢？你不是个喘气的大活人吗？你这气白喘了吗？"

花容看一眼全福，又抹起眼泪来。

"画子是画子，人是人。"全福忽然咕哝了一句。

全福与那女人都吃饱了。云飞不知啥时悄悄离开了牛棚。

队长望着这位一种饿得到了满足，另一种饿没得到满足的女人："同志，对不住你了，我们没有别的好来待你了，你到他乡再转悠转悠吧。"

女人听话地站起身，迈着与来时一样的步子，骚达骚达走出全福"寝宫"，走出牛棚，走向牛棚外的村路，走向村路连着的大路，走向大路连着的世界。

队长与花容跟随女人到牛棚门口，望着她那特有的骚达骚达身姿，走出他们的视野。队长与花容不约而同地叹了口气。

队长仰脸朝天，叹道："骚达骚达来，骚达骚达去。天底下还有这户人啊。身上一分钱漫游费也没有，却过着漫游天下的日子。"

花容看不见那女人了，还望着那片虚空，心里酸酸的，花容叹出一口长气："不知忧来不知愁，日子没这头也没那头……"

牛棚似乎又回到了先前那种生活———一个嘟巴饲养员与一群哑巴牲口的生活。

6

谁也不清楚，牛棚已进入一个历史新时空。

这牛棚已是一座被一位漫游神、一位骚达女人气息猛烈扰动过的牛棚。

没捶过骟过的公牛叫牤牛，捶过骟过了就叫犍牛或犍子。因品种不同，犍牛又分犍水牛、犍黄牛等。人需要母牛下崽，所以母牛都能保全真身。公驴俗名叫驴，母驴俗名草驴。叫驴不止能叫，还特别好斗，俗话说"一槽拴不下俩叫驴"。骡子不公不母，却力气大脾气更大。降服骡子的办法，就是待骡子长到一定年龄，准备当畜力使唤了，就把它狠狠打一顿，打得它低头耷拉脑，就温驯老实了。打骡子马惊。打骡子摩弄牛。这都是沂蒙山广大人民群众的宝贵经验。马是不用狠打的，打骡子时，让马站在一旁当一回看客，马就吓坏了，就听话了。牛，特别是水牛，脾气犟得很，你不但打不服它，它还有可能记仇报仇。要摩弄它，讨好它，给它好草好料吃，说好话给它听，用好心来待它。

全福伺候了一辈子牲口，却没伺候过骡子。桃花源大队没有骡子。但全福知道，人会用"骡子"来骂人，且是很厉害的骂人话。

骚达女人事件之后的一天，云路又来牛棚，朝全福不轻不重地咕哝了一句："你这个骡子呀。"全福听清了这句话。当时全福手里正握着铁锨，他把铁锨举到半空了，正要将铁锨拍到队长头上，一只蚊子突然飞进全福眼角，全福伸手搓眼的工夫，就把拍队长的事给忘了。是一只蚊子救了队长一命，队长却一点都不知道，还得意地念叨："头一回这么狠骂全福，这个嘞巴一点意见也没有。"

一天夜里，很少做梦的全福做了一个大梦——牛棚里的牲口集体造反啦。那些公牛，不论捶过的、没捶过的，一齐挣断了牛绳，满院子乱跑，高呼着全福听不明白的造反口号。三头叫驴，力气挣不断绳子，在驴圈里互相打了起来。为了防范叫驴打架，全福把它们拴得很开。它们就屁股对着屁股，互相尥蹄子，因距离太远，根本够不着对方，便气得一齐头拱地，嗷嗷叫。三头黄母牛与那头牛犊，从前都很老实，这回也在它们的屋里骚动不已，哞哞乱叫。

天亮了，全福醒来了，牛棚造反运动也结束了。牛棚里和往日一样平静。但全福的心理已生突变，今日之牛棚，已非昔日之牛棚也。

该做的活做完了。全福把牲口们全都在院子里拴好。全福要整顿牛棚了。

全福找出一根使牛鞭，来到那头牤水牛跟前。这头三岁口水牛身长腿矬，社员们都叫它"抓地虎"，力气特别大，一头能顶两头使唤，从不到一岁口就开始下地，很快就能独犁独耙。全福甩开膀子，在头顶上轮圆鞭子，让那鞭梢像毒蛇吐信子一般朝牤水牛咬去。全福梦中的造反场景里，牤水牛闹得最凶。全福一连甩了十一鞭。全福就识十一个数，打到十一鞭就不打了。

其他牤牛与犍牛都挨了鞭子，或三鞭子或六鞭子或九鞭子。三头叫驴，分别挨了三鞭子。打谁几鞭子，全福心里有数。叫驴最不禁打，一鞭子下去，就四蹄腾空，头拱地，嗷嗷叫。唯有那三头母黄牛和小牛，没挨鞭子。

牲口们都明白一个道理，当牲口的，挨两下打是免不了的。可是，一心一意伺候它们的全福，从来不打它们的全福，却忽然暴打它们。这顿打来得实在太蹊跷了，牲口们都十分纳闷。

抓地虎除了纳闷，还十分震惊愤怒：全福，自俺下生落地，睁眼看到的就是你和俺妈。你天明到天黑伺候俺，这么多年来，从没打过俺一下。这回你这是咋了？到底是因为啥？

纳闷震惊的不仅是牲口，还有狗、猫、鸡。全福挥动鞭子时，狗围着全福呜噜不止：主人息怒，主人息怒啊。窝里的猫爬起来，站到窝门口观察一番，喵呜喵呜：岂有此理？岂有此理？公鸡飞跃院墙上，在那儿来回跑。母鸡们无心觅食，纳闷地踮着脚，扬起头：难道没好日子过了？

队长云路来了。一进院门，云路就感到十分异常。他看到了全福手里的鞭子，看到了牛身上的鞭痕。

云路盯着全福看了好久才开口问："你打牲口？你打牲口了？你怎么打牲口呢？"

"不打不行。"

"咋不打不行？"

"它们造反了。"

"什么？牲口造反？牲口造什么反？"

"它们造了一晚上的反。"

云路吃惊不小，伸手去摸全福额头，却被全福一把挡了回去。云路想，坏了，全福是不是让那骚达女人给传染上神经病了？

云飞来了。他来牵牛上坡。他直奔抓地虎而去。最近，云飞劳动态度比较积极，最喜欢役使抓地虎，抓地虎就是出活。

全福靠近云飞说："不许你打牲口。俺打牲口，牲口不记仇。你打牲口，牲口就记仇。"云飞头一回听全福说这么复杂曲折的话，十分震惊与纳闷。

"抓地虎好几天不出坡了，身上这鞭痕咋来的？谁打的？"

云飞这才发现抓地虎身上的新鞭痕。

"俺。"全福答。

"俺那牛，俺那牛！你打牛？全福打牛？有人说全福打了自己的亲爷亲娘我相信，说全福打牛我不相信。"云飞瞪大眼望全福。

队长对云飞交代了几句。云飞想，这个全福，嘴巴升级换代成神经病了，高级，高级，真高级。

云飞牵着抓地虎往外走，朝队长喊："得麻利地把抓地虎这蛋子给捶了。再不捶，咱可降不住这家伙了。要是不打谱捶它，就把它推荐到公社配种站当种牛吧，天天上班，去过那阅尽人间春色的神仙日子。"

云飞很为自己的话得意，禁不住哼起小曲来。

"抓地虎去配种站上班，一定比你称职。"队长反感云飞的得意。

"队长称职，还是队长称职啊。"云飞骂了回来，但还是感到吃亏了。他扬起搭在肩上的鞭子，朝抓地虎滚圆的屁股猛甩了一鞭。抓地虎头拱地哼了一声。

7

又是一天过去了。

出坡的牛陆续回来了。使牛的人不用进牛棚，在牛棚外放开牛绳，那牛就自己跑进牛棚，找全福要吃要喝。

　　　　　　　　　　　天堂里的牛栏

天傍黑了，只有抓地虎还没回来。

"救命，救命！全福快救命！"牛棚外忽然传来了马云飞相当瘆人的喊声。

全福听到了。全福知道发生了什么事。全福慢腾腾地往牛棚门口走。

全福看到抓地虎用它那力大无穷的头，把云飞顶在了牛棚门口墙上。幸亏抓地虎个子矮，顶住的是云飞的大腿，要是再往上一点，云飞大约就小命不保了。

全福拽住牛鼻绳，将抓地虎拉开了。云飞像片纸一样从墙上落到地上。

云飞被抬上桃花源大队那辆唯一的手扶拖拉机，紧急送往沂南县人民医院。

全福拴好抓地虎，看到它满身鞭痕摞鞭痕。全福一次喂了它三个鸡蛋。

今天抓地虎出坡的那块地，挨着第四生产队的地，那地里有一头母水牛在干活。母水牛气息随风飘来，不能不影响抓地虎。抓地虎哼哼叫着，老往母水牛方向深情瞭望，拉着拉着那耙就偏了方向。云飞骂着恶毒的话，鞭梢带着他心里的毒素，一下一下咬啄抓地虎的皮肉。这是抓地虎平生挨鞭子最多的一天。它对这个猴子一样的人早就心怀厌恶，这个猴子甩出的鞭子最为狠毒。最令抓地虎愤怒的是，这个猴子竟数次让鞭梢钻进它的腿间腹沟，直取它饱满有力的蛋子。这太可恶了：我等水牛，可杀不可辱啊。

在牛棚门口，云飞放开绳子，像往日一样让抓地虎自己往牛棚走。抓地虎似乎并不急着找全福报到，而是扭头瞪了一眼云飞。云飞骂了一句，抽下肩上的鞭子甩向抓地虎。抓地虎猛地转身，哼的一声冲上来，一头将云飞抵在墙上，顶一下再顶一下。咯嘣一声，云飞大腿骨猛然折断的声音，清晰地传进他耳朵里。

后来，云飞回味骨折的感觉，就不禁想到他儿时为防止捉到的青蛙逃跑，就咯嘣一下折断青蛙大腿骨的情景。

载着云飞的拖拉机往县城方向跑。云飞咬牙切齿地不停叫唤。云飞伸手试探着摸了摸裤裆，又缩回来："队长，俺觉着这里够呛啊。"够呛就是坏了、够受的意思。

队长小心解开云飞腰带，伸手进去试探着捏捏摸摸，笑道："没事，没事。你那三大件，一件不少，都好好的。抓地虎不识数，要是识数，将头再往上抬五公分十公分，你这蛋子大概就要报销了，这辈子你就别想当配种员了。"

"俺眼看就没命了，你还打撩。队长，你说，那时刻我喊全福救命，全福为何不快跑？"

"跑不跑的，还不都是全福救了你命啊。你打牛太狠了。牛马比君子。牛也知仁义。"

"俺这样了，队长还向着牛。"

"最近就安排人捶牛，把抓地虎的蛋子给捶了。捶了蛋子就老实了，就像人成太监一样。"

"等我伤好了，非把抓地虎揍个半死不可。"

抓地虎把云飞顶了的事，很快传遍桃花源大队。有人竟晚饭也顾不上吃，就跑来牛棚看热闹。看不见伤员云飞，却可以看见抓地虎。大家对抓地虎本来就有几分敬畏，这回就更敬畏了。大胆的人就上来摸摸抓地虎的头。

"抓地虎这头，真是特殊材料制成的。你试试，多硬啊。云飞捡了条命啊。"

"哪里有压迫，哪里就有反抗。这确实是放之四海而皆准的真理。"

"可别欺负心眼不多的。老虎单吃那精神猴。"

8

云飞除了骨折，没大伤。县人民医院给云飞大腿上夹上石膏，又开了一点药，让云飞第二天就出院了。

云飞在家里闷了几天，待不住，便拄着双拐，牵拉着伤腿，一瘸一瘸、一冒一冒地满街乱转。

转眼到了农历六月初六。"六月六捶牤牛。"沂蒙山一带多选择在六月六捶牛，便有此俚语。队长云路已决定在这一天把抓地虎捶了。他已托人捎话给刁家庄大队的骟匠老刁。六月六这天，老刁就来了。

最兴奋的人是马云飞。他一瘸一瘸、一冒一冒地来到牛棚。

生产队里最棒的几个男劳力，合力把抓地虎放倒在地，将它四蹄前后交叉着绑牢。抓地虎饱满的蛋子从腿间露出来。骟匠老刁拍拍牛身，捏捏牛蛋，连说好牛好蛋、好蛋好牛。老刁安排把牛鼻绳拴牢在牛橛上，又把壮汉分成两帮，压住横在牛肚子上的一根木杠。抓地虎挣扎越猛烈，木杠便压得越狠。挣扎了几次，抓地虎便无奈地将顽强半抬着的头放到地上，鼻息如风，吹得地面尘土飞扬。

云飞对骟匠老刁十分殷勤，一支接一支地递烟。老刁叼着烟，一项一项展开他的工作。一根麻绳在牛蛋根部缠了一圈又一圈，蛋囊收紧了，两瓣牛蛋挤靠在一块了，那蛋越发显得硕大有力；一方厚棉布包住牛蛋，将牛蛋垫放在一块木板上；老刁握紧那把已捶碎过众多牛蛋的油光光木槌，对准这一对优质牛蛋开始有节奏地捶打。第一下，抓地虎全身猛地一颤，自肺腑深处发出一声平生未有的嘶吼。这疼痛比云飞的鞭梢触及蛋子时不知要深刻多少倍呀。一下又一下，三五下后，抓地虎的嘶吼变成持续的猛喘。抓地虎血红的眼里流出大颗眼泪。一直站在旁边的全福，这时也抬起手背擦眼。全福陪着抓地虎淌眼泪。

捶牛是项技术活，用力要均匀。既要保证不将蛋囊击裂，又要保证将蛋丸捶碎。骟匠经常干的活是以手术刀劁猪、骟羊，捶牛蛋的活相对少些。

云飞感觉甚过瘾。云飞问老刁："为何不像劁猪、骟羊那样，一刀把牛蛋子给割去？多省事，牛还少受罪。人这蛋子，捏一下都受不了，不用说捶了。"

老刁一面捶一面说："牛蛋忒大，用刀割的话伤口就大，伤口大就容易感染发病，死亡率就高。所以，老祖宗就发明了这法子。"

云飞说："第一个用这法子捶牛的老祖宗，那心得多狠啊。"

老刁哼了一声："那位老祖，十有八九是个大善人呢。"

云飞说："我捶两下试试，中不中？"

老刁看了云飞一眼："你是想当善人，还是想当恶人？"

云飞再递上一支烟："我就是想捶两下试试。司马迁被处宫刑时，他那三大件是用刀子割去的。"

老刁说："司马迁是干什么的？他是想当太监吗？"

云飞说："他是汉朝汉武帝的史官，得罪了皇上，皇上用这法子治他。"

老刁说："得罪皇上，不杀头就不孬了。"

云飞说："这你就不懂了。一言难尽。"

老刁停下捶击动作，伸手捏了捏已发生本质变化的牛蛋，把木槌递给云飞："基本已捶透。你试试吧。小心点。"

云飞握紧木槌，贴近牛蛋，捶一下，再一下，他那猴爪般的手突然发力，猛捶了一下。这一下令一直叹息般喘气的抓地虎，全身觳觫不止，泪珠再次涌出。云飞在心里发狠：我叫你凶，我叫你凶。

老刁夺过木槌，揭开棉布，查看牛蛋，瞪一眼云飞："你要是把蛋囊捶破了，我就把你捶了。"

云飞看到了一对红肿异常、艳若桃李的牛蛋。

老刁拾掇拾掇工具走了，剩下的事都是全福的了。松绑后的抓地虎，躺在地上一动不动。在全福的一再摩弄哄劝下，抓地虎终于重新站了起来。抓地虎一步也不愿走，但它必须走路。全福哄劝着它迈了第一步，又迈了一步。全福要连续一个月天天遛抓地虎，直到牛蛋彻底消肿。

在全福的引领下，抓地虎一瘸一瘸、一冒一冒地走路。全福把母鸡们每天新生的鸡蛋全给抓地虎吃了。

几天后，一瘸一瘸、一冒一冒的抓地虎，遇到了仍然一冒一冒、一瘸一瘸的云飞。

云飞看到，牛蛋已变小了不少。云飞看到，抓地虎眼里充满了委屈的表情。

全福一心一意遛牛。全福一手牵牛绳，一手在牛身上摩弄来摩弄去。

云飞还发现，全福摩弄牛的那只手，常常不自觉地就伸到自己裤裆里摸摸捏捏呢。

云飞扑哧笑了："全福啊，你是怕有人捶你那蛋子吧。"

全福没好气地说："捶你，捶你，就你欠捶。"

心眼不多的人，使用心眼基本是这样一种规律——用一个心眼对付所有心眼。

云飞想，全福这个嘲巴，还越来越不好对付了。

9

农历七月初七到了。

最酷热难耐的一个月过去了。

抓地虎经过了脱胎换骨的改造，由牤水牛被改造成一头不想母牛、只知吃草干活的犍水牛。它的力气还是那么大，甚至更大了，但看上去已十分驯顺。七月六日这天，云飞专门来到牛棚，他把眼光瞄向抓地虎腿间，他发现一个月前那馒头似的大牛蛋，已缩得比鸡蛋还小了。骟匠老刁说过，牛蛋捶碎了，气血就会把无用之物运化掉，牛蛋就搐搐得很小，原有功能丧失，牛就老实了。看着抓地虎被摧毁的蛋子，想到老刁那话，云飞亦不禁伸手摸了摸自己的裤裆。

七月七是牛郎织女相会的日子，庄户人不把这天当什么节，但花容却把这天当节日对待。在花容的生活里，只要算是个节日，她就要给全福送顿好饭去。花容很小就熟知牛郎织女的故事，待与未来的婆家谈婚论嫁了，才知婆家有全福这样一个可怜的"牛郎"。

农历七月七的清晨，真是人间最好的清晨。

酷暑已过，秋意初生。花容提着包着饭的包袱，往牛棚走。刚走出家门那条胡同，就见一团一团白雾，有脚似的，从东边汪塘那里贴地走过来，拂夭拂夭地就到了花容脚下。花容的步子格外轻快。汪塘就在牛棚后面，花容把汪塘全看在眼里了——汪塘里全是拂夭拂夭的白雾啊，汪塘岸边那棵大柳树下也全是雾。那雾真好，好得没法说。雾下面是荷叶荷花，荷叶荷花下面是水。荷花这时大多已谢了，开着的不多了，荷叶与莲蓬盖满了汪塘。花容想，汪塘里就好像有神仙住着啊。花容这样一想的工夫，汪塘里就发出哗啦一声大响，是一条大鱼弄出的声音。花容想，不是大鲇鱼，就是大黑鱼。汪塘里这两种鱼最多。

花容走到牛棚门前。花容叹口气：俺那牛唉，这雾像是有神仙引着。只见那雾拂夭拂夭、丝丝缕缕地穿过栅栏门，钻进牛棚。牛棚院里，牛厕所上面，全是拂夭拂夭的白雾。

门还锁着，牛棚大门还没开。牛在叫，狗在叫，鸡在叫，猫在叫，就是听不见三兄弟的一点动静。雾里的那一片叫声，实在不寻常。

这是花容从没遇到的情况。这牛棚大门从来是桃花源大队最早打开的一个门。

花容心头一惊：三兄弟呢？咋还没起？往常这时辰三兄弟早干下一大堆活了……

花容对着院子大叫："三兄弟，三兄弟！"黑狗冲了过来，一看是花容，又大叫着蹿回去。花容发现，黑狗就在牛棚大门与黄牛圈门之间来回跑。黑狗分明是想让花容赶快进牛棚。花容心慌了：三兄弟咋啦？花容把包袱放到地上，双手抓住栅栏。花容来不及找队长要钥匙，就像顽皮的孩子一样爬过去了。花容踩着栅栏横格，手脚并用，翻了过去。花容可能是第一个徒手翻过这座牛棚栅栏门的女人。黑狗跑过来迎接花容，黑狗带头冲进了黄牛圈，花容接着冲了进去。

全福曲曲着身子躺在黄牛圈里，躺在小黄与三黄之间。大黄、小黄、三黄、四黄全都骚动不安。小黄与三黄见花容来了，就低头看地上的全福。它们全都认识花容，它们知道全福对它们最好，又知道花容是人类中对全福最好的一个人。全福头上是伤，身上是伤，上身光着，下身那条短裤已不在该待的地方，而是耷拉在脚脖子上了。全福这个心眼里全是牛的牛郎，成了个躺在母牛蹄边的"赤子"了。

花容扑通跪下，差点昏了过去。全福身子已没热乎味了。花容定定神，看见小黄屁股后面有个翻倒在地的杌子，就是全福天天用来当饭桌的杌子。花容似乎大体明白发生了什么事。花容心头打一激灵，急忙给全福往上提短裤，费了好大劲才提到腰上。她看到了三兄弟的"全毛全翅"，那里也受了伤。神思恍惚的花容，把那条布腰带给系好。那腰带是她一针一线给缝的。

深夜牛棚里发生了一件足以惊天动地的大事。全福半夜起

　　　　　　　　　　　天堂里的牛栏

来添牛草，他把手搭在小黄背上时，涌起要与小黄亲近的冲动。待小黄明白全福要干什么，立即怒不可遏：天理难容，天理难容啊。全福的美好形象轰然倒塌，小黄朝屁股后面的全福猛尥蹄子。

花容抬起全福的头，抄起全福的胳膊，把全福往外拖。拖一点，再拖一点。

牛棚门锁当啷一声响。队长进来了。队长提溜着花容放在门外的包袱进来了。花容刚把三兄弟拖出黄牛圈，拖到光天化日之下。白雾已散去，又是一个丽日蓝天。

队长察看了全福，进牛圈察看了现场。

花容瘫坐在地上，两眼痴痴地看着她的三兄弟。

队长一屁股蹲在全福身边。队长也明白发生了什么事："我站在天井里刚点上支烟，就模模糊糊听着你喊三兄弟的声音。不是好声啊。就往这里跑。"

花容抬眼看队长："队长，保密啊，一定一定保密啊。"一面说，一面伸手擦抹她拖拉全福形成的痕迹。

这时又来了一个人。云飞扔掉拐杖了，云飞身体已基本恢复，他走得很快。

云飞看到花容瘫坐地上，看见队长从黄牛圈里搬杌子出来。

云飞惊讶又疑惑地望着地上的全福："叫牛抵了吗？哪头牛？不是抓地虎吧？"

花容连忙说："是，是，是抓地虎。"

云飞问："抓地虎刚捶了，咋还抵人？"

云飞往水牛圈走去。

谁也想不到，云飞更想不到——抓地虎从它的圈里冲出来了。

抓地虎一头把迎面而来的云飞抵在了墙上。今夜牛棚里的气息，已深深刺激了抓地虎，当云飞的气息进来了，抓地虎就使出平生力气，挣断了绳索。

这回抓地虎把头抬高了五公分，这回它用上了十分力气。抓地虎缺了很重要的东西，却一点不缺力气。云飞感到自己的骨盆咯嘣咯嘣碎了。他喊一声"俺那牛唉"，上半身便无力地趴在了抓地虎那钢铁一般的硕大头颅上。队长冲上来，抓住牛鼻绳，拉开抓地虎。

云飞像张纸片一样无声无息地落在地上。

10

村民墓园里又多了一座新坟——全福的坟。

社员们都说，是抓地虎抵死了全福。

云飞保住了性命，但这回他伤得很重。他的骨盆粉碎性骨折，两个蛋子亦全报废了。抓地虎一头把云飞给"捶"了。

经桃花源大队向天塘人民公社申请，批准对抓地虎执行死刑。牛抵人的事并不稀罕，但像抓地虎这样造成"一死一重伤"的情况，却十分罕见。

抓地虎的死刑就在汪塘岸边大柳树下执行。差不多全桃花源大队的社员，都是这场死刑的看客。

　　　　　　　　　　　天堂里的牛栏

抓地虎被放倒在地，捆起四蹄，牛头紧挨柳树半吊空中。请来的屠夫，举起一截木棒对准牛脸正中猛力一击。牛脸看不出什么变化，巨眼朝天的抓地虎却已什么也看不见了。杀牛的屠夫从不用铁家伙打牛头。屠夫说："牛也要脸啊，用铁家伙就把人家这脸给破相了。"屠夫说着，抓起一把长刀，以刀尖贴着抓地虎喉部摁了几下，接着猛地刺了进去。屠夫将刀推进到深处，用力搅动了几下，徐徐抽出。一名社员将一个大木盆顶靠在刀口上，牛血洋洋洒洒、气势磅礴地高唱着一首生命之歌，欢呼着冲了出来，冲进木盆。

"俺那牛，俺那牛，抓地虎有多少血啊。"正当人们这样感慨时，已达极乐世界的抓地虎，乐不可支手舞足蹈了一番，将那血盆弄翻了。那一盆血，以及那继续涌出的血，以更加欢愉的姿态，顺着柳树根向池塘方向冲去。岸与水相接之处，柳树根絮就像年画上老寿星那蓬勃的胡须，牛血顺着胡须落进池塘。大鱼吃小鱼，小鱼吃虾，虾吃滓泥，池塘里经常会有血腥事件发生，但从没血腥到这种程度。所有黑鱼、鲇鱼都冲了过来，所有鱼鳖虾蟹都冲了过来。在水族的饕餮狂欢中，血分子迅速弥漫整个池塘。

花容家分到了两斤抓地虎的肉。那旺鲜旺鲜的肉放到她家饭桌上时，还在觳觫不止，就像里面潜伏无数灵魂。屠夫说："鲜猪肉能跳好几分钟，鲜牛肉能跳一个小时以上。劲越大的牛，肉越能跳。牛肉不这样跳，牛身上的那些劲儿往哪儿走啊。"花容对着牛肉看啊看，一直看到牛肉不再跳。她在全福坟侧挖了一个深坑，把肉埋在了那里。然后，她又在全福坟前哭了一场。

全福意外死亡后，花容的生活便多了一项内容——说不定啥时，就到她三兄弟坟上哭一场。她总是一面哭，一面诉说。一开始她哭的说的都是全福，后来哭诉的内容就多了。只要她想哭了，就到她三兄弟坟前去哭。哭过之后，花容的说笑声就格外响亮。

队长马云路一次又一次见到花容在全福坟前哭诉，他就站住，静静地听那哭诉。队长总是念叨这句话："花容是个义人啊。"

马云飞成了一个四条腿的人。

靠双拐撑着的马云飞肉身，就像一块破布，幽灵一样飘到这儿飘到那儿。

这个废人，什么活也干不成了。花容在全福坟前哭诉的情景，云飞看到的比队长还多。他忽然非常羡慕女人花容，人家可以光明正大地哭一场又一场，而他却不能。有一天，云飞看看四野无人，就忍不住到全福坟前哭了一场。他不像花容那样唱歌一般放声痛哭，只会呜呜咽咽地抽泣。云飞总算也知道了一个人生秘密——哭一场，心里就会好受一点。

（2021 年 7 月）

天堂里的牛栏

1

那时候，我是个人见了人嫌、狗见了狗嫌的村童。

比如，与一只安分守己、勤恳觅食的老母鸡在胡同里遭遇时，我会出其不意地朝它飞起一脚。奇迹出现了，这只从来都不飞的母鸡竟咯咯叫着飞起来，飞上墙头，飞上屋脊，在屋脊惊慌失措地来回奔跑。那些狗就更不用说了。全村的狗都认识我，全村的狗我都认识。如果与一条狗在胡同里狭路相逢，那条本来寻寻觅觅的狗，一看是上海这个小子，肯定二话不说，掉头撒腿就跑。跑慢了，不是挨一脚，就是挨一石头。哪一条狗对我都怀有深仇大恨。

我叫上海，我大哥叫北京，我二哥叫南京，我弟弟叫广州。石井公社黑牛石大队的社员喜欢以城市来给孩子命名。全中国各大城市及山东各中小城市都是我那个村庄的孩子。

有一条狗见了我不跑，不但不跑，还对我摇头摆尾，黏黏糊糊。它的名字叫哈尔滨，这名是我给起的。全大队唯有这条狗有一个光荣的名字。从前，黑牛石大队第二生产小队饲养员马大爷喜欢以哈尔哈尔声唤这只狗，我说："马大爷，就叫它哈尔滨吧。哈尔滨——哈尔滨——你听，多来劲！"马大爷一听，笑得胡子撅撅着，说："哈尔滨，哈尔滨，可够远的。这鬼孩子，这鬼孩子。"

我从四岁就跟着马大爷通腿儿睡觉，跟了他五六年了。通腿儿睡觉是我们沂蒙山人的传统。不管是夫妻俩、爷俩还是兄弟俩，都要一人一头，你把脚伸到我这头，我把脚伸到你那头。冬天，通腿睡的两个人，你把他的脚抱在胸前，他把你的脚抱在胸前，冰凉的脚很快就暖和过来了。沂蒙山人从前就把娶媳妇叫"找个暖脚的"。我家人口多，兄弟姐妹七八个见风就长，家里那三张床再也盛不下我们了。那一年，爹拉着我的手到生产队牛棚里，对马大爷说："马大哥，让上海来跟您通腿儿吧，家里可挤毁啦。"光棍马大爷，常年吃住都在牛棚，以牛棚为家。他痛快地接纳了我。

牛棚里大大小小共有十一头牛。牛是队里最重要的财产，全生产队二百多口人，就靠这些牛来种地、吃饭、交公粮。牛棚是一个不大的院子，周围是一圈土墙，院子中间是一个牛厕所，牛厕所是一个比好几间屋子还要大的露天大坑。

每天早晨，马大爷第一件事就是给那些憋了一夜的牛"解手"。

马大爷醒来了，这可不是一件简单事。他的呼噜声突然停了下来，接着嘴开始吧嗒吧嗒地响，那声真大，牛那么大的嘴都弄不出这么大声来。然后就翻身，再翻一个身，把胳膊伸到空中使劲，再使劲，坐起来，嘴张开了，啊哈哈哈——哈，啊哈哈哈——哈，这样连叫数声才睁眼睛，才开始说话："大鲁西五月里要生崽了，这东西可真会选时候，不冷不热又有新草，小鲁西这几天不爱吃东西，老犍子这老家伙越来越不中用了，小犍子春耕就能使了……"我从小就知道，劳动人民睡觉会睡得很深，像马大爷这样的劳动人民睡得就更深了，要费很大劲才能把自己唤醒。马大爷提着裤子，趿拉着鞋跑出屋子，站在牛厕所边撒完尿，就开始把牛一个个从牛屋里往外牵，那牛就撅撅着个大腚朝露天厕所用劲，稀里哗啦一阵，新鲜牛屎牛尿的独特味道就弥漫开来。我、马大爷、哈尔滨也都用这个厕所。我用这个厕所时，马大爷就喊："上海，小心点啊，掉下去就让牛屎牛尿呛死了哇。"我说："还有人屎人尿、狗屎狗尿啊。"马大爷说："这个熊孩子。"

我最喜欢干的事就是饮牛。饮牛就是给牛喝水。拴了一夜的牛，尿过屙过的牛，最迫切的需要就是喝水。我和马大爷牵着那些牛，迎着清晨的太阳，浩浩荡荡前往牛棚后面的池塘。蒲苇丛生、鱼鳖隐身的池塘，向天空散发出浓烈的水腥，强烈刺激着饥渴的牛，牛们踢里踏拉跑了起来，我和马大爷也跟着跑了起来。我只饮老犍子，我最爱看它饮水的样子。老犍子是这牛棚里个头最大的牛，它走起路来就像一堵墙在走，四个圆大的蹄子呱嗒呱嗒敲击大地，哪个牛都走不出那种声音。老犍子来到水边，找准位置，在倾斜的塘坡上站稳立场，大嘴贴上水面。不是喝水，是吸水。那水顺着喉咙，一股一股、哧溜哧溜地往牛肚子里钻。一股水上来，牛脖子那里就像有一只兔子在窜。我伸手使劲捏大犍子的脖子，隔着厚厚的牛皮，那水从我小手里一冲一冲、一下一下地滑过去。水面上有许多比柳叶更小的小银鱼，那小银鱼就在老犍子大嘴边窜来窜去的。好几回我都眼看着小银鱼钻进老犍子嘴里去了，但我从没见老犍子尿出小鱼来。老犍子喝足了，一迈步肚子里就发出咣当咣当的水音，好像那里装下了一个小池塘。

2

马大爷这几天有点闷闷不乐，原因是那头母牛小鲁西老是病恹恹的。

一天下午，公社兽医站站长老王来了，是马大爷请来给小鲁西看病的。

马大爷牵出小鲁西，慢腾腾地来到牛棚门口的树荫下。第二生产队队长孙四陪着王站长蹲在那儿抽烟。

"王站长，您快给看看吧。"马大爷把小鲁西往老王跟前牵了牵，小鲁西粗浊的鼻息直往老王身上喷。

"哎呀，老马，等一等，我总得抽完这支烟吧。"老王不耐烦。老王的烟才抽到没一半，他不抽完是不会干活的。"老马真是个好饲养员，对这牛像对闺女一样。"老王又说。老王这话是欺负马大爷无儿无女。

老王一边抽烟，一边把他那只精美的打火机一掭一掭地扔着玩。我凑上去，讨好地说："站长，我看看您的打火机，中不中？"王站长龇牙咧嘴，笑道："你叫什么，你爹是谁？"我老老实实地说："我叫上海。我爹是夏平。"王站长说："老夏平有这么个瘦猴子儿呀！"王站长脸很黑，嘴一咧，露出两溜白牙，脸就显得更黑了，感觉跟头牲口或野兽差不多。我虽然就见过老王这一个当兽医的，但我以为全中国当兽医的可能都是这个熊样。

"别乱打，火石不多了，打光了，耽误我抽烟可不行。"王站长把打火机拍在我手里。

我兴奋地接过来，忍不住就打了几下。火星乱迸。我又打了几下。

"叫你别乱打，你偏乱打。"王站长一把将打火机夺了回去。

打火机虽被抢回去了，我心里还是怪恋，很满足，笑嘻嘻地站在一边。

老王把那个油脂麻花的皮箱从自行车上拿下来。箱子里有各种各样的器械和药品。那些器械与给人用的差不多，就是个头大一些，黑一些，脏一些。

王站长呸的一下吐掉烟头，挽挽袖子，摘下手腕上的表，往上衣口袋里装。兰州伸开双手冲了上去："王站长，俺给您拿着手表行吧？"兰州十六岁了，长得人高马大。王站长一看是个大孩子，就把表递给了他。兰州一接过表，就甜滋滋地把表贴在耳朵上，咧着个嘴听表工作的声音。这个耳朵听一阵，换个耳朵再听。手表的声音我们可都没听过，哪个孩子都想听听。兰州说："没有站长的命令，谁也不能碰手表。"我们把兰州围在中间，兰州拿着表逐个往大家耳朵上贴。我也听了一会儿，铿铿铿……，那声音像个小虫子在磨牙。我体会到，手表对待它的工作十分认真。

"站长，晚上睡觉的时候，您是戴着表睡，还是不戴表睡？不戴的话，您把表放在哪里？是不是放在枕头底下枕着？放在枕头底下，还能不能听见表响？"我连珠炮般对老王提了这些问题。手表是个非常重要又神奇的东西，我以为我提的问题也是很重要的问题。

"这熊孩子，咋这么多废话。"老王不但不回答问题，还这样说我。我感到很无趣，就在心里骂了一句："这个死兽医老王。"

"把牛牵好，把尾巴提起来。"王站长拍了一下小鲁西，对周围的人命令道。

孙四便牵住牛，马大爷提起牛尾巴。小母牛屁股后的洞穴一个个呈现在我们眼前。王站长从皮箱里拿出一只温度计就往牛腚眼里插，长长的温度计一下子就钻了进去。小鲁西稍做挣扎，屁股一扭又一扭，大概觉得没什么太难忍受的，马上就老实了。孩子们都哧哧笑起来，好几个孩子不知不觉间就伸手摸自己的屁股。

温度计抽出来了。王站长把温度计举到眼睛上方，对着阳光看。

"多少度？"我往老王跟前凑了凑问道。

"多少度关你屁事啊。"老王用树叶把温度计擦了擦，要往皮箱里放。

"王站长，这个温度表，人能不能用？"我对老王的蛮横不以为然，又进一步问道。

"怎么不能用？来，我给你试试温——度！"老王猛一转身，一把摁住我往下褪裤子。

"俺不敢了，俺不敢了，站长……"我拼命挣扎着，往地上出溜。

老王哈哈笑着放了我。

我跑到离老王远一点的地方，对老王喊道："老王老王，敲锣卖糖。"王站长火了，起身抓我。我早有防备，倏地闪到远处。我又喊："老王老王，放屁扬场。"老王不作声。他收拾好器械，盖上箱盖，撂开长腿，向我追来。老王有点不自量力，他不可能抓住十分熟悉地形的我。我躲藏在胡同口拐角处，探出脑袋狠狠地喊道："老王，老王，打小没娘。"喊完就跑。

"上海，你这个熊孩子，咋能对公社干部没礼貌？"马大爷朝我喊道。

3

沂蒙山的春天，攻势是凌厉的。

每年春天，最早刮起一阵一阵干冷的风，接着湿润的风便像清道夫一样扫来，扫净冬天残留的阴霾。牲畜、鸡鸭和人，房子、树木和山都感觉到了。河滩上的垂柳、簸箕柳最早愤怒地舒开叶芽，山坡上开满了许多红得像一滴滴血似的小花，虎耳草、狗尾草、野枸杞、婆婆丁很快铺满了沟沟坎坎。在整个冬天枯萎憔悴得喘不过气来的人和万物，都起死回生般张开了喉咙。

春天来了，我的小躯体里便有一种节奏去呼应它，我所有的野性和温情都苏醒了过来。

我敢说，谁也没有我那薄薄的透明的肚皮对春天感受更深刻。

我最强烈的渴望是吃东西。春天里，所有活着的东西都迫切需要吃东西。

"雁，雁，
给你针，
给你线，
回家串你娘的蛋。
……"

对着自由自在、排空而过的雁阵，我们恶狠狠地喊着自己创作的谣曲。我们都是些精瘦的孩子，我们经常吃不饱，我们最强烈的愿望就是吃点好东西。我们知道大雁跟鸡鸭一样会下蛋，雁蛋一定比鸡蛋、鸭蛋更好吃，我们整天看见大雁一队一队从高空飞过，但谁也没见过雁蛋，更不用说吃了。嘎嘎叫着，高高在上的大雁无疑是对我们饥饿肠胃的嘲弄。我们一看见雁阵，就不约而同地喊起这谣曲，直喊得天旋地转。

兰州是我们这帮孩子的头，对他的主张或命令，我们基本上都是绝对执行。兰州读初中了，会背不少领袖诗词，经常活学活用。比如，我们扑通扑通跳进水里洗澡，兰州一面张开双臂使劲搅动起水花，一面就高喊："四海翻腾云水怒，五洲震荡风雷激。"我们偷了生产队里的地瓜烧了吃，捧着烫人的地瓜，他就得意扬扬地喊："土豆烧熟了，再加牛肉。不须放屁……"人吃了地瓜就格外能放屁，吃过地瓜后，我们就一面大喊"不须放屁"，一面放屁不已。兰州还教我们怎样欺骗父母。若是光贪玩了，拔的猪草不多，为了逃脱大人的打骂，兰州就教我们在筐子底部用树枝撑一撑，把有限的猪草盖在上面。回家后在父母面前晃一晃，再倒进猪食槽里，把树枝偷偷扔掉即蒙混过关。

我们努力地在土地上搜寻各种各样可吃的东西。

田野的意义是它能承载孕育许多可口的东西。许多庄稼的果实并不是做成了饭才好吃，而是在地里就好吃，我们清楚每种果实的味道。地瓜只要长到手指头那么大，从土里扒出来就可以吃。未成熟的豌豆荚，又水又甜。大豆荚烧着吃最香，吃多了会淌肚子。玉米粒在变硬之前吃，与嫩豌豆差不多。玉米秸接近收获时，穰甜得像甘蔗。正在孕浆的青麦穗可生吃，也可烧着吃。庄稼长到一定程度，生产队就要专门派人"看青"，就是看护青色的未到收获期的庄稼，防备有人偷窃。偷吃庄稼总是要冒风险的。一旦被看青的抓住，或者让他打一顿，或者被扭送到父母那儿接受惩处。并且作为人民公社的小社员，其荣誉也要受到不小的损失。所以，我们也不是经常偷吃庄稼的。经常吃的放胆吃的是一些野生植物的根、茎、花或果实。香蒲根的根结我们叫"蒲蛋"的，吃起来差不多像煮熟了的地瓜。芦苇的根也很甜……田野把以甜味为主的各种美味收藏在各种植物里，让我们品尝。我们奔波在田野里，拾柴、割猪草、参加田间劳动，同时我们总是忘不掉我们的胃。那时我的肚子很大，肚皮很薄。这样的一个肚子，总是对食物极为敏感的。

饥饿的不光是人，还有狗。

像我们在田野寻找食物一样，哈尔滨也时时刻刻在寻找食物。它爱吃的是田鼠，但它自己不容易捕到。我们常常帮助它，捉了给它吃。

哈尔滨是马大爷养的，但自从我跟马大爷通腿后，它跟着我的时候就比跟马大爷的时候还多了。马大爷整天在牛棚里，而我会带着哈尔滨翻山越岭，经历各种风险。哈尔滨面对我时的眼神态度，表明它随时准备接受我的任何指令。

面对一群在清清沂河水中嬉戏的鹅鸭，兰州忽然说："咱捉只扁嘴犒劳犒劳吧！"

扁嘴就是鸭子。每天早晨，社员们总是把鸡鹅鸭放出来，让它们在野外打食。

兰州的突发奇想，立即煽动起我们强烈的欲望。一个偷吃扁嘴的行动立即付诸实施。

我指着一只水边的扁嘴，对哈尔滨说："上。"哈尔滨便朝那扁嘴扑去。扁嘴被扑住了，哈尔滨却不肯下口咬。在它的生存经验中，没有捕食家禽的经历。这是人类所不允许的。哈尔滨拍了扁嘴两爪子，那扁嘴轱辘了几个滚，爬起来，嘎嘎叫着跑了。

兰州说："自己动手，丰衣足食。"

我们脱光了衣服，跳进水中，对扁嘴围追堵截。很快一只扁嘴被我们捉住了。兰州一把拧紧扁嘴脖子，拧了几下，它就停止了挣扎。兰州把它塞进筐里，拿草盖好。

煺毛洗净的扁嘴扔进了锅里。风箱呱打呱打地响了起来。

这一场空前的会餐，将在兰州他二叔那座又破又小的房子里举行。这房子远离所有人家，处在村庄最西北角，沂河水贴墙根流过。兰州他二叔全家多年前闯东北去了，房子空着，兰州和他的几个弟弟在这儿睡觉。我们的许多重大行动都在这儿举行。

锅开了，杭州把从家里偷来的盐撒了进去，香味出来了。

"真是四海翻腾云水怒呀！"兰州望着在开水里不停打滚的扁嘴，兴奋异常。

兰州、杭州、泰安、我、我弟弟广州，我们五人合吃了这只扁嘴，每人连个半饱都不到。这只扁嘴勾起了我们更强烈的吃点好东西的欲望。

"扁嘴太小，下回搞只鹅。"兰州哑巴着嘴说。

"狗肉好吃呀，下回弄只狗吧。"泰安摸着哈尔滨的头说。

"狗不好弄，狗可不容易抓。让人看见听见，可就毁了。不能轻举妄动。"兰州说。

我们吃光了鸭肉，哈尔滨吃掉了全部骨头。它看起来十分满足。

哈尔滨听不明白大家在说什么，但它听懂了"狗"这个概念。它知道，狗就是指包括它在内的它们这类动物，就像"人"是指包括这几个孩子在内的他们所有同类一样。它觉得他们的话可能与它有些关系，就汪汪地叫了两声。它认为，这几个孩子待它不错，它很喜欢与他们待在一起。

黄昏时分，我们就知道是谁家丢了那只扁嘴。等不到那只扁嘴回家的那户人家，先是迅速出动满村找，当他们确信找不到了，一般就让家中擅长骂人的一个女人对着全村嚼天骂地一番。如果那扁嘴还被某户人家藏在某个角落里，如果那户人家的神经感到难以抵抗那咒骂，就可能悄悄把扁嘴放出来。

当我们终于听到一场很有水平的咒骂时，那扁嘴肉已经被我们消化成了大粪。有扁嘴肉垫底，我们的神经又坚强了几分。

4

马大爷旧社会给地主养牛，新社会给生产队养牛，养了一辈子牛。我觉得马大爷这个人也越来越像一头牛。他的表情，他说话的样子，走路的样子，都很像牛。我有时就禁不住傻想，有朝一日，马大爷或许会变成一头牛的。

人要度春荒，牛也要度春荒。

牛棚里那个用来喂牛的草垛越来越小，眼看就要见底。马大爷常常一面一把一把从垛上往下撕草，一面就不住地叹气。与马大爷的牵挂相反，我倒是希望那些牛吃得越快越好，要是吃得见了垛底，可就有热闹看了。那垛底下不是一窝一窝的老鼠，就是一窝一窝的刺猬或黄鼠狼，甚至可能有狐狸呢。

还有一个人，和马大爷一样关心这垛草，他就是生产队长孙四。他一次又一次地站在这垛草前焦躁不安，叹息声声。

在这声声叹息里，一个重大的秘密事件正在酝酿。

那个月黑风高的夜晚，孙四提着一根约两米长的塑料管来到牛棚，来到我和马大爷睡觉的那间屋子里。

孙四朝马大爷亮了亮那根塑料管。

马大爷看了一眼塑料管，朝孙四点了点头。

孙四一把摁住我的肩膀头，满脸严重的表情："上海，你听着，今晚上，我和你马大爷要做一件对生产队对全体社员都有好处的大事，你看见的，不许往外说半个字。要是说了，我抽你的筋，剥你的皮。"

马大爷也对我说："上海，记住你孙四叔的话，什么都不能往外说。"马大爷又对孙四说："队长，你放心吧。我知道，这孩子心里有个狠劲，他不会往外说的。"

马大爷从牛屋里牵出那头老犍子，牵到一间空棚子里。

我把牛棚里的唯一一盏煤油灯端过去。

孙四从马大爷手里接过牛绳，让牛头靠近一根柱子，提得高高的，然后把牛绳紧紧缠在柱子上。

马大爷掰开牛嘴，孙四把那根塑料管插进牛嘴，插进牛喉咙，接着往牛胃里插。不一会儿，那根塑料管就只剩了一点头。

孙四提来了一大桶水。马大爷把一个铁漏斗安在塑料管上。

我什么都明白了：马大爷和孙四为了节省草料，在未经上级批准的情况下，要对生产队的这头老犍子秘密执行死刑，处死它的方法就是用水灌。

在幽暗的灯光里，老犍子大得出奇的老眼一瞪又一瞪。它不明白这些平时待它很好的人，现在要干什么。

水开始从漏斗里往老犍子的胃里灌。同样是水从嘴里到达胃里，但和老犍子自己饮水时完全不一样了，再也看不到水在老犍子松垂的脖子里一冲一冲的情景。

一桶水灌下去了，又一桶水灌下去了。

老犍子拿大眼瞪瞪这个，瞪瞪那个。它开始使劲挣扎，可是它感到它身上的劲越来越稀薄了。

马大爷扶漏斗的手颤抖开了，越抖越厉害。我看见马大爷使劲一抖，嘴角、腮帮子一抽一抽的，脸上已老泪纵横了。我头一回看见马大爷流泪。

"上海，替你马大爷。"孙四果断地对我说。

我搬了个杌子站在上面，替马大爷扶漏斗。

马大爷放开漏斗，俯在老犍子身上，拍打它宽厚的脊背，抽抽咽咽地哭诉开了："俺的老伙计呀，您可得原谅俺哪！您说，这一辈子，俺待您不孬吧？1956年啊，刚刚入大社呀，队长和我一块去赶集买牛呀，俺一眼就相中了您呀，您那时才一岁口呀，还没拉过犁呀，自从那一天啊，俺就养着您啊！1971年啊，也就是去年秋收秋种大忙季节啊，可把您累毁了呀，太阳刚落山啊，您实在拉不动犁了哇，一下趴在地里不走了哇，是俺去拉您啊，您才起来呀。自从那一回啊，您一天不如一天啊。人老惹人嫌啊，牛老了也是这样啊。您拉了十六年犁啦，也该歇歇啦！您这一辈子呀，活得可真像个爷们呀，全体社员啊，谁不说您好哇？今天是农历三月初三啊，选了个好日子让您逝世呀！别拿大眼瞪俺啊，您还不知道俺吗！别怨俺心狠啊，实在没办法啊，人的日子难熬，牛的日子也不好过啊，您从今天就捞不着吃草了哇……"

"马大哥呀，您别叨叨了哇……"孙四也流泪了。

我坚决不流泪。

水灌了一桶又一桶。老犍子肚子越来越大，肋巴骨都撑得看不见了。老犍子从肺腑深处发出愤怒的声音：哼，哼，哼，哼，哼，哼……

老犍子什么声也发不出来了，超过它需要无数倍的水被注入了躯体。它开始浑身乱颤，四根曾经有巨大力量的腿现在变得软弱无力。这个衰老躯体残余的生命力被那些水一点点挤走。现在唯一顽强活动着的是那双老眼，老犍子把全部力量用在了这双老眼上。那老眼狠命地瞪着，瞪着，瞪着这个把它的生命力剥削净尽的世界。

老犍子的四条腿一下子弯下去，庞大的躯体像个无骨的皮囊一样软瘫在地上。

但它的眼还顽强地瞪着，坚定地瞪着，好像它要用它最后的眼力，把这个世界瞪得土崩瓦解、粉身碎骨。马大爷上去捂住老犍子的眼，一下一下往下抹它的眼皮："老伙计呀，闭了眼吧，眼不见心不烦啊。"

老犍子终于闭上了双眼。

哈尔滨把这一切看在眼里。在给犍子灌水的过程中，哈尔滨焦虑地在院子里跑来跑去。它肯定也感到这不是一件平常事。它围着老犍子转了一圈又一圈，对着繁星密布的天空叫了一遍又一遍，或许它这是把这事告诉老天爷。

孙四看着已经一动不动的牛，又对我说："上海，你当着我和你马大爷的面起个誓吧。"

我说："行。"我起誓道："马大爷、孙四叔，谁要是把今晚的事说出去，谁就是驴生的、狗养的、王八操的。"

第二天，天还不亮，马大爷就把我叫醒。我一坐起来，就见炕前一地烟灰。我知道睡觉很深的马大爷是一夜未睡。

"上海，今天咱去公社兽医站，让王站长来给老犍子看病。"马大爷说。

"老犍子不是死了吗？"我说。

"死了也得叫来看。你记着，见了王站长，一定不能说老犍子死了，就说病得重。让你一块去，一是让你开开眼界，看看公社驻地什么样，二是为了给人家王站长道个歉。那回，你对王站长很不礼貌。你想想，你对人家乱喊了些啥？'老王，老王，打小没娘。'你这样喊，你不知道老王多伤心。老王就是从小没爹没娘。新社会了，社会好了，王站长这样的穷人才上了学，才成了兽医，成了国家干部。"马大爷这样一说，我心里真觉得很对不住王站长。我要是知道他真是从小没娘，我就不那样喊了。

距公社驻地石井有十好几里山路，我从没去过石井。走在去公社的路上，我的心情格外激动。在我的想象中，公社驻地就是一个繁华世界。

走了半上午，石井到了。我首先看见挂着石井公社革命委员会牌子的一个大院，又看见了大院旁边一个挂着石井公社兽医站牌子的小院，小院里散发出特有的牲口气息。

王站长一看见我，就瞪了我一眼。

"敬爱的王站长，您不朝我瞪眼，俺也知道错了。那回俺对您是很没礼貌。要是俺早知道您从小就没爹没娘，打死俺，俺也不那样喊。俺马大爷带俺专门给您道歉来了。"我十分恭敬地对王站长说。

"那天，要是让我逮着，非用打牛针给你来一针不可。"王站长朝我咧嘴笑了。

"王站长，俺那头老犍子病了。您抽空去给看看？"马大爷小心翼翼地说。

"病得咋样？"王站长问。

"怪重。"马大爷说。

"就还剩一口气了。"我补充道。

"老牛了，死了也问题不大。"王站长说。

"您不准备去？"马大爷问道。

"去，怎么能不去。牛是重要的生产资料，我可负不起那个责来。我今天要先去红石峪大队，那里有一怀崽的母牛病了。这样吧，我下午从红石峪大队转道去你那儿。"王站长说。

"中，只要站长您去了，不管是死是活，我们对上级就可以有个交代了。"马大爷说。

5

老犍子逝世的消息，让黑牛石大队第二生产小队的全体社员兴奋异常。一连数日，一股老牛肉的香味布满了村庄上空，那些长年累月清汤寡水的肚子，都深深感受到了来自真正的肉的安慰。

我和俺爹、俺娘、俺哥、俺姐、俺弟、俺妹全家人围着一盆老牛肉大啃大嚼。

"上海，你没见这老犍子是咋死的？吃着这肉，俺觉着十有八九是用水灌死的。"老谋深算的爹，一面鼓着腮帮子使劲嚼老牛肉，一面问我。

"不知道，我什么也没看见。"我一面大嚼，一面说。

数日之后，老牛肉的香味才彻底从村庄上空消逝。

可是，另一种味道又在村庄上空弥漫。

一段时间以来，村里接二连三地丢东西。李家丢了鸭，孙家丢了鸡，赵家丢了鹅。从前，丢了的这些活物，有个别的过几天还能回到主人家。曾经发生过这样的事——有户人家丢了只正下蛋的老母鸡，找也找过了，骂也骂过了，始终踪影全无，一个月后，老母鸡领着一群刚孵出的小鸡，浩浩荡荡回家来了。但现在是只要丢了就永远无影无踪。这个丢法，丢得家家户户人心惶惶。

有一天，又有一户人家拴在山坡上的小羊羔丢了。社员们看着自己的财产，心神不安，不知道下一步要丢什么。

我闻到了一股奇怪的香味。我朝天嗅了嗅，立即判明这种奇怪的香味是从我家东边第二排第三户东营家传出的。我对香味总是特别的敏感。我无法抗拒这股香味对我的诱惑。我必须前去探个究竟。

东营是个胆小鬼，我和兰州等人很少和他玩，重要行动当然更不会让他参加。现在我不得不以找东营玩为借口，前往他家。

　　　　　　　　　　　天堂里 的 牛栏

东营正站在灶台边看他娘在操作油炸面人。

锅里放了比炒一回菜多出许多的油。东营他娘已经把一个比手指长不了多少的面人扔进油锅里。面人在油锅里翻过来滚过去。望着痛苦挣扎的面人，东营他娘露出满脸的严肃和仇恨。

东营他娘瞅着那个在油锅里痛苦挣扎的面人，恶狠狠地念叨着一串咒语：

"一炸，二炸，炸面人，

偷俺的鸡，长疮！

三炸，四炸，炸面人，

偷俺的鹅，腿瘸！

五炸，六炸，炸面人，

炸得个贼人无母亲！

……"

原来，这些日子东营家丢了两只鸡、一只鹅，丢得全家人火冒三丈。把那贼子恨得牙根痒痒的东营他娘，就用这种法术来诅咒那贼。这类似一种巫术，实施这一巫术的人相信，他的诅咒会在他所诅咒的对象身上应验。

面人差不多要炸煳了。东营他娘把面人捞出来，对东营说："凉，凉，吃了吧。"

东营两手倒腾着这个面人，倒腾了一会儿，喜滋滋地往嘴里续。他看了我一眼，扯下一条腿，对我说："上海，你也吃点吧。"

我闪到一边，说："俺不吃不吃。您——您真瘆人啊。"我首次面对香喷喷的东西却没有馋的感觉。

我扭头跑出了东营家。

我对兰州说了这事。兰州说："同志，什么叫愚昧，什么叫封建迷信？这就是啊！"在兰州的英明开导下，我心头的一丝不快完全消失了。

6

有月光的晚上，与没有月光的晚上，很不一样。月亮升起来了。这是一件重要的事情，它以一种隐秘的方式与阵容，展开了可能有的所有奇迹。月光从天上走下来，把非人间的气息压向人间。地上的所有事物都变了。月光下的牛，月光下的狗，月光下的马大爷，月光下的万物，仿佛都变得格外深沉或深情，唯独我会失去了分量。在有月光的晚上，我就要把自己抓紧，一不小心，我就可能像一片月光一样飞走了。

马大爷在月光里忙碌着。那些牛也知道月光的重要，在月光里就变得格外温驯沉静。

只有在有月光的晚上，马大爷才愿意给我讲那些故事。

马大爷所讲故事之一：

"从前，有一个当宰把子（屠夫）的，杀了一辈子牛。他临死的时候，被他杀过的那些牛都来了，围着他哞哞叫啊，拿蹄子踢他，拿角顶他。他死了，魂到阎王爷那里去报到，走一步就被牛蹄子踩一下，就被牛角顶一下。阎王爷看见一个像块破铁页子一样的魂飘到他面前，就拾起来垫在腚底下啦。世上凡杀牛的宰把子，死后都要被阎王爷垫在腚底下。"

马大爷所讲故事之二：

"有一个宰把子计划第二天杀一头老母牛，夜里就把刀磨好了。第二天宰把子要杀牛了，可咋也找不到那把刀了。他不得不又磨了一把。可是新磨的刀子一转眼又不见了。宰把子很纳闷，他发誓说，找不到那两把刀子，他这辈子就不杀牛了。他翻遍了屋里，翻遍了院子，就是找不到。他看见一头小牛趴在院子里，一动不动。他想就这小牛压着的这点地方他没找了。他上去使劲把小牛拽开，发现那两把刀子都在小牛身子底下压着呢。这小牛就是那老母牛的孩子。宰把子之前起了誓，可是，他找到了刀子。上海，你说，那个宰把子以后是继续杀牛，还是再也不杀牛了？"

马大爷所讲故事之三：

"从前，有一个杀狗的宰把子。他临死的时候，杀过的那些狗全都来了，撕他，咬他。他疼得万箭钻心啊……"

马大爷突然停止讲故事，对我喊道："上海，哈尔滨呢？怎么一天没见？早晨不是跟你出去的吗？"

"我到学屋门口，就把它撵走了。学校可不是狗待的地方。"对马大爷的这种反应，我已早有防备。

"哈尔滨白日里一整天不回家，是常有的事，但天黑了，它一定会回来。猫是奸臣，狗是忠臣。只要还有一口气，狗就会回家。这么晚了，咋还不回来？"马大爷忽地站起身，向门外走。

"哈尔——滨——,哈尔——滨——,哈尔——滨——"
马大爷高声地叫了起来。

哈尔滨已经不可能听见马大爷的呼唤了。马大爷的喊声越走越远。

我这个无心无肺、胆大包天的东西,听着这喊声,第一次产生了深深的恐惧。我小小的躯体几乎要站不住了,似乎要飞起来飞起来,从这个世界上消失。

哈尔滨的肉已经进了我的肚子,进了兰州们的肚子。是我亲手把吊死哈尔滨的绳子,套在了它的脖子上。

那一天,兰州说:"咱今天吃哈尔滨吧。要想吃狗,吃它最保险。"我虽然心里很难受,但并没反对。兰州找一根绳子就往哈尔滨脖子上套。哈尔滨呜呜地叫着,咬兰州。兰州把绳子扔给我:"上海,你来套。"我接过绳子,哈尔滨温驯地让我套上了。我、我们几个伙伴已经习惯服从兰州了。兰州把绳子搭在院中的香椿树杈上,死命地往下一拽,哈尔滨一下子被吊离了地面。在最后的时刻,哈尔滨使劲扭头寻找我。它找到了我,它恶狠狠地瞪了我一眼,但它的眼睛很快吧嗒一下关上了。

"哈尔——滨——,哈尔——滨——……"马大爷的喊声从远处又折回来了。

我和兰州他们已起过誓了,我不可能把这事说出去。

"哈尔——滨——,哈尔——滨——……"马大爷声嘶力竭的喊声,如炸弹一样轰击着我。

在马大爷一波接一波的喊声里,我只觉得天旋地转。

天堂里 的 牛栏

7

一个黑牛石村有史以来最大的盗窃案，在哈尔滨失踪之后的第二天夜里发生。

石井公社黑牛石大队会计室、大队合作医疗办公室以及大队小学所有门锁及办公桌抽屉锁，共计三十八把锁，被盗贼一夜之间全部撬开，丢失人民币三百余元及其他物品一大宗。县公安局和公社派出所组成的联合破案组，迅速进驻黑牛石大队。大队院里一下子来了三辆电驴子（三轮摩托），县公安局局长亲自来了。一时间，身佩长枪或短枪、表情神秘威严的公安人员，不时出现在人们眼前。绝大多数社员都是平生第一次见到公安人员。

全体社员老老少少一个不落地被召集到大队院里。持枪的公安人员警惕地站在人群四周。首先是公安局领导讲话："全体社员同志们，树欲静而风不止，敌人总要千方百计地破坏我们的大好形势。"

领导同志把大手往人群中一挥："敌人就在我们中间！"

领导同志的目光威严地扫过人群。我现在才首次感受到，黑牛石大队虽然是世界的中心，但在黑牛石大队之外，还有一个更强大更无情的世界。

"狐狸再狡猾，也斗不过好猎人。敌人现原形的时候到了！坦白从宽，抗拒从严。想一想你的出路吧！"

一股强大的力量压向人群。每个人最强烈的愿望，就是让自己尽量显得不像敌人。可是，这样的愿望越强烈，实际表现却越容易像敌人。我们用老鼠一样胆怯的目光看看台上，台上端坐着的象征着正义和威严；我们又用狐狸一样狡猾的目光逡巡周围，看看谁更像敌人。

"咱们大队里，又是丢鸡，又是丢鸭，又是丢鹅，又是丢羊，怎么回事？第二生产队牛棚的那条狗突然失踪，狗失踪第二天就发生严重盗窃案，发案的所有地点又都距牛棚不远。这中间的联系不是很清楚吗？"

我感到这回在劫难逃了，也许明天我就会被枪毙了。我想找一找兰州在什么地方，但没看见。我不敢明目张胆地找，我只敢像老鼠一样地眼一眼。我想，要是被枪毙，一定是我和兰州他们一块。

大会刚刚结束，兰州就在父母的陪同下投案自首了。

接着，我、泰安等所有参与吃鸡、吃鸭、吃鹅、吃羊、吃狗的同伴，也被叫去接受审问。不论我们从前多么大胆多么无赖，全都老实承认偷吃过那些东西。当公安人员审问到盗窃案，我们都说没有参与。我们确实不知道盗窃之事。我们虽然胆大包天，但还不敢干溜门撬锁的勾当。

兰州是重点审讯对象，对兰州的审讯在连夜进行。兰州的哀号从大队办公室里一阵一阵传出。战果不断扩大。兰州什么都承认了，承认了参与盗窃，供出了幕后总指挥。到第三天，一个隐藏很深的反革命被揪了出来。兰州则因揭发有功，被当场释放。

　　　　　　　　　　　　天堂里 的 牛栏

8

反革命就是马大爷。

反绑双手的马大爷被扔进电驴子里，风驰电掣般地奔向县城。

半个月后，马大爷被押解回村，在大队办公室前举行了公审大会。现行反革命马大爷的主要罪状如下：盗窃罪、杀害生产队耕牛罪、反革命教唆罪。从公审大会我又知道，1946年马大爷曾给伪区公所反动派喂过三个月的马。马大爷不承认加在他头上的所有罪状，但这丝毫不妨碍他被打成反革命。

参加马大爷的公审大会，是我人生的分水岭。从那以后，我又和许多同龄人一起被组织参加过很多次公审罪犯的大会。看着台上胸前挂着大牌子的盗窃犯、流氓犯、教唆犯、反革命犯等犯人，我总感到我与犯人有着千丝万缕的联系。我感到他们被历数的每一桩罪都有我的一份。我明明还是个孩子，可是流氓犯这一罪名特别令我恐惧焦虑。公审大会那强大的震慑与镇压作用，深深触及我幼稚骚动的灵魂。

现行反革命马大爷没有被枪毙，也没有被押到县里坐牢，而是继续留在牛棚里喂牛，在革命群众监督下进行劳动改造。

马大爷被押解回村的那个夜晚，是个月光明亮的夜晚。

月光最显著的作用是，它让我看见了自己的影子。影子是不是一个人的反面呢？我相信，在有月光的晚上，人会看见自己的反面。

月光的分量压在大地所有的物体上，所有物体都变成了月亮的一部分，是月亮的膨胀或沉淀。月光下没有一种事物是浅薄的，所有事物都从月亮那里获得了一些分量，变得深不可测。

在那个月光明亮的夜晚，马大爷不停地跟牛说话，跟每一头牛都说很多话。跟牛说完了，又跟我说。跟我说完了，又到院子里跟月光说，仰头跟天空说。我在马大爷的无穷倾诉中睡去了。

马大爷说："我要到天上去了，天堂里也有牛栏。"话刚说完，马大爷就拂天拂天离开了地面，飞向苍茫的天空。我心里那个急呀，我说："马大爷，我也去。"伸手一抓，抓住了马大爷的一只脚，我随着马大爷腾空而起，一块向着无穷无尽的苍穹飞去。飞呀飞呀，越飞越高，我已经看见了天堂，看见了天堂的牛栏，看见了大牛、小牛、公牛、母牛向我们探头探脑。可是，马大爷嗡嗡嗡嗡地说："天堂里不要你这种小熊孩。"他用另一只脚朝我头顶踢了一下，我只觉得嗡的一声，脑袋变得似乎大了一千倍。我头重脚轻地从看得见天堂的天空，往深不可测的幽暗大地上栽去。坏了，坏了，这回非摔成肉饼不可了。我心里那个急呀，拼命在天空又抓又蹬，终于轰隆一声地摔在了地上。

在触地的刹那，我猛然从梦中醒了过来。醒来的刹那，我就坐了起来。我光溜溜地坐在炕上，出了一头冷汗。我发现炕那头跟我通腿的马大爷不见了。我光着身子跑到院子里，院子

　　　　　　　　天堂里的牛栏

里也没有马大爷，月凉如水，只有满地月光。

马大爷呢？难道真去了天堂？

马大爷不见了，月光里却多出来一头牛。那是一头年轻的牛，一头没穿牛鼻、无缰无索、自由自在的牛。它本来正在吃那草垛上的草，看见我出现就不吃了。它静静地站在月光里。我仔细一看，这不是我们生产队的牛，我们生产队里没有这样的牛，我们村里也没有这样的牛。这是从哪里来的牛呢？它怎么来的呢？

天快要亮了。这头牛踏着黎明时分的满地月光，像一个天外飞来的精灵，像一道飘忽的影子。它在月光里小心地踱蹀着步子，好像生怕踩碎了那些月光。月光斜照过来，被院外的杨树分隔成一片一片月光栅栏。这头牛提起一只蹄子，试探着朝月光栅栏刨一下，再刨一下。它这是在弹奏月光曲呀。

月亮落下之后，太阳升起之前，现行反革命、第二生产队饲养员老马失踪与牛棚里多出一头牛来的消息，迅速传遍了全大队。

孙四端详着这头牛。孙四的眼光忽然变得幽幽的，分外异样。

"上海，你看，你看，这牛——这牛像不像你马大爷？"孙四使劲跺了跺脚，指着牛对我说。

我的大脑好像一下子被抽空了。再看那牛时，我感到那牛就是马大爷。它整个神态，它迈步时的姿势，它喘气的声音，它看我时的眼神，它的一切全都像马大爷。

我扑上去，抱住牛头，哭喊道："马大爷——马大爷——马大爷——马大爷呀——"我这个从不流泪的东西，这回流下的眼泪把牛头都打湿了。

马大爷变成了一头牛。即使全世界的人都不相信，我也相信。

二十世纪末的一个冬天，我正坐在电脑前准备把马大爷写进文章里，老家的孙四打来了电话，他告诉了我一个不幸的消息：马大爷去世了。

他说的马大爷去世，就是那头牛去世。马大爷失踪、那头牛出现之后，一直过了很久很久，没有人来找牛，也没有人说丢了牛。我和孙四都坚信，那牛不会有人来找的，那牛是马大爷变的。1981年，人民公社解散了，在分配集体财产的时候，孙四护着马大爷变成的那头牛："我什么都不要，就要这头牛。"孙四一直把"马大爷"养到老死。马大爷变牛是在1973年春天。那年马大爷六十岁。马大爷六十年人生加上二十余年牛生，共活了八十多岁，可算高寿。

我赶回故乡，和孙四等人一起埋藏了"马大爷"。那是我村历史上唯一一头没有被剥皮吃肉而是被郑重埋葬的牛。

（2004年3月）

兔子快跑

兔子急了也咬人。不是犟的，从前那时候，这样的事还真发生过呢。

"没好日子过啦，没好日子过啦。"

这样念叨不止的，不是别人，是一只母兔，一只潜伏麦田深处的母兔。自从麦粒成熟的气息忽然爆发，本就危机四伏的这个世界，变得更加凶险异常。没有谁比她的感受更直接强烈——野兔们的世界越勒越紧，紧成了一道缝，一道比她喉咙还要窄的缝。连窝边草都听到了她那急促的喘息，把喉咙摩擦得滚烫滚烫、呼呼作响。她的神经，绷紧再绷紧。

农历五月，风热，日头毒，它们联合快速催熟一种庄稼。似乎是转瞬之间，小麦就由轻柔的青绿化为坚硬的金黄。

吃饭虽然都是一件大事，人类心情与野兔心情可不一样。小麦成熟是人类心情里的一件大事，一件格外亲切的大事。小麦成熟了，就显出大度慷慨的样子，就有了居家过日子的打算，就不该在野外站着了。新麦即将到嘴这一事实，强烈振奋着人民公社社员的心灵与肠胃。收割庄稼，特别是收割小麦，能给社员带来异乎寻常的喜悦。你看吧，收获小麦时节，连狗都变得格外兴奋。

小麦收获这样的大事，影响的肯定不仅是人类。

母兔一家，就潜伏在仰望着老天爷的这块麦田里。麦田越来越少了，现在这块麦田差不多已成孤岛。与人类的喜悦相反，一切事物都在向母兔一家证明，恐怖气氛越来越浓啦。生为野兔，耳听八方、眼观六路是必修课。听，看见之前先要听见，听见之前还要有预见。谁也不敢放过到达耳朵的任何一点声音。做野兔难，做母野兔更难，做拖儿带女的母野兔更是难上加难。那只老公兔，麦苗返青时节从他乡跑来，死皮赖脸，纠缠不休，可是，将那短暂稀松的恋爱谈完，老东西立马消失得无踪无影。身为一只母兔，她懂得，爱情是靠不住的，亲情才是永久的。她将全部心血倾注在孩子身上，一心盼着他们快快长大成人。

历经千难万险，总算把这届孩子养大了。

现在，孩子们的奔跑速度已赶上她这当娘的了，但她还不敢让他们离开。对付这个世界，孩子们还缺乏许多必要的生存经验，教育他们，训练他们，一直是母亲的头等大事。可是，这个世界留给我的时间或许不多了——她这样想。她已顽强活了五年，这真是战斗的五年，惊心动魄、九死一生的五年啊。那一年，也是人类的麦收时节，一位女人一镰刀劈下来，把她尾巴削掉一块。本来就短的尾巴又短了一截，这既影响了她作为一只母兔的形象，对奔跑姿势与速度也有不小影响。去年冬天，她正趴在雪窝里熬最难熬的漫长冬日光阴，有位猎人脚踩雪地的声音忽然越来越近，那声音就像一把快刀咔嚓咔嚓剁骨头啊——当时，母兔一直恐惧地望着她因外出觅食不得不留下的那串可恶脚印，猎人还是循着那脚印来了。她跃出雪窝的瞬间，一声巨响塞满了宇宙。多亏猎人枪法不够好，只有两粒霰弹击中了她的大耳朵。短了一块的尾巴与耳朵上这两个洞，是她教育孩子的活教材。前几天，她正在田埂上踱步，一条黑狗猛然扑来，差点把她扑住。幸亏狗不擅长在麦地里奔跑。一个个天真活泼的孩子，在她的精心教育下，很快就都像她一样——捧着一颗战战兢兢的心，瞪着一双炯炯有神的眼，满脸自卑怯弱惊恐敏感。这是野兔家族的通用表情。生为野兔，老天爷就给匹配这种表情。

母兔支棱起带弹洞的耳朵，倾听分辨打捞着这个庞大世界。总是有那么一小撮声音，吱溜穿过耳朵上的弹洞时，会发生十分微妙的变化。耳朵大是为了放大世界的存在，放大世界是为了更好地遮蔽自己。对她来说，世界永远是一个吱哇吱哇大叫的世界，一个奔腾不息的世界。母兔抚一抚扑通扑通的心脏，自言自语："世界呀世界，老天爷老天爷呀，你咋需要这么多声音？我的心脏啊，你不要跳得这么厉害。"世界可不会听她的。随着她年纪越来越老，心脏跳得越来越快了，可是奔跑速度却越来越慢。时间确实不多了。

这个世界总是风声紧。风声，风声，到处都是风声。水分被热风搜刮净尽的麦秆，发出欻啦欻啦干响，干响散发开去，融入哇哇大叫的世界，把母兔的世界压迫得越来越小。从前，麦秆青青的时候，不是这种声音，再往前，麦苗绿绿的时候，更不是这种声音。这种声音一起，母兔的心就如时时遭受雷击与针刺。母兔握住眼前干硬无情的麦秆，哀求道："麦秆呀，你不要这么叫。"

麦秆不听母兔的，总是叫个不停。这个世界好像没有一种事物会听命于母兔。

搬家，是把世界改变一点的唯一办法。最近，母兔不得不更加频繁地搬家。今天凌晨，趁人类还没来，母兔率领儿女们转移到这块麦田。从前无边无际的麦田，现在已成一个个孤岛。用不了多久，连这些孤岛也会消失。转移过程中，她碰到好几只寻寻觅觅的野兔，大家谁也不理谁，匆匆而去。形势是同样的形势，形势不饶人啊。有一只模样雄健、神色仓皇的公兔，她越看越觉得就是春天跟她谈过恋爱的那位，心想那公兔也许能念旧情，危急时刻给她一点帮助，就挥爪试探着打个招呼："喂，老公，老公，你计划往哪儿逃？"可那公兔对他们一家子连多瞅一眼都不肯，沿田间小道匆匆南下了。真是此一时，彼一时，这老东西眼下需要的肯定已不是爱情了。

她对这块麦田留有美好回忆，她的儿女就是在这块麦田里出生的。野兔，特别是面临生产的母野兔，对栖身之所的选择要十分小心。那时，她拖着有孕之身，将这块麦田周边侦察了一遍又一遍。麦田南面是一条深沟，北面是一片瓜园，东西两面也都是麦田，只要不到收获播种季节，可说人迹罕至。瓜园北头有个简陋草棚，常见一个看护瓜园的老汉出没其间。以她的经验，人类中的老者，一般来说是多少有一点善良的。即使非善良之辈，但因为老了，跑不动了，一般也不会加入对野兔穷追猛打的队伍。她的结论是：这一带的敌情相对简单，在此养育后代是合适的。她在麦田深处掏个窝，产下了可爱的婴儿。

麦苗刚刚起身，正好能没住野兔那土黄的身子。刚来到世上的小兔，翕动着几瓣肉拼成的三角嘴，咻咻地喘气，这里嗅嗅，那里触触，探索世界的欲望越来越强。一天，一只小兔爬到窝边，用她那三角嘴去啃麦苗，她是想试试那是些什么东西。母兔拍了一下小兔的头，说道："兔子不吃窝边草，老祖宗传下来的古训，一定要记住，永远记住。"母兔将不吃窝边草的道理讲了一遍，小兔子们马上就听懂了，再也不吃窝边草了。

一天，那个平时总在瓜地里转悠、顶多到麦田边上站一站的老汉，猛然扭身沿着一条畦埂朝麦田深处走来。母兔一家的窝，就处在比较容易观察到老汉的位置。老汉是这一带唯一的常住人，母兔对他必须加强观察。对野兔来讲，到处都是敌人，人人都是敌人。老汉朝麦田深处走来，他那大脚震动着大地。母兔万分紧张，但她从老汉的行走方位判断，他并非直冲他们来的。她决定趴在窝边不动，等老汉过去。可是，老汉正走着，又猛然调转了一下，穿过一畦麦，竟然踏上母兔一家所在的这条畦埂了。老汉越走越近，他的脚步声把她的心脏都要震碎了。

母兔与老汉互相看见啦。人类这种生灵随处可见，可是以如此近的距离，与人类面对面，却是母兔平生少有。老汉满脸皱纹，龇牙咧嘴，惊心动魄。老汉站住。母兔听得见他的呼吸声了，他嗡嗡地说："噢，是兔——子呀。"母兔熟悉人类口中发出的"兔子"这组音节。母兔的心脏拼命跳，拼命跳，就要从身体里跳出来。她终于忍受不了这样的恐惧，拔腿就跑。她的身躯在碧绿的麦苗里一跃一跃，一没一没。她跑得并不快，跑出去不远，又停下来，回身观望。她挺直身躯，抬起前爪，就像人那样站着。现在，她就如一支正朝老汉瞄准的猎枪，可是除了恐惧与愤怒，她没有一粒子弹。老汉朝她望了望，又转回头。——不好！老汉肯定发现兔窝了，发现她的孩子了。果然，老汉弯腰朝兔窝瞅了瞅，老汉叹道："噢，噢，是一窝兔——子呀。"他竟然蹲下身子啦！母兔大喝一声"别动我的孩子"，狠命朝老汉冲去。她从老汉一侧嗖地冲过去，又嗖地冲回来，张嘴朝老汉脚脖处猛咬一口。哧啦一声，老汉臭烘烘的破裤脚被撕开了一道口子。母兔一下子被拽翻，在田埂上翻了个筋斗。母兔回过神来，望向老汉。老汉抖一抖裤子，站起来了。老汉降低身子，抬手打起眼罩，望向母兔，老汉满脸堆笑："呦，呦，您怪厉害呀，怪英雄啊，您还想吃了俺啊？您的孩子，俺不动，还不中？哎，给兔子当个娘，也真是不易啊。"这样说着，老汉拓挲着双手，倒退着走出了麦田。

母兔又看见她的孩子了。惊魂未定的孩子们问："这个大怪物，是不是就是娘常说的可怕的人类？"母兔说："孩子，正是正是啊，他们最爱吃的食物，就是我们的肉哇。"兔崽子们这是第一次见到真正的人。母兔在教育孩子的时候，讲得最多的课题就是人，这与孩子们的未来生存关联最密切。他们永远忘不了，娘给上的第一课是：人，直立行走，会笑，会种小麦、土豆、红薯等庄稼；人的奔跑速度较慢，样子滑稽；人心很硬很硬，鬼点子无穷无尽；人视野兔为一道高级美食，是野兔种族最大敌人；奔跑速度快，是野兔相对于人类的唯一优势……

孩子们问："娘，这人为啥不吃我们？"母兔说："他是嫌你们还太小，填不满他那大肚子，等你们再长大些，他就来抓。孩子们，我们抓紧搬家吧。"小兔子们叹道："哎呀，可吓死了，可吓死了。"刚才，他们的娘忽然不见了，紧接着，一个大铁塔似的怪物朝窝门口罩下来，一只小兔禁不住喊了声："人！"在小兔的想象中，神秘可怕的人就该是这样子。小兔们一动不动趴在窝底，不知此后要发生什么。那个人以一种奇怪姿势（蹲），降低身体高度，以满脸恐怖表情（笑），望着他们。

吓人的一幕总算过去了，总算有惊无险。母兔率领孩子，迅速搬了家。不过，他们搬得并不远，母兔计划不离开这块麦地，就在这里把孩子养大。再搬两三次家，孩子就大了。人类说狡兔三窟，其实野兔远远不止三窟。这都是让人类逼得呀。

母兔辛苦抚养孩子的同时，不忘观察那个看瓜老汉。一直到她再次搬家的时候，始终没见老汉再到发现他们的那个地方去，似乎忘了他们的存在。母兔对这个老汉不禁心生好奇。她一次次接近那瓜棚，从草丛或庄稼后面观察老汉。看来看去，她对人的生活总是看不明白。老汉整天从瓜棚里出来进去，进去出来，在外面干些什么她能看见，不知他在里面干些什么。老汉养了一群鸡，每天早晨，老汉起床第一件事就是把鸡从笼子里放出来。那些鸡到处乱窜，母兔在麦田里与他们遭遇过好多次。那些鸡一看见母兔，总是咯咯叫着，扭头就跑。母兔对鸡本来是心存畏惧的，这样的场面经历多了，也就不怕了。鸡虽然也像人类那样两腿直立行走，但鸡显然与人类不是一个物种，特别是不像人类那样诡计多端。一天早晨，老汉从鸡窝里抓出一只鸡，拿一把大刀按在鸡脖子上划拉几下，鲜红的鸡血就像一股水一样流了下来。老汉把鸡往地上一扔，那鸡蹦跶几下就死了。这一幕可把母兔吓坏了。

老汉在瓜棚前栽了一棵桂花树，他经常坐在树下。母兔也算经多见广了，却从没见过田野里有第二棵这种树。桂花开放时，那香味把麦田都熏透了。在一个月光明亮的深夜，在老汉钻进草棚之后，母兔忍不住到那树下转了一圈。她听见草棚里的老汉，不断发出一种带节奏的吓人吼声。

老汉好像挺喜欢麦子，经常在麦地周围转来转去。

在人类这个收获季节到来之时，孩子们终于长大，终于有了足够快的奔跑速度。

风声紧，风声越来越紧。

"兔——子——哟，兔——子——哟……"一阵又一阵山呼海啸般的人类呐喊突然而起。母兔的心脏如被猛刺一针。她太熟悉这种声音了，这种声音一起，她就知又有同类不幸暴露在人类视野之内了。人类好像不是用喉咙喊，而是用牙齿、用肠胃、用脚趾在喊啊。她探头一望，见远处一片收获后的开阔地里，一场追赶一只野兔的群众运动正在举行。只要兔子的身影显现，所有在场的人便都像接到了同一道命令，把一切事都扔下，立即加入追捕兔子的行列，好像那只兔子已成为世界上的最大存在。

喊声渐渐歇息，一个由野兔创造的短暂狂欢节结束了。母兔不清楚，那位同类是被人捉住了，还是侥幸逃脱了。

麦田孤岛在一座座消逝。终于，在母兔目力所及范围内，只剩下栖身的这一块麦田了。

　　　　　　　　　　　　　天堂里 的 牛栏

田野里的人越来越多。人类不是忙着收，就是忙着种，哎，这个土里刨食的物种啊，却总是惦记着兔肉。

又熬过了一天。黄昏时分，人一拨一拨撤走了，人类主导的白日喧嚣结束。不过，另一种喧嚣又开始了。人类之外的各种生灵，一齐放开喉咙，每块田野都像在举行音乐会。母兔绷紧的神经可以放松一下了。这种喧嚣，野兔是不用害怕的。你听那些声音，叽叽，啾啾，嘤嘤，唧唧，哇哇，嘻嘻，哈哈，各种各样的鸣声全有。母兔熟悉很多虫子，母兔想，虫子这等生灵，在感受恐惧情感方面，应该是比较麻木的。

那轮月亮又升起来了。露重风轻，月明星稀，真是一个良夜啊。多年的田野生活，使母兔对月亮这种事物已习以为常，但今晚的月亮却有些惊心。世界的这一只大眼睛，今晚似乎特别明亮，似乎看到了从前没看到的事物。

母兔一家趴在窝边田埂上，望月亮，听风声虫声，拉拉家长里短。

母兔舒展开疲倦的身体，感受着心脏的跳动，叹道："这身体一天不如一天了，唉，明天，明天，不知会遇到一些怎样的人呢。"

月光下的母兔，心里装着的全是人类呢。

孩子总是不像大人有那么多心事。

老大有些感慨："娘，这月亮可真是亮啊。"

老二有点动情："娘，我要是有翅膀，就飞到月亮上去。月亮上肯定不会有人类这种动物。"

老三十分好奇："娘，月亮上有没有野兔啊？"

还没等娘回答，老大哈哈一笑说："老二、老三，你们真蠢啊，野兔在月亮上一跑，还不哧溜就滑倒了，吧唧一下，掉到地上摔成肉饼，正好让人类捡回家烧烧吃了。你们还是现实一点吧，生为野兔就别搞什么浪漫主义了。野兔，野兔，我们只能在田野里，在人类的夹缝中寻找生存的希望。到月亮上去，那就不是野兔了，那就成为'月兔'了。老二、老三啊，你们还幻想有个永远不吃野兔肉的人类美女陪伴着吧？天天摘豆角、割青草送到你嘴边吧？真是个神话呀！这样的神话，或许只有人类这等动物才能想象得出来。咱娘的教导一定要牢记心头：在人类眼里，咱们仅仅是一块喷香的肉，一块会跑的肉。"

母兔对老大的现实主义态度十分赞赏，说："对呀，对呀，做野兔的就得现实点，就得实事求是。"

月亮在天空静静旋转，旋转。天地转，光阴迫。这一点，没有谁比母兔的感受更为真切。母兔望着月亮，禁不住心生悲凉：也许，也许，明晚的月亮，我就看不到了，我就操心到头了。唉，这一生，可真是操心的一生啊。活着就是操心啊。

月光好像是有分量的。所有事物都从月亮那里获得了一些分量，变得深不可测。月光下的母兔，心头充满了沧桑。

天亮了，大地撇掉一切伪饰，重新以狰狞面目仰望着老天爷。

一群手握镰刀的人向这块麦田走来。他们在田头摆开阵势，准备开镰。

一个说："我看，这块地里十有八九会有兔子。"

另一个说："有没有，割着割着就知道了。"

又有一个说："兔子腿上四两肉，该当谁吃是生就。光想不行啊，得看你有没有生就那吃兔子肉的命啊。"

母兔知道人类正在讨论野兔，人类高呼"兔子"这两个字眼时相当歇斯底里。人类口口声声这个理想那个理想，其实那种喊"兔——子——哟，兔——子——哟"的声调充分证明，人类是把能吃到野兔肉当作人生最崇高的理想。他们喊万岁万岁时的激情，好像并不比喊兔子兔子时的激情更强烈。

不远处传来了镰刀收割小麦的唰唰声。

最后的时刻到了。

母兔与孩子们紧紧偎在一起。

一个人举起镰刀喊："这里有个兔子窝呀。"

显然，那人发现了一个被野兔遗弃的窝。

另一个人也喊："这里也有个兔子窝呀。"

一个人信誓旦旦地说："这块地里要是没有兔子，我就不姓马了。"

又一个人咬牙切齿地说："这块地里要是没有兔子，我就不姓牛了。"

……

唰唰声响得更急了。

母兔嘱咐孩子："宝贝，为了你们，我做母亲的什么都可以牺牲。现在，考验你们的时刻到了。我们马上就会被人类逼至绝境，当娘的再也保护不了你们啦。你们听着，你有一个命，我有一个命，我这当娘的豁上这条老命，往人类密集的地方跑，你们呢要分开跑，往人稀的地方跑。我们的命就拴在我们的腿上，一定要千方百计冲出人类的包围呀。"

四颗咚咚跳动的心脏，等待着生离死别时刻的到来。

母兔一家一再撤退，直到麦田只剩下最后一角。无数把镰刀一点一点向他们逼近。母兔朝孩子们果断一挥爪，喊道："孩子们，永别了！抱紧你们的命，冲啊！"

母兔率先朝人口密集处冲去。

"兔——子——哟，兔——子——哟……"田野里照旧响起此起彼伏的喊声。四只野兔一下子从麦田里冲出，立即给这方田野带来一场前所未有的震荡。近处的人满怀豪情冲向野兔，远处的人翘首期待野兔跑向他们那里。

母兔在人类之阵里左冲右突。

昨天夜里，望着月亮，她已打定牺牲自己的主意。揣着这条命奔跑了五年，对提心吊胆的生存，她早已厌倦，日渐衰老的身躯，也令她难以支撑长途快速奔跑，到了应当告别世界的时候啦。她给自己定了两条终极性任务：一、起跑时要吸引尽量多的人追逐自己，多吸引一个人，就给孩子们争取到更大点的逃命空间；二、最后关头，一定要让自己死在看瓜老汉眼前，以报答他的不杀之恩。你有一个命，我有一个命，不都是一个命吗？兔子总是要死的，但死的意义有不同。这样想着，母兔心灵深处不禁生起崇高之感：作为一只母兔，我要最后使用一下我的命，我要死得其所。

母兔在田野里奔跑。

人类很快发现异常：这只老兔子跑过来跑过去，就是不跑远，就是不离开这块地方。看上去，母兔不是在逃命，简直是在游戏人间啊。兔戏麦田间。兔戏麦田东，兔戏麦田西，兔戏麦田南，兔戏麦田北。一块肉，一块土黄色的肉，一块人类心目中的纯粹的肉，在田间、在很少能闻到肉味的这帮人类间，飞奔、跳跃、舞蹈，不但牵动着这一大群人的心，甚至把宇宙都牵动成了一个摇摇晃晃的宇宙。天地玄黄，宇宙洪荒……海咸河淡，鳞潜羽翔……龙师火帝，鸟官人皇……女慕贞洁，男效才良……

此时此刻的这方人类，似乎已忘掉了他们的所有光荣。

"兔——子——哟，兔——子——哟……"男男女女的呼声此起彼伏。

一块飞奔的肉牵引起越来越多的目光。投入逐肉阵营的人类，滚雪球一样膨胀。人人志在必得，个个奋勇争先。

这块飞奔的肉，将这方田地上每个人的神经绷得很紧很紧。很快，这块肉就成为一块疲倦至极的肉。

在母兔起跑的刹那，最先发现她的那个人，如被猛刺一针般大喊"兔——子——哟"，手中镰刀随即劈下，嗖地从母兔身边掠过。接着，土块、瓦片、铁锹、木棍之类的东西，在母兔周围噼里啪啦落下。人类的两条腿追不上兔子，就将抓到手的任何东西狠命朝兔子扔去。母兔一次次冲出人类包围，又一次次冲入人类包围。

一块越来越沉重的肉，一颗咚咚作响的心脏，一条要把自己最后使用一次的命，奔跑，奔跑，在人类的呼啸里，在馋涎欲滴、纵横交错的人类目光里奔跑。

一位老年女人自知无力加入逐肉行列，只好无奈坐在田埂上观赏这场人兔之战，嘴里不停絮絮叨叨："兔子腿上四两肉哇，该当谁吃是生就呀！"

认命，不论对野兔对人，都不失为一种不错的生存态度。

母兔的世界越来越恍惚，一切都恍惚起来了，一个一个的人亦化为一块一块的影子。一堆影子被她甩下，另一堆影子又忽地涌来。当她从一个似乎静止不动的黑影边冲过时，这个黑影却如一堵墙似的倒了过来。谁也想不到，那位对吃到兔肉不存幻想的老女人，竟奇迹般把母兔扑在了怀里。当野兔意外靠近了老女人时，老女人那具本来已形似废墟的身体，竟然奇迹般生机勃发，朝野兔猛扑下去，一把正好抓住野兔脖子。飞奔母兔的强大惯性，似乎把老女人往前带了一截。老女人四肢着地，嘴都啃到土块上了。老女人恶狠狠地高呼："嗨，嗨，嗨，兔子腿上四两肉哇，该当谁吃是……"母兔哎哟一声，母兔感到脖子都快被掐断了，她看清了老女人异常丑陋的嘴脸，她歪头就在老女人干瘪的爪上狠命啃了一口。

我这老母兔决不能葬身在这老女人手里！

兔子急了也咬人。母兔再次证明这是一条真理。

老女人一下就松开了手。老女人的手腕被野兔咬破了，鲜血淋漓。老女人托挈着双手，望着野兔逃跑的方向，用三寸金莲跺着大地，仰天长啸："老天爷呀，全中国人的老天爷呀，兔子兔子唉，俺那亲娘唉，你看看俺这命俺这命啊，兔子都咬俺一口啊！"

这个老女人做梦也梦不着，她竟会被野兔咬一口。世上被野兔咬过的人，应该是很少的，她却是一个。人类通过把同类划分为不同阶层阶级，来追求活着的乐趣与意义。但当面对野兔时，他们似乎全都变成了一个阶级：一心只想吃到兔肉的阶级。

逃出老女人手掌的母兔，紧张地想，孩子们应该都跑出去了，她该去投奔看瓜老汉了。透过杂沓的人影，母兔看清了瓜棚所在方向，她穷尽体力与智慧，奔瓜棚而去。

瓜地里生长着很多瓜，看瓜老汉却永远就这一个，日子总是冷冷清清，所以他的心灵特别容易浮想联翩。

昨天夜里临睡前，老汉坐在桂花树下望月亮，望了老半天，他那颗一向粗糙的心，却感到今晚的月亮有些鬼魅、有些异常。月亮是不是看到了平时看不到的景象呢？

怀着对月亮的异样感受，看瓜老汉进入了温柔梦乡。老汉两个胳膊一架，悠悠荡荡地飞了起来，飞出瓜棚，飞离瓜田，飞向太空。飞呀，飞呀，竟然飞到月亮那儿去了。他伸手把住月亮边儿，刚看到传说里的月中玉兔，正待翻身抬腿登上月亮，光彩照人的月中嫦娥现身了。她弯腰抱起玉兔，飘飘摇摇走过来，伸脚踢了老汉一下，开口如金声玉振："您老人家这把子年纪了，毛都白了，竟还跑到月亮上来，不用说我嫦娥不喜欢你，就是这玉兔也不会喜欢你呀，若是让中国人的老天爷知道这事，还不得笑掉大牙呀！回去好好看瓜吧，老东西。"老汉被嫦娥温柔地踢了一脚，虽有一万个不甘心，却不得不忽悠忽悠往人间坠落，坠落，吧唧一下又准确地掉在了他那张破床上，砸得床板咯吱咯吱一阵乱响。重回人间的老汉，回味着梦境，抚摸着自己的白须白发老骨头，叹道："哈哈，老东西唉，你怪能啊，想得怪恣呀，还想那月中嫦娥来，你这不是明摆着癞蛤蟆想吃那天鹅肉吗，俺那老天爷呀，人家嫦娥可是天上仙啊！这个嫦娥真不赖，心够狠的。这一脚，可把俺老汉踢得不轻啊。"

眼下，老汉坐在瓜棚前桂花树底下。面对前方追逐野兔的喧嚣，看到那只野兔艰难奔跑的样子，他不禁又回味起晚上那个美梦，不禁自言自语："野兔啊，除非天上嫦娥下凡来救你，你是没命了！咦，这个越跑越无力的老野兔，怎么好像奔着咱这个埝来了？"

母兔果断冲进了瓜田，直奔瓜棚。野兔越跑越近，连兔耳朵都能看清了。

老汉站了起来。

母兔对准那棵桂花树，一头撞过去。母兔蹦了一蹦，又扑嗒无力落地。她还没完全死去，她规划好了不让自己一下子死去。她使劲睁眼望向老汉，对老汉说："老——汉，您好。"面对这一意外情况，老汉相当纳闷，搓得双手刷啦刷啦响。老汉端详着奄奄一息的母兔，好像认出了她是谁，好像明白了这是怎么回事，老汉说："俺那老天爷，老母兔，小兔子他娘，是你吗？"母兔说："老——汉，正是我。无以为报，请您老人家享用我这具——疲倦的肉身吧！"

母兔吧嗒一下，关闭掉她瞪了一生的两只大眼。

（2022 年 3 月）

虚构的诱惑（代后记）

许多事物，似乎只有在虚构中才能被唤醒与照亮。虚构作为人类须臾难离的习性与能力，必有一个"原始"时代，必有一个深邃的根。

在露台上倒腾几盆绿植时，不少隐居的昆虫猛然暴露了肉身，个别昆虫似乎是急中生智，在我眼皮底下果断装死。这是我自儿时即十分熟悉的现象，生物学上称为昆虫的"假死性"。那时，只要乐意，我会反复戏弄或轻易处死几只企图欺骗我这高等动物的昆虫。昆虫的假死（不少植物亦会使用"伪装"），可不可视为一种"虚构本能"？出于伪装与欺骗的这一虚构行为，被使用得如此果断勇敢真诚，又如此简陋无奈。

进化论的成功，让我们不得不承认人类并非神之子，而是虫子及更原始生命的后裔，虚构能力曾经相当简陋。人类是唯一的偶然将虚构能力进化发挥至极致的动物。伴随着语言的产生，虚构飞翔的翅膀越来越长。文字等符号的使用，令虚构能力再次产生质的飞跃。各种"神灵"，无不源于人类在最近进化史上的虚构。日益敏感精致的人类，必须把自己尽量稳妥地安置在一个被符号重整秩序的"虚构世界"里。文明的发展积淀、权力的神奇扩张，又迫使虚构形态千变万化。怎么对待、使用虚构，也成了一个大问题。普通人不可言说神人之际、天人之际的"知识"，不可有沟通神人、天人的行为，曾经是漫长历史里的常态。而那些知识或思想，无不源自人类的虚构。钢筋铁骨的秦朝，特别不能容忍权力之外的虚构与想象。

文学艺术的创造与欣赏，思想的产生与发育，皆与虚构能力同在。只有在虚构中，人类才能翻越一个又一个审美与思想峰巅。

携带着人间烟火，经由虚构的桥梁，往往能够抵达一个异样真实有趣的世界。一堆经过心思特别者排列组合的沉默文字或其他符号，一个虚构的世界与情境，会散发呈现出似乎无穷无尽的气息与力量。一个虚构世界，甚至常常会冒犯"实在"的现实世界。虚构产生的真实，似乎比人间烟火的真实更真实，似乎特别能令现实中的虚假伪善难堪。

一场诞生必匹配一场死亡的世界，不少经由虚构诞生的经典，却会成为永恒穿梭于苍茫时空里的幽灵。虚构早已化为人类的异禀，一种宿命式的诱惑。

"一天早晨，格里高尔·萨姆沙从不安的睡梦中醒来，发现自己躺在床上变成了一只巨大的甲虫。"《变形记》开头，冷静异常，石破天惊。面对《变形记》《地洞》《罗生门》等卡夫卡、芥川龙之介这类作家的小说，谁都明白那不是真的，但却甘愿忍受那股阴郁、滑腻、恐怖之气，心惊肉跳地读下去，

　　　　　　　　　　　　　　天堂里 的 牛栏

并可能会产生一种自为甲虫或某种异物的感觉。一种令人发指的真实，唯天才的虚构方能够抵达。高度非写实的手法，却更能显露事物本质。成功的虚构，就是一场对现实的创造性、再生性重构，产生强烈陌生感的有趣的重构。大作家，无一不是虚构大师。

怎么对待虚构，这是一个问题。

《祝福》中，柳妈一再追问祥林嫂为何开始反抗，最后却又依从了贺老六。祥林嫂先是说："阿阿，你不知道他力气多大呀。"柳妈穷追不舍，祥林嫂只好反击："阿阿，你……你倒自己试试看。"在我的中学时代，这个情节成为一种"困难"。语文老师不读不讲，尴尬地说："这个这个自己看看吧。"有位男生忍不住扑哧一笑，全班男生都笑了，仅有的几位女生则羞红了脸。一篇芬芳四溢的小说，一下子就暧昧了，就心怀鬼胎了。不是小说这样了，是人及其他一些事物这样了。

改革开放带来不少巨变。中国人忌讳少了，亦是巨变之一。忌讳越来越少，还是越来越多，这可不是个小事。

这几十年来，我数次短时段内写过小说，总是写两三篇就放下了。能发表，还能蒙转载，略有点动静，为何不保持热情，一鼓作气多写呢？为何一直纠缠于散文呢？不好说。但有一点，自己感觉是清楚的：借助散文所完成的对历史的追溯，一定程度上重塑了笔下古人，部分满足了我的虚构欲，且把"我"也放进去一点。数年前，交出《时间的压力》书稿后，感到需要读一读长期想读而没读的一些小说。纯虚构的诱惑越来越重，便又写起小说来了。面对苍茫的虚构，深感自己苍白无力。但我仍然天真地认为，不论何时何地的生存，总免不了桎梏，借助虚构却可能会多一点自由，多一点自我回望，同时破除一点我执。

有人说人类是"作伪动物"，此处"作伪"似表达较多贬义。可是，从艺术的审美的角度来讲，虚构的底色必然是真诚。只能在真诚中完成虚构，谁也无法虚构真诚。

这个集子收录区区六篇小说，竟是我已发表小说的绝大部分。时间跨度接近二十年，可证我的虚构才能是何等贫乏。同时亦说明，小说与虚构对我的诱惑由来已久了。

2022 年 9 月 20 日